Another《アナザー》（上）

綾辻行人

角川文庫 17112

目次〈上〉

Part 1

What?............Why?

下

Part 2

How?...........Who?

~To Dear R.M. ~

Part 1

What?............Why?

Introduction

……**ミサキ**って、知ってるか。**三年三組のミサキ**。それにまつわる話。

ミサキ……人の名前？

ああ。どんな字を書くのかは不明。苗字《みようじ》かもしれないから、女とは限らない。何々、何々ミサキだかミサキ何々だか、そういう名前の生徒がいたんだってさ、**今から二十六年前に**。

二十六年……大昔ね。昭和の時代ねぇ。

一九七二年。昭和でいうと四十七年。沖縄返還の年、だったかな。

沖縄って返ってきたの？　どこから？

アホか、おまえ。戦後はそれまでずっとアメリカに占領されてたの。

あ、だから今でも基地があるのねぇ。

ついでに云うと、札幌冬季オリンピック開催もその年。浅間《あさま》山荘事件も確か……。

アサマサンソー？

あのなあ……ま、いっか。とにかくね、**その二十六年前、うちの学校の三年三組にミサキっていう生徒がいたわけ。**それで……おまえこの話、本当に知らないのか。

ん……ちょっと待って。それってさぁ、ミサキじゃなくてマサキっていう名前じゃなかった？　だったらあたし、ちらっと聞いたことがある。

マサキ？　ふうん。そういう説もあるのかな。誰から聞いた？

部活の先輩。

どんなふうに？

二十六年前かどうかは知らないけど、むかし三年生にマサキっていう子がいて……あ、あたしが聞いた感じじゃあ、その子は男子生徒ね。でね、**何だかその年にその子のクラスで、とっても不思議な出来事があったって。**だけどそのことは秘密になってて、むやみに人に話したりしちゃいけないんだ、とか。だから、これ以上は云えないって。

それだけ？

うん。**おもしろがって話したら悪いことが起こる……って。**きっとこれ、アレだよね。「七不思議」の一つだよね。

そう思う？

誰もいない音楽室で真夜中にピッコロの音がするとか、中庭のハス池からときどき血まみれの手が突き出てるとか……あるでしょ。その七つめ、なんじゃないかなぁ。

理科室の人体模型に本物の心臓が、っていうのもあるっけ。

あるある。

その他いろいろ、おれは全部で九つか十は知ってるぞ、うちの中学の「七不思議」。でもさ、ミサキだかマサキだかのこの話は、その中には入っていないはずで……だいたいこの話、普通の「七不思議」とはどうも毛色が違ってるんだよな。

へえぇ。詳しく知ってるの？

まあな。

教えてよ。

悪いことが起こってもいいのか。

そんなの、メーシンでしょ。

まあ、そうだろうなあ。

じゃあ教えてよ。

けど、やっぱりなあ……。

ね、ね、一生のお願い。

おまえの一生のお願い、これで何回めだっけか。

えへっ。

ったくもう。聞いても、べらべら人に喋《しゃべ》るんじゃないぞ。

喋らない。誓います。

うーん。じゃあ……。

やったね。

ミサキだかマサキだか……やっぱりここはミサキって名前にしとこうか。そいつさ、一年のときからずっとみんなの人気者だったんだ。学力優秀スポーツ万能、絵を描かせてもうまいし音楽の才能もある。そのうえ容姿端麗、男だったら眉目《びもく》秀麗だな、いずれにせよほんと、非の打ちどころがないようなやつで……。

何かイヤミじゃなぁい？　そういうの。

いや、ミサキは性格もすごく良かったっていうんだ。イヤミでもゴーマンでも全然なくて、誰にでも優しくて、適度に砕けたところもあって、だから生徒にも先生にも、みんなからとても好かれてて……とにかくまあ、人気者だったんだよ。

ふーん。いるのねぇ、そんな人。

ところが三年に上がって、クラス替えで三組になったそのミサキが、急に死んでしまったのさ。

えーっ。

まだ一学期で、ミサキが十五歳の誕生日を迎えてまもないころ、だったらしい。

何で……事故？　病気？

航空機事故、って聞いた。家族で北海道へ行って、その帰りの飛行機が墜落して。ほかにも諸説あるみたいだけど。

……………

突然そんな悲報を聞いて、同級生たちはみんな、ものすごいショックを受けた。

そりゃあそうよね。

信じられない！　と、みんなは口々に叫んだ。そんなの嘘だ！　と喚《わめ》きだすやつもいた。泣き崩れる子もたくさんいた。担任の先生もかける言葉を失って、教室中が異様な雰囲気になって……そんな中でふと、誰かが云いだしたんだ。**ミサキは死んでなんかいない、今もほら、ここにいるじゃないか**、って。

……………

ミサキが使っていた机を指さして、**ほらミサキはそこにいる、ちゃんといる、ミサキは生きてそこにいるよ**、って。すると、その言葉に賛同する生徒が次々に現われた。**ほんとだ、ミサキは死んじゃいない、生きている、今もそこにいる……**。

……それって。

人気者の突然の死を、誰もが信じたくなかった、認めたくなかったってわけ——なんだろうけど、それはそのときだけじゃあ終わらなかった。**クラスではその後もずっと、それが続けられることになったんだ。**

どういう意味？

クラスの全員がその後も一貫して、**「ミサキは生きている」**というふりをしつづけることにしたのさ。先生も全面的に協力したっていう。そうだ、みんなの云うとおりミサキは**死んではいない。少なくともこの教室では、クラスの一員として今もちゃんと生きている。これからもみんな一緒に頑張って、みんな一緒に卒業しようじゃないか。**……ってね、まあこんな感じだったんだろう。

いい話にも聞こえるけれど、んー、ちょっと不気味かも。

そんなふうにして結局、三年三組のみんなはその後の中学生活を送ったわけ。ミサキの机も以前のまま残しておいて、おりに触れ、そこにいるミサキに話しかけてみたり、一緒に遊んだり一緒に下校したり……**もちろん全部ふりなんだけどね。**卒業式のときには、校長の計らいでミサキのための席が用意されたりもして……。

ふうん。やっぱりいい話、かなぁ。

ああ。基本的には、これってある種の美談なんだよな。ところが、最後におっかないオチがつく。

って？　どんな？

卒業式のあと、教室で撮った記念写真があったらしいのさ。後日、できあがってきたその写真を見て、みんなは気づいた。**クラス全員のその集合写真の隅っこに、実際にはいるはずのないミサキの姿が写っていた、**ってさ。死人みたいな蒼白《あおじろ》い顔で、みんなと同じように笑ってたって……。

Chapter 1

April

1

春が来て、ぼくは十五歳になって、なったとたんに左の肺がパンクしてしまった。

東京を離れて夜《よ》見《み》山《やま》市にやってきて、母方の祖父母の家に厄介になりはじめて三日め。あしたからはこの街の中学校に、ちょっとタイミング遅れの転校生として登校しなければならない——という、よりによってそんな夜の出来事だった。

一九九八年の四月二十日。

心機一転、新しい学校への初登校日になるはずだったこの月曜日は、ぼくの人生における二度めの入院初日となった。一度めの経験は半年前。原因はそのときも、同じ左の肺のパンクだった。

「一週間から十日くらいは入院しないといけないってねえ」

朝早くから病院に来てくれた祖母の民江《たみえ》にそう告げられたとき、ぼくは入ったばかりの病室のベッドの上で独り、なかなか治まりそうもない胸の痛みと息苦しさに耐えていた。

「手術するほどでもないでしょうって、お医者さまはおっしゃってたけど。とりあえず午後から、ドレインとかいう治療をするって」

「ああ……去年もやった、それ」

「こういうのって、くせになるものなんかねえ。——苦しい？　恒一《こういち》ちゃん。大丈夫かい」

「あ、うん……はい」

数時間前、救急車で運ばれたときには、もっと強い痛みと息苦しさがあった。しばらくの安静で少しずつ楽になってきてはいたが、正直なところそれでもかなりつらい。片方の肺がいびつにしぼんだレントゲン写真が、いやでも頭にちらついてしまう。

「本当にもう、こっちに来た早々こんな……可哀想にねえ」

「あ。えっと……ごめんなさい、おばあちゃん」

「いやだねえ、気にするんじゃないよぉ。病気は仕方ないからねえ」

祖母はじっとぼくの顔を見て、目尻《めじり》のしわを倍ほどにも増やして微笑んだ。今年六十三歳だというが、まだまだ元気そうだし、孫のぼくにもとても優しい。こんなに近い距離で二人で話をするなんて、これまでほとんどなかったことだというのに。

「あの……怜子《れいこ》さんは？　仕事、遅れずに行けたかな」

「大丈夫さぁ、あの子はしっかりしてるからねえ。いったん帰ってきて、ちゃんといつもどおりの時間に出ていったよ」

「迷惑かけてごめんなさいって、あの、怜子さんに……」

ゆうべ遅くになっていきなり、身に憶《おぼ》えのある症状に見舞われた。胸の内側から伝わってくるゴボゴボという不穏な感触と独特の激しい痛み、そして息苦しさ。またあれが？　ととっさに悟って、なかばパニック状態でSOSを求めた相手が、そのときまだリビングで起きていた怜子さんだったのだ。

死んだ母の、十一歳も年の離れた妹——だから、ぼくの叔母《おば》に当たる。事情を聞いてすぐに救急車を呼んでくれたのは彼女で、そのまま病院まで付き添ってもくれた。

感謝します、怜子さん。

申しわけないです、ほんと。

声を大にしてそう云いたかったけれども、症状がつらくてそれどころじゃなかった。おまけに、そもそもぼくは彼女と面と向かって話をするのがどうも苦手……というか、何だかいやに緊張してしまうのだ。

「着替えとか、持ってきたから。いるものがあったら遠慮なく云うんだよ」

「――ありがとう」

大きな手提げの紙袋をベッドの脇に置く祖母に、ぼくは掠《かす》れた声で礼を述べた。下手に身動きをすると痛みが増しそうなので、枕に頭をのせたまま、少しだけ顎《あご》を引いてみせた。

「おばあちゃん、あの……お父さんには？」

「まだ伝えてないよ。陽介《ようすけ》さん、今ごろはインドかどこかなんだろ。どうやって連絡したらいいか分からなくてねえ。今晩、怜子に頼んで」

「いいえ、あのぼく、自分で連絡します。携帯電話、部屋に置いてきたのを持ってきてくれたら……」

「おやぁ、そうかい」

父の名は榊原《さかきばら》陽介。東京の某有名大学で、文化人類学だか社会生態学だかの研究を職としている。四十代の初めで教授になったというから、研究者としてはきっと優秀な人材なんだろう。けれど、父親として優秀かどうかについては大いに疑問を感じざるをえない。

とにかくもう、家に居着かない人なのだ。

一人息子をほったらかしにして、フィールドワークか何か知らないが、しょっちゅう家を空けて国内外を飛びまわっている。おかげでぼくは小学生のころから、家事の腕前だけは同級生の誰にも負けないという変な自信を持たされることになった。

祖母の云ったとおり、父は先週から仕事でインドへ行っている。この春休みに急遽《きゅうきょ》、持ち上がった話だった。一年近くの長期、向こうに滞在して調査および研究活動にいそしむのだという。ぼくが急遽、夜見山の祖父母宅に預けられる運びとなった背景には、基本的にそういった事情がある。

「恒一ちゃん、あんた、お父さんとはうまくいってるのかい」

祖母に訊《き》かれて、ぼくは「うん、まあ」と答えた。内心、困った親父だとは思っていても、べつに彼が嫌いなわけではない。

「それにしてもねえ、陽介さんも律儀な人だよねえ」

これはなかば独り言みたいな口ぶりで、祖母は云った。

「理津子《りつこ》が死んでもうこんなに経つのに、いまだに再婚もしないでいるんだから。何かと云っちゃあ、こっちにもいろいろ援助してくれるし……」

理津子というのがぼくの母の名前だ。十五年前——ぼくを産んだその年に、二十六歳の若さでこの世を去った。父、陽介とは十も年の差がある夫婦だった。

聞いた話では、父がまだ大学で講師を務めていたころ、教え子の一人だった母を見初めて口説《くど》き落としたのだそうだ。「ありゃあソッコーだったよなあ」と、いつだったか家に遊びにきた父の古い友だちが、酒に酔った勢いでずいぶんと父をからかっていた。

母が死んでから現在まで、そんな父がまったく女っけのない生活を送ってきたとは考えにくい。息子のぼくが云うのも何だけれど、彼は優秀な研究者であると同時に、五十一という年齢にしては若々しく、なかなかハンサムで気立てのいい男でもある。社会的地位も経済力も充分にあって、なおかつ独身なのだから、それなりにモテないはずはない。

亡妻に義理立てしているのか、あるいはぼくに気を遣っているのか。どっちにしろもういいから、そろそろちゃんと二度めの結婚でもして、家事を息子に押しつけるのはやめてほしいものだ。——と、これは半分、ぼくの本音だったりもする。

2

「肺のパンク」とはつまり、「自然気胸」と呼ばれる病気のことだ。より正確には「原発性自然気胸」。痩《や》せ型で長身の若い男性に多い病気で、おおむね原因は不明とされるが、もともとの体質に加えて、疲労やストレスが引き金になるケースが少なくないとも云われている。

「パンク」という言葉のとおり、肺の一部分が破れて胸腔《きょうくう》内に空気がもれだしてしまうのだ。圧力のバランスが崩れて肺は孔《あな》のあいた風船さながらにしぼんでしまい、それに伴って、胸痛や呼吸困難が引き起こされることになる。

この、想像するだに恐ろしげな病気を、ぼくは半年前——去年の十月に初めて経験したのだった。

最初は妙に胸が痛くて咳《せき》が出て、身体を動かすとすぐに息切れがするな、という感じだったのだ。しばらく我慢すれば治るだろうと思っていたところが、何日経っても良くならない。むしろどんどん悪くなってくるものだから、父にそう訴えて病院へ行った。レントゲンを撮ってみてすぐに、左肺が気胸を起こして中程度の虚脱状態にあると判明。即日の入院となった。

担当医の判断で、「胸腔ドレナージ」という処置が行なわれることになった。局所麻酔をしたうえで胸部にメスを入れ、そこから胸腔内にトロッカーカテーテルという細いチューブを挿入する。チューブの一端は吸入装置につながれている。こうやって、肺と胸膜のあいだにたまった空気を排出しようという寸法だ。

一週間ばかりこの処置を続けるうち、しぼんだ肺はもとどおりに膨らみ、孔もきちんとふさがって無事に退院となった。そのさい医師は「完治」という言葉を口にしたが、同じ口で「再発率は五十パーセントくらい」とも云っていた。

それがどれほどのリスクなのか、当時はあまり深刻に考えようとはしなかった。もしかしたら将来そのような事態もあるのかもしれないな、という程度の認識だったのだが、まさかこんなに早く、こんなタイミングで再発の憂き目に遭おうとは……。

正直云って、相当に憂鬱《ゆううつ》だった。

祖母が帰っていったあと、午後一番に内科の処置室に呼ばれて、半年前と同じ胸腔ドレナージが始められた。

幸い担当の医師の腕は悪くなくて、半年前はチューブを押し込まれるときにひどく痛かったのが、今回はさほどでもなかった。前回同様、これで空気が抜けて肺が膨らんで孔がふさがったら、めでたく退院。ただし、こうして一度再発してしまった場合、再々発のリスクはさらに高くなるのだという。これ以上繰り返すようならば、外科手術を検討するべきだろう——と聞いて、ぼくはいよいよ憂鬱になった。

夕方にふたたび祖母が来て、携帯電話を届けてくれた。のだが、父にこの状況を知らせるのはあす以降にしよう。そう決めた。

急いで知らせたからといって、何がどう変わるわけでもない。命にかかわるような病状でもないのだし、元気のない今の声を聞かせてよけいな心配をかける必要もないし……。

ベッドのそばに置かれた吸入装置からは、ブクブクという小さな音がしつづけている。装置内にためてある水の中に、胸から吸い出された空気が排出される音だ。

「医療機器に悪影響を与えることがあるので……」というお決まりの注意書きを思い出して携帯の電源を切ると、相変わらずの痛みと息苦しさにうんざりしながら、ぼくは病室の窓から外を見やった。

市立病院の、古い五階建ての病棟。その四階にある病室だった。

暮れなずむ空の下に、ぽつぽつと白い光が見える。街の灯だ。写真でしか顔を知らない母、理津子が生まれ育った山間《やまあい》の小都市、夜見山——。

ぼくがこの街を訪れるのは、そういえばこれで何度めだろうか。

そんな想いが、今さらのようにふと心をよぎる。

記憶にあるのは、ほんの数度だった。幼い日のことはあまりよく憶えていない。小学生のころに確か、三度か四度。中学生になってからはこれが初めてか……いや、それとも。

それとも？　と考えたところで、ふいに思考がストップする。ずうぅぅーんという重低音がどこからともなく湧き出してきて、覆いかぶさってきて、まるでそれに押し潰《つぶ》されるような感じで……。

知らず、小さな溜息《ためいき》をついていた。

麻酔が切れてきたせいだろう、チューブを挿し込まれた腋《わき》の下あたりの傷がもともとの胸痛にまじって、じくじくと疼《うず》いた。

3

祖母は翌日からも毎日のように見舞いにきてくれた。

家からこの病院まではずいぶん距離があるはずだけれど、自分で車を運転してくるから大した苦労でもないさぁ、と軽やかに笑う。うーん、頼もしいおばあちゃんだ。——とはいえ、そのせいで家のことが多少なりともおろそかになっているのは確かだろうし、最近ちょっとぼけはじめているという祖父、亮平《りょうへい》のことも気がかりなはずだし……やっぱり申しわけなく思う。ありがとう、おばあちゃん——と、ぼくは心の中で手を合わせずにはいられなかった。

胸腔ドレナージの効果はまずまず順調で、入院三日めくらいからはだいぶ痛みも楽になってきた。そうなると持ち上がってくるのは「退屈」という問題だったが、まだまだ勝手に歩きまわったりはできない。

何しろ身体がチューブで機械とつながれた状態なのだ。それとは別に、日に二回の点滴もある。トイレに行くのもけっこう大変で、当然しばらくはシャワーも浴びられない。病室は狭い一人部屋で、コイン投入式の小型テレビが備え付けられていたが、つけても昼間はろくな番組をやっていない。仕方なしにそれを眺めているか、祖母に頼んで持ってきてもらった本でも読むか、ＭＤで音楽でも聴くか……そんなこんなで、決して心地好《よ》いとは云えない時間がのろのろと過ぎていった。

入院六日め——四月二十五日、土曜日の午後になって、怜子さんが病室に来てくれた。

「ごめんなさいね、恒一くん、なかなかお見舞いにこられなくって」

平日の仕事帰りだとどうしても遅くなってしまうから——と、彼女はすまなそうに云ったが、もちろんそういう事情はよく承知している。文句など云ったら、それこそバチが当たってしまう。

なるべく元気そうな顔で、病状や回復ぐあいの報告をした。うまくいって退院は来週前半、遅くとも今月中にはきっと……と、これは午前中に聞いた担当医師の見解。

「じゃあ、学校に行けるのはゴールデンウィーク明けかな」

怜子さんはそう云って、窓のほうにすいっと目を向ける。ベッドの上で身を起こしていたぼくは、自然と彼女の視線を追った。

「この病院は、夕見《ゆうみ》ヶ《が》丘《おか》っていう山ぎわの高台に建ってるの。街の東の端……だから、ずっと向こうに見えるのは西の山々ね。あっちには朝見《あさみ》台《だい》っていう場所もあるのよ」

「ユウミとアサミ、ですか」

「夕陽がきれいに見えるから夕見ヶ丘、朝陽がきれいに見えるから朝見台。名前の由来はそんなところかしら」

「でも、街の名前は夜見山なんですね」

「北のほうには実際、夜見山っていう山があるの。街は盆地だけど、南から北に向かって全体がなだらかな坂になっていて……」

そういったこの街の基本的な地理さえ、ぼくはまだ満足に知らないでいた。それを見越して、怜子さんは簡単なタウンガイドを始めたのかもしれない。窓からの眺めを見て、ちょうどいい機会だと思ったんだろうか。

「……あそこ、見える？」

と、怜子さんが右手を上げて指さした。

「南北にずっと緑が連なってる、あれが街の真ん中を流れる夜見山川ね。その向こうのあそこに、ほら、グラウンドが見えるでしょ。分かるかな」

「ああ、えっと……」

ぼくはベッドから半身を乗り出して、怜子さんが指し示す方向に目を凝らした。

「あっ、あれですね。あの白っぽく広がってるの」

「そう」

怜子さんはぼくのほうを振り返って、うっすらと笑んだ。

「あれが夜見山北中学。あなたが行くことになっている学校よ」

「あ、そうなんですか」

「東京では恒一くん、私立だったのよね。中高一貫の進学校？」

「ええ、まあ」

「公立はだいぶ勝手が違うかもしれないけれど……大丈夫よね」

「まあ、たぶん」

「いきなり入院して、四月のぶんの勉強、遅れちゃったわね」

「あ、それは大丈夫だと思います。前の学校でもう、中三の半分くらいまで進んでたし」

「ふうん、すごいんだ。じゃあ、勉強は楽勝か」

「楽勝かどうかは分からないけど」

「油断はしないように、って云わなきゃだめかしら」

「怜子さんも昔、あの中学に行ってたんですか」

「ん、そうよ。今から十四年前の卒業生、になるのかな。年がバレちゃうね」

「えっと、じゃあお母さんも？」

「そう。理津子姉さんも北中出身だった。街には夜見山南中学っていう学校もあって、そっちが南中ね。北中は『夜見北《よみきた》』って呼ばれたりもするの」

「ヨミキタ……あ、そっか」

黒いパンツスーツにベージュのブラウスを着た怜子さんは、ほっそりとした身体にほっそりとした色白の顔。まっすぐな髪を胸もとまで伸ばしている。

髪型も含めて、その面立ちには、写真で知っている母とどこか似通ったところがあった。そう意識すると、どうしても心のふしぶしが微熱を持ったように疼きはじめる。こうやって彼女と話すのは緊張するから苦手、というのは八割がた、この辺に原因があるんだろう。

「勉強のほうは心配ないとして、問題はやっぱり私立と公立の勝手の違いかな。最初は戸惑うこともあるだろうけど、でも、きっとすぐに慣れるから……」

そうして怜子さんは、退院して学校に行けるようになったら、改めて「夜見北での心構え」を教えてあげるわ——と云った。それからふと、ベッドサイドのテーブルに置いてあった文庫本に目をとめて、

「ふうん。恒一くん、こういう小説が好きなんだ」

「あ、ええ……まあ」

本は全部で四冊あった。スティーヴン・キングの『呪われた町』と『ペット・セマタリー』。どちらも二分冊の大長編で、ちょうど怜子さんが来る直前、『ペット・セマタリー』の上巻を読みおえたところだった。

「じゃあね、『夜見北の七不思議』っていうのもそのときに教えてあげる」

「『七不思議』、ですか」

「どこの学校にもあるものだけど、ちょっと変わってるのよ、夜見北のって。わたしが通っていたころからもう、八つ以上あったけれど。——興味ない？」

正直、現実のその手の怪談にはあまり関心がなかったのだが、

「ぜひぜひ、教えてください」

そう答えて、ぼくは笑顔を繕った。

4

翌二十六日、日曜日の正午前。

例によって祖母があれこれと差し入れを持ってきてくれて、「じゃあまた、また来るからねえ」という決まり文句を残して帰っていった。それとほとんど入れ違うようにして、だった。まったく予想も想像もしていなかった見舞い客がやってきたのだ。

病室のドアをノックして開けたのは、入院以来すっかりお世話になっている水野《みずの》さんという若いナース。――で、彼女に「どうぞ」と促されて入ってきたのは、これまで一度も会ったことがない男女の二人組だった。ぼくは当然、相応にびっくりしたのだけれど、彼らの素性についてはすぐに察しがついた。二人ともぼくと同年配の男子と女子で、なおかつ二人とも学校の制服を着ていたからだ。

「こんにちは。――榊原恒一くん、ですね」

右代表、という感じで、男子のほうが云った。中肉中背。黒い詰め襟の学生服姿。つるんとした、いわゆるしょうゆ顔に、生真面目そうな銀縁の眼鏡をかけている。

「ぼくたち、夜見山北中学の三年三組の生徒で」

「ああ……はい」

「ぼくは風見《かざみ》といいます。風見智彦《ともひこ》。こっちは桜木《さくらぎ》さん」

「桜木ゆかりです。はじめまして」

女子のほうは紺色のブレザーだった。どちらもごくスタンダードな中学の制服だが、東京でぼくが通っていた私立中とはかなり趣が違う。

「ええとですね、ぼくと桜木さんは三組のクラス委員長で、きょうはみんなの代表で来たんですけど」

「んー」

ベッドの上で首を傾げながら、ぼくは当たり前な質問をした。

「どうして、ここに？」

「転校してきたんでしょう」

と、桜木ゆかりが云った。彼女も風見と同じような銀縁眼鏡をかけている。少しぽっちゃりめの体形に、髪は肩口までのセミロング。

「本当は先週の月曜から出てくるはずだったのが、急な病気で……って聞いて。それで、クラス代表でお見舞いにいこうっていうことになって。——あのこれ、みんなから」

持ってきた花束を、彼女は示した。色とりどりのチューリップだった。チューリップの花言葉は「思いやり」とか「博愛」とか……って、これはあとで調べて知った話。

「先生から病状も聞きました」

風見智彦が続けた。

「気胸っていう肺の病気だって。——もう大丈夫なのかな」

「ああうん、ありがとう」

答えながら、ぼくは込み上げてくる笑いを嚙《か》み殺す。突然の彼らの来訪には驚いたけれど、素直に嬉《うれ》しくもあった。加えて、やってきた二人のたたずまいが、あまりにも絵に描いたような——その辺のアニメにでも出てきそうな「委員長」キャラに見えたので、それが妙におかしかったというのもある。

「おかげさまで……って云うべきなのかな、こんな場合も。回復は順調で、たぶんもうすぐこのチューブも取れると思うし」

「ああ、それは良かった」

「いきなり大変でしたね」

口々に云って、三年三組のクラス委員長二人は顔を見合わせた。

「東京から引っ越してきたんですってね、榊原くん」

チューリップの花束を窓辺に置きながら、桜木が問いかけてきた。何だろうか、そろりと探りを入れるような調子だった。「あ、うん」とぼくが頷《うなず》くと、

「K**中からなんでしょ。すごい、私立の有名校ですよね。それが何で？」

「ちょっと家の事情で、こっちに」

「夜見山に住むのは初めて?」

「うん。そうだけど……どうしてそんな」

「ひょっとして昔、こっちに住んでたりしたのかなって」

「来たことはあるけど、住んだことはないよ」

「長期滞在したことは?」

と、続けて風見が問いかけてきた。変な質問をするな——と、いささか気にかかりつつ、ぼくは「さあ」と返事を濁した。

「母さんの実家がこっちなんだ。よく憶えてないけど、ずっと小さいころなら、もしかしたらそういうことも……」

二人の質問攻勢はそこで終わり、風見が「これを」と云ってベッドに歩み寄った。カバンから大判の封筒を取り出して、ぼくに手渡す。

「何?」

「一学期が始まってからの授業のノート。コピーしてきたから、もしも良ければ」

「えっ。わざわざそんな……ありがとう」

受け取った封筒の中身を覗《のぞ》いてみると、やはり前の学校ですでに習った内容ばかりだった。が、それでも彼らの気づかいが素直に嬉しくて、ぼくは「ありがとう」と礼を重ねた。このぶんだと、昨年来のいやな出来事もあんがい、あっさり忘れられるかもしれない。

「登校はたぶん、ゴールデンウィーク明けからになると思うけど……よろしく」

「こちらこそ」

そうして風見は、ちらりと桜木のほうに目配せをしたかと思うと、

「ええと、あの、榊原くん」

何やらおずおずとした表情で、右手をぼくに向かって差し出したのだ。

「握手、してくれます?」

云われて、ぼくはちょっと面喰《く》らった。

握手? こんな場所での初対面で、クラス委員長の男子がいきなり握手を求めてくるとは、いったいこれって……。

公立の生徒は変わってるな、ということで済ませていいのか。それとも、東京とこっちとの地方差? 気質差?

などと思いつつも、まさか「いやだ」と突っぱねるわけにもいかない。何喰わぬふうを取り繕って、こちらも右手を差し出した。

自分から云いだしておきながら、握手をする風見の手にはあまり力がこもっておらず、気のせいだろうか、冷や汗でもかいているみたいなぬらっとした湿りけがあった。

5

入院八日めの月曜は、ささやかな解放の日となった。

肺からの空気のもれが完全に止まっているのが確認され、ドレナージのチューブが抜かれることになったのだ。これでやっと、つながれていた機械から自由になれるわけで、午前中にその処置を終えると、見舞いにきてくれていた祖母を見送りがてら、ぼくは久しぶりに外の空気を吸うべく病室を出た。

医師によれば、もう二日ほど様子を見て、変わりがなければ退院の運びだという。ただし、しばらくはなるべく安静にしているように、とのこと。半年前の経験もあったから、その辺は云われなくても十二分に承知していた。学校に行けるのはやはり、五月六日の連休明けか。

祖母の運転する、いかつい黒塗りのセドリックが走り去るのを見届けたあと、ぼくは病棟の前庭に見つけたベンチに腰を下ろした。

解放の日にふさわしい好天だった。

暖かな春の陽射し。ひんやりと涼しい風。山が近いからだろう、野鳥のさえずりがあちこちから聞こえてくる。東京では一度も耳にしたことのないウグイスの鳴き声が、ときおりその中に割り込んできたりもして……。

目を閉じて、ゆっくり深呼吸をした。チューブを抜いた痕《あと》がいくらか疼くものの、胸痛や息苦しさはもうすっかり消えている。――うん、いい。健康であるということの、何と素晴らしきかな。

ひとしきり、あまり若者らしいとは云えないような感慨に浸ったのち、病室から持ってきた携帯電話を取り出した。このタイミングで父に連絡をしておこうかな、と思ったのだ。建物の外だから、「医療機器への悪影響」うんぬんで注意されることはあるまい。

日本とインドの時差は確か、三時間か四時間くらい。こっちがいま午前十一時過ぎだから、向こうは朝の七時か八時、か。

迷った末、結局いったんONにした携帯の電源を切った。父の朝寝坊はよくよく知っている。異国での調査&研究生活でけっこう疲れてもいるだろう。わざわざ今、こんな用件で叩《たた》き起こすのも酷な話だし……。

そのあともしばらく、ベンチに坐《すわ》ってぼんやりしていた。腰を上げたのは、そろそろ昼食の時間が近づいてきたからだ。病院食ははっきり云って美味ではなかったが、病み上がりの十五歳にとっては、空腹は絶対的に切実な問題なのだ。

病棟に戻り、ロビーを横切ってエレヴェーターホールに向かう。ちょうど閉まりかけていた扉があったので、急いで身を滑り込ませた。

エレヴェーターには先客が一人いた。

「あ、すみません」と軽く非礼を詫《わ》びたぼくだったが、そうして相手の姿を目にしたとたん、思わず「えっ」と声を上げてしまった。

先客は制服姿の少女だった。

きのう見舞いにきてくれた桜木ゆかりと同じ、紺色のブレザー。——ということは、この子も夜見山北中学の生徒なのか。学校にも行かずに、今ごろどうして……。

小柄で華奢《きゃしゃ》で、いやに線の細い中性的な面立ち。シャギーショートボブの真っ黒な髪。対照的に肌の色はたいそう薄くて、何と云うんだろうか、古めかしい表現をすれば白蠟《はくろう》めいて見える。そして——。

何よりもまず注意を引かれたのは、そんな彼女の左目を覆った白い眼帯だった。眼病をわずらっているのか、あるいは怪我でもしているのだろうか。

それやこれやに気を取られてしまって、乗り込んだエレヴェーターの移動方向に気づいたのはまぬけなくらいに遅かった。上昇ではなくて下降。上階にではなくて、地階に向かってケージが動きはじめていたのだ。

コントロールパネルに並んだボタンを見ると、〈B2〉が点灯していた。自分の目的階のボタンを押すのもあとまわしにして、

「あの、きみって夜見北の生徒?」

ぼくは思いきって、眼帯の少女に声をかけてみた。少女はまるで動じるふうもなく、無言でかすかに頷いた。

「地下二階に？　何か用事が」

「――そう」

「だけど、確か……」

「届けものがあるの」

すべての感情を封殺したような、冷ややかで淡々とした口ぶりだった。

「待ってるから。可哀想なわたしの半身が、そこで」

そんな謎めいた言葉に戸惑ううち、エレヴェーターが止まって扉が開いた。

眼帯の少女は黙ってぼくの横をすりぬけ、足音もなく地階のホールに出ていく。しっかりと自分の胸に押しつけていた彼女の両手の隙間から、何か生白いものがはみだしているのを、そのときぼくは目にとめた。何か生白い、まるで小さな人形の手みたいな……。

「ねえ、きみ」

ぼくはエレヴェーターの扉を押さえながら、肩から上を外に出して少女に呼びかけた。

「きみ、名前は？　何ていうの」

薄暗い廊下を独り歩いていく少女は、ぼくの声に反応して一瞬、足を止めた。が、こちらを振り返ることはせず、

「メイ」

そっけなくそう答えた。

「ミサキ……メイ」

少女はそして、まるでリノリウムの床の上を滑るようにして歩み去っていく。息を止めてその後ろ姿を見送りながら、ぼくは一抹のやるせなさと同時に、どうにも云い表わしがたい胸騒ぎを覚えた。

病棟の地下二階。

このフロアには、病室はおろか検査室も処置室もないはず。――入院中に自然と得た知識だった。あるのは倉庫や機械室と、それから確か霊安室だけで……。

……ともあれ。

これが、ぼくとその奇妙な少女――メイとの、初の接近遭遇だったのだ。「ミサキ」は「見崎《みさき》」、「メイ」は「鳴《めい》」という字を書くのだと知るのは、四月も終わり、五月に入って少ししてからの話になる。

Chapter 2

May I

1

「レーちゃん。おはよ」

愛らしいといえば愛らしいけれど、聞きようによってはどこかしら不気味な、甲高い声。何を考えているんだか知らないが、こんな朝早くから、そんな元気いっぱいに話しかけてこられても困る。

「レーちゃん。おはよ、レーちゃん」

レーちゃんって、それはおまえの名前だろうが。——などと文句を云ってみても、もちろん意味がない。相手は人間じゃなくて鳥なんだから。

祖父母が飼っている九官鳥《きゅうかんちょう》だった。

体が小さいから、たぶんメスだろう——と祖母は云う。で、名前は「レーちゃん」。年齢は、これも「たぶん」付きで二歳くらい。おととしの秋、ペットショップで見つけて衝動買いしたのだとか。

庭に面した縁側の端に、彼女(——たぶん)の住まう四角い籠《かご》が置いてある。太めの竹ひごで作られた、これは「九官籠」と呼ばれる九官鳥用の鳥籠らしい。

「おはよ、レーちゃん。おはよ……」

五月六日、水曜日の朝。

午前五時過ぎ——という、とんでもなく早い時間に目が覚めてしまったぼくだった。

十日間の入院生活で、早寝早起きの規則正しい生活習慣が刷り込まれてはいたものの、五時起きというのはいくら何でも早すぎる。ゆうべ床についたのは真夜中をだいぶ過ぎていたから、健康でありたい十五歳男子としては睡眠不足もはなはだしい。

せめてもう一時間、と思って目を閉じたのだけれど、もはやさっぱり眠れそうになかった。五分後にはあきらめて、布団から出た。パジャマ姿のまま洗面所に向かった。

「おやぁ、恒一ちゃん、早いねえ」

顔を洗って、歯磨きも済ませたところで、祖母が寝室から出てきた。ぼくの姿を認めると、ちょっと心配そうに首を傾げて、

「まさか、気分でも悪くて？」

「違うよ。単に目が覚めちゃっただけ」

「だったらいいんだけど。無理しちゃいけないよ」

「大丈夫だってば」

ぼくは軽く笑って、ぽんと自分の胸を叩《たた》いてみせた。——で。

朝食までの時間をどうやって潰《つぶ》そうかと考えながら、二階に与えられた勉強部屋兼寝室に戻ったとたん、だった。机の上で、充電器にセットしてあった携帯電話が鳴りだしたのだ。

誰だ？　こんな……。

そう思ったのはほんの一瞬だけだった。こんな非常識な時間にこの携帯を鳴らす相手といえば、一人しかいない。

「おう、おはよう。元気か」

取り上げた携帯から聞こえてきたのは、予想どおり父、陽介の声だった。

「こっちは夜中の二時だ。暑いぞインドは」

「どうしたの」

「どうしたも何も……きょうはこれから学校なんだろう。激励の電話だ。感謝しろ」

「ああ、うん」

「体調のほうは？　退院してからも安静にしていたか。つまりその……」

問いかける声が、急にひびわれて途切れそうになった。液晶画面を確かめてみると、電波の強弱を示すアンテナマークはかろうじて一本。それも、消えたり現われたりと頼りない。

「……聞こえてるか、恒一」

「ちょっと待って。こっちの電波が悪いみたい」

応じながら部屋を出て、電波状況の良さそうなポイントを求めてうろうろして……そうして見つけた場所が、レーちゃんの九官籠が置かれた一階の縁側だったのだ。

「体調は良好だよ。心配いらないから」

縁側のガラス戸を開けながら、保留していた質問に答えた。今回の発病と治療についての経緯は、退院の日に電話をして知らせてあった。

「にしても、どうしてこんなに朝早く？　こっちはまだ五時半なんだけど」

「新しい学校に行く前で緊張してるだろう。病み上がりでもあるから、よけいに。だから早くに目が覚めてしまってたろう」

ああもう、見透かされてる。

「まあ、それがおまえの性格だから。しっかりしているようでいて、実のところけっこう繊細な神経の持ち主。こいつはきっと父親似だな」

「母親似の間違いでしょ」

「まあまあ、その辺はともかく――」

いくぶん口調を改めて、父はこう続けた。

「気胸の件は、必要以上に気に病まないようにな。私も若いころ、やったことがある」

「えっ、そうなの。初めて聞くなあ、そんな話」

「半年前は云いそびれたんだ。血筋か、とか云われたくなかったんでね」

「――血筋だったのか」

「一年後に二回めをやったが、その後は一度も発症していない。血筋が関係あるなら、おまえもこれで打ち止めだろう」

「だといいんだけど」

「肺の病気だ。喫煙は控えろよ」

「吸ってないって」

「とにかくまあ、再々発はないものと思って頑張れ。ああいや、べつにそう、肩肘《かたひじ》張って頑張る必要もないが」

「分かってるよ。気楽にやるから」

「おう。お義母《かあ》さんとお義父《とう》さんによろしくな。インドは暑いぞ」

そんなわけで電話が切れて、ぼくは「ふー」と長い息をつきながら、戸を開けた縁側に腰を下ろそうとした。すると待ちかまえていたかのように、九官鳥のレーちゃんが奇声を発しはじめたのだった。

「おはよ、レーちゃん。おはよ……」

しばらくはそれを無視して、ぼんやりと外を眺めていた。

薄く朝靄《あさもや》が立ち込める中、生け垣のツツジの赤い満開がとてもきれいだった。庭にはささやかな池があって、かつてはここで祖父がコイを飼っていたそうなのだが、今はもう魚の姿は見えない。満足に手入れもされていないようで、水は暗緑色に澱《よど》みきっている。

「レーちゃん。おはよ、レーちゃん」

なおもしつこく話しかけてくる九官鳥に、

「よし分かった。おはよう、レーちゃん」

いいかげん根負けして、ぼくは声を返した。

「朝っぱらから元気だなあ、レーちゃんは」

「ゲンキ。ゲンキ」

と、彼女(——たぶん)はレパートリーの人語を繰り出してくる。

「ゲンキ……ゲンキ、だしてネ」

云うまでもなくこれは、人と鳥のコミュニケーションなんていう上等なものではない。

が、それでもぼくは少し微笑ましい気分になって、

「うんうん、ありがとう」

と応じてやった。

2

昨夜は夕食のあと、怜子さんとひとしきり話をした。

彼女は母屋の裏にあるこぢんまりとした離れを、自宅での仕事場兼寝室に使っていて、勤めから帰るとだいたいそこに閉じこもってしまうのだけれど、そうじゃない日ももちろんある。気胸が再発したあの夜はリビングでテレビを観ていたようだし……ただ、たとえば夕食後に家族が揃って団欒《だんらん》、というような場面はまずない。

「『夜見北の七不思議』、聞きたい？」

連休明けのあしたが仕切り直しの初登校日となるのを、当然ながら怜子さんは承知していた。そこで、見舞いにきてくれたときの病室での約束を思い出したんだろう。

「夜見北のはちょっと変わってるって、云ってましたよね」

「そう。ちょっとね」

夕食のあとかたづけを終えた祖母が、ぼくたちにコーヒーをいれてくれた。怜子さんはそれを、ブラックのままひと口飲んでから、

「どう。聞きたい？」

テーブル越しにこちらを見すえて、うっすらと笑んだ。例によって、ぼくは内心たいそう緊張しつつ、

「ええと……はい。だけどあの、いきなりぜんぶ知っちゃってもつまんないし」

と話を合わせた。

変わっているといっても、どうせよくあるその手の怪談のヴァリエーションばかりなんだろう。校舎のどこそこの階段が一段、増えたり減ったりするとか、美術室の石膏《せっこう》像が血の涙を流すとか。

「とりあえず、一つか二つ……」

知っておけばまあ、新しいクラスメイトとの会話のきっかけにもなるかもしれないし、と思った。

「じゃあ、わたしが昔いちばん初めに聞いたのを、とりあえずね」

そうして怜子さんが語ったのは、かつて体育館の裏にあった動物の飼育小屋にまつわる「不思議」だった。

ある朝、小屋で飼われていたウサギとモルモットがすべて消えていた。小屋の扉は壊されていて、中には大量の血の痕《あと》があった。警察にも通報されて大騒ぎになったが、消えた動物たちは一匹も見つからず、誰の仕業なのかも分からなかった。飼育小屋はまもなく取

り壊されたのだが、その後、もともと小屋があったあたりでは、血まみれのウサギやモルモットたち（の幽霊？）がときおり目撃されるようになったという。

「この話には変な尾ひれが付いててね」

と、怜子さんは真顔で続けた。

「小屋に残っていた血痕《けっこん》を警察が調べてみたら、それ、ウサギでもモルモットでもなくて人間の血だったっていうの。しかもAB型のRhマイナスで……」

そこまで聞いて、ぼくは思わず「へえぇ」と唸《うな》った。

「近所で大怪我をした人とか、行方不明になった人とかはいたんですか」

「そんな人、全然いなかったって」

「うーん」

「ね、不思議でしょ」

「うーん。でも、その尾ひれの部分は何か、怪談っていうよりミステリみたいですね。ひょっとしたら、ちゃんとした答えがあるのかも」

「どうかしら」

そのあと怜子さんは、これも病室での約束どおり、「夜見北での心構え」をいくつか教えてくれた。

その一。屋上に出ていてカラスの鳴き声を聞いたら、中に戻るときは左足から入ること。

その二。三年生になったら、裏門の外の坂道で転んではいけない。

この二つはきっと、昔から伝わるジンクスのようなものなんだろう。「その一」にそむいて左足から入らないと、一ヵ月以内に怪我をする。「その二」にそむいてその坂道で転ぶと、高校受験に失敗する。――そんなふうに戒められているのだという。

続く「その三」は、打って変わって、いやに現実的な「心構え」だった。

「クラスの決めごとは絶対に守るように」

と、怜子さんは変わらぬ真顔で云った。

「恒一くんが東京で行ってたK**中は、私立の進学校でも、かなりリベラルな気風の学校だったんでしょ。生徒一人一人の自由意志をまず尊重する、っていうふうな。その辺が夜見北みたいな地方の公立だと、逆だったりもするのね。個よりも集団としてどうあるかが大事、っていうふうに。だから……」

要は、何か気に喰《く》わない問題があっても目をつぶって、うまくみんなと協調していきなさい、ということ？　――だったらまあ、べつにむずかしい相談じゃない。前の学校でもぼくは、多かれ少なかれそのようにあろうとしてきたんだし……。

ぼくはちょっと目を伏せて、コーヒーカップを口に運んだ。怜子さんは真顔で話を続けた。夜見北での心構え、その四は……。

「恒一ちゃん！」

という、元気の良い祖母の声が聞こえてきて、つらつらと続けていた回想が途切れた。

ぼくはパジャマ姿のままで縁側に腰を下ろし、膝《ひざ》を抱えていた。のどかな朝の空気と穏やかな陽射しが心地好《よ》くて、何となくこの場に根を生やしてしまっていたのだ。

「恒一ちゃん、ご飯だよぉ」

祖母は階段の下から、二階に向かって呼びかけているようだった。

ご飯……もう？　と思って壁の時計を確かめると、時刻は七時前。——何ですと？　かれこれ一時間ほども、ここでぼうっとしていたことになる。大丈夫か、自分。

「ご飯だとさ、恒一」

と、今度は祖母ではなく、祖父のしわがれ声が聞こえた。しかも、すぐ近くから。

ぼくはびっくりして後ろを見た。

障子で仕切られた向こうの八畳間から、声は聞こえてきた。まるで気づいていなかったのだが、いつのまにか祖父がそこに来ていたのだ。そっと障子を開けてみると、彼は寝間着の上に薄手の茶色いカーディガンを羽織った恰好《かっこう》で、部屋に置かれた仏壇の前に坐《すわ》っていた。

「あ。おはよう、おじいちゃん」

「はいはい、おはよう」

と、祖父はまのびした調子で応《こた》えた。

「恒一はきょうも病院かね」

「病院はもう退院したってば。きょうは学校だよ、学校」

「おお、学校か。そうだったなあ」

祖父はとても小柄で、背中を丸めて畳の上に坐っていると、しわだらけの猿の置物みたいに見えた。確か、年齢は七十過ぎ。ここ二、三年でめっきり老け込んでしまって、挙動の端々に老人ぼけの兆候が見えはじめているという。

「恒一も、もう中学生か」

「中三だよ。来年は高校」

「ほう。陽介くんは達者にしとるかね」

「今はインドに行ってるよ。さっきも電話があったけど、相変わらずだった」

「元気は何よりだなあ。理津子もなあ、あんなことにならんかったら……」

母の名をいきなり持ち出したかと思うと、指先を目に当てて涙ぐんでしまう。十五年前の娘の死の記憶が、ふと生々しくよみがえってきたのか。年寄りにはありがちな現象なのかもしれないが、どう反応したらいいのか、写真でしか母の顔を知らないぼくは戸惑うばかりだった。

「ああ、こんなとこにいたの」

やがて祖母がやってきて、苦境を救ってくれた。

「ご飯だよ、恒一ちゃん。そろそろ着替えて準備したら？」

「あ、うん。——怜子さんは？」

「さっきもう出かけたよ」

「そうなんだ。早いんだね」

「あの子は真面目だからねえ」

ぼくは立ち上がって、縁側のガラス戸を閉めた。祖母が云った。

「恒一ちゃんは、きょうはあたしが車で送ってってあげるよ」

「えっ。いいよ、そんな……」

学校までの道順は予習してあった。徒歩のみだと小一時間はかかる距離だが、途中バスに乗れば、二、三十分に短縮できる。

「きょうが初めてなんだし、それにあんた、病み上がりなんだし。——ねえ、おじいさん」

「あ？　ああ、そうだなあ」

「でも……」

「遠慮することないさぁ。さ、早いところ準備して。ご飯もちゃんと食べるんだよ」

「——分かった」

放り出してあった携帯電話を忘れずに拾い上げて、ぼくは縁側をあとにする。しばらくおとなしくしていた九官鳥が、そのとき唐突に甲高い声を発した。

「どーして？　レーちゃん。どーして？」

3

三年三組の担任は久保寺《くぼでら》先生。温厚といえば温厚そうな、頼りないといえばかなり頼りなさそうな中年の男性教師で、担当教科は国語だという。

職員室を訪れて挨拶《あいさつ》を済ませると、久保寺先生は手もとの資料に目を通しながら、

「前の学校では、なかなか優秀だったのですね、榊原くんは。K＊＊中でこの成績は大したものですねえ」

初対面とはいえ、生徒を相手になぜ、こんなに丁寧な言葉づかいをするんだろう。しかも、さっきからまるでこっちをまっすぐに見ようとしない。——ちょっとした居心地の悪さを感じつつも、ぼくは相手に負けない丁寧な物腰で、

「ありがとうございます。恐縮です」

と応じた。

「身体のぐあいはもう良いのですね」

「はい。おかげさまで」

「向こうとは勝手の違うこともあるかと思いますが、とにかくみんなと仲良くやってください。公立といっても、うちの学校には世間で思われているような校内暴力とか、学級崩壊とかいった問題はありませんから、その辺は心配しなくても大丈夫です。もしも何か困るようなことがあれば、遠慮なく相談してくださいね。私なり、副担任の――」

久保寺先生は、かたわらでやりとりを見守っていた年下の女性教師のほうに視線を流し、

「三神《みかみ》先生にでも、もちろん」

ぼくは大いに緊張しながら、「はい」と頷《うなず》いた。今回の転校にあたって父が新調してくれた、予定使用期間一年の学生服が、まだ慣れないものだから窮屈で仕方ない。

「よろしくお願いいたします」

思いきりしゃちほこばった声で云って、ぼくは副担任の三神先生――担当教科は美術――に向かって頭を下げた。三神先生はやんわりと微笑んで、

「こちらこそ、よろしくね」

「あ、はい」

会話が途切れ、微妙な沈黙が生まれた。

二人の教師はちらちらと互いの顔色を窺《うかが》い合い、続いて二人ともが、何か云おうと口を開きかけた――ように見えた。ところが、おりしも鳴りはじめた予鈴。タイミングを見失って、二人は口をつぐんでしまった――ように見えた。

「それでは、行きましょうか」

久保寺先生が云い、出席簿を持って立ち上がった。

「八時半から朝のホームルームです。クラスのみんなに紹介しましょう」

4

三年三組の教室の前までぼくを先導していくと、二人の教師はちらっと目配せし合い、またしても何か云おうと口を開きかけた――ように見えたのだけれど、今度はちょうどそこで本鈴が鳴りはじめた。わざとらしい咳払《せきばら》いを一つして、久保寺先生が教室の戸を開けた。

生徒たちの話し声が、何だかラジオのノイズめいて聞こえた。足音、足音、椅子を鳴らして席につく音、カバンを開く音、閉じる音……。

先に入った久保寺先生に目顔で促され、ぼくは教室に足を踏み入れた。三神先生がそのあとに続き、ぼくの横に立った。

「みなさん、おはようございます」

教卓の上で出席簿を開くと、久保寺先生はゆっくりと教室を見渡して出欠を確認する。

「赤沢《あかざわ》さんと高林《たかばやし》くんがお休みのようですね」

お決まりの「起立」「礼」「着席」は、ここでは行なわれないようだった。これも私立と公立の違い？　それとも地方差？

「みなさん、ゴールデンウィーク気分はもう抜けましたか。——きょうはまず、転入生を紹介しましょう」

　徐々にノイズが消えていき、教室は静まり返った。久保寺先生が教壇からぼくを手招いた。「さ、行きなさい」と、三神先生が小声で命じた。

　クラス中の視線が集まるのを、痛いほどに感じた。ざっと見たところ、生徒の数は三十人くらい……と、それ以上は観察する余裕がないままに、ぼくは教壇のほうへ進み出る。

——ああもう、緊張で胸が詰まる。息がしづらい気もする。それなりに覚悟はしていたけれど、先週まで肺の病で苦しんでいた少年の繊細な神経には、この状況はきつい。

「ええと……はじめまして」

　黒い詰め襟か紺色のブレザーを着た新しいクラスメイトたちに向かって、そしてぼくは自分の名を告げた。久保寺先生が、それを文字にして黒板に書いてみせる。

　榊原恒一。

　いやおうなしに、心が身構えてしまっていた。われながら情けないほどにびくびくと、教室の空気を探る。——が、とりあえず気になるような動きは感じ取れない。

「先月、東京から夜見山にやってきました。父の仕事の関係で、しばらくこっちにいる祖父母のところに住むことになって……」

心中ほっと胸を撫《な》で下ろしつつ、ぼくは自己紹介を続けた。

「本来なら、先月二十日から登校する予定だったのが、ちょっと体調を崩して入院しちゃって……で、きょうやっと、こうして来ることができました。あの、どうぞよろしく」

趣味とか特技とか好きな芸能人とか、そのような話もするべきなんだろうか、こんな場合。いや、それよりもここで、入院中にお見舞いの花をありがとう、と礼を述べるべきか。

——などと迷ううち、

「そんなわけで、みなさん」

と、久保寺先生があとを受けてくれた。

「三年三組の新しい仲間として、きょうから榊原くんとも仲良くやっていくように。慣れないことも多いでしょうから、みんなで教えてあげてください。お互いに助け合って、残り一年の中学生活が良きものとなるよう、頑張りましょう。みんな一緒に頑張りましょう。そして来年の三月には、クラス全員が健やかに卒業できるように……」

最後に「アーメン」とでも云い添えられそうな、久保寺先生の口上だった。聞きながらぼくは、何だか背中のあたりがむず痒《がゆ》くなってきたのだけれど、クラスの面々はみんな、けっこう神妙に耳を傾けている。

最前列の一席にそのとき、知っている顔を見つけた。見舞いにきてくれたクラス委員長の一人、風見智彦だ。

視線が合うと、風見はどこかぎこちない笑顔を見せた。病室で握手を交わしたさいの、あのぬらっと湿りけを帯びた感触がよみがえってきて、ぼくは何となく右手をズボンのポケットに潜り込ませた。

あのときのもう一人、桜木ゆかりはどこだろうか。そう思ったところで、

「では、榊原くんはあそこの席に」

久保寺先生が云い、その席を指し示した。

教壇から向かって左手——廊下側のいちばん端の列の、後ろから三番めの机が空いている。

「はい」と応えて一礼し、ぼくは指定の席に向かった。カバンを机の横に下ろすと、椅子に坐りがてら、その位置から改めて教室内を見渡してみた。そして——。

このときになってようやく、ぼくは気づくことができたのだ。教壇から向かって右手——校庭に面した窓ぎわの列のいちばん後ろにいる、その生徒の姿に。

教室の前方から見ると、ちょうどそのあたりは今、窓からの陽射しが妙な逆光線になってしまっていて……という理由もあった。だから気づけなかったのでは、とも思う。こちらが移動しても、逆光の状態に劇的な変化はなかったけれど、それでもそこに席があって、誰かが坐っていることは見て取れた。

言葉が持つイメージとは裏腹に、このときの「まばゆい光」にはなぜかしら、何かしらの悪意めいたものを感じた。それを身体の半分に受けて、そこにいる生徒の姿はまず、輪郭もうまく定まらない「影」としてしか捉《とら》えられなかった。光のただなかにひそむ闇……と、そんなふうにも思えた。

軽い痛みの色をした予感と期待に囚《とら》われつつ、ぼくは幾度も瞬《まばた》きを繰り返した。影は瞬きのたびに輪郭を整え、膨らみを持ちはじめ……やがて陽射しのかげんが少しうつろったのも手伝って、そのはっきりとした姿形がぼくの目に映った。

彼女が、そこにはいた。

病院のエレヴェーターで出会った、あの眼帯の少女。地下二階の薄暗い廊下を足音もなく歩み去っていった、あの……。

「……メイ」

誰にも聞こえないよう、ぼくは呟《つぶや》いた。

「ミサキ、メイ」

5

SHR《ショートホームルーム》の十分間ののちも、担任の久保寺先生はそのまま教壇の上にとどまり、副担任の三神先生だけが教室を出ていった。久保寺先生が残ったのは、一限目の授業が自分の担当教科だったからだ。

久保寺先生の国語は、何となく予想していたとおりの地味な授業だった。相変わらずの丁寧な言葉づかいで、聞き取りやすく語ってはくれるのだが、どうも押しが弱いというか、メリハリが乏しいというか……つまりは地味なのだった。

だけどもちろん、ここで正直に退屈そうなそぶりを見せるわけにはいかない。感じが悪いに決まっている。対先生的にも、たぶん対クラスメイト的にも。

絡みついてくる眠気に抗《あらが》いつつ、ぼくは真新しい教科書を睨《にら》みつける。

明治の文豪の手になる短編小説の、何だか中途半端な抄録。それを目で追いながら、頭の中の半分では、読みかけのキングの長編の、予断を許さない今後の展開に想いを巡らせていた。ああ、イカれたナンバーワン愛読者に監禁された人気作家ポール・シェルダン、彼の運命やいかに……。

そんな久保寺先生の授業だったが、教室は不思議に静かで、これは漠然と思い描いていた「公立中学」のイメージとは違った。不適当な先入観なのかもしれないけれど、何と云うんだろう、もっとざわついた雰囲気を想像していたのだ。

ただし、みんながみんな真面目に集中しているふうでもない。私語を交わす連中こそいないが、見るからにボーッとしている者もいれば、うつらうつら舟をこぎはじめている者もいる。こっそり雑誌か何かを読んだり、落書きに興じたりしている者もいる。久保寺先生は、そういった生徒をいちいち注意するタイプの教師ではなさそうにも思える。——なのに。

どうしてだろうか。

この教室の空気にはどこか、必要以上の静けさがあって……いや、静けさというよりも堅苦しさ、みたいな？　——堅苦しさ、妙な緊張感……うん、そういう感じ。

何なんだろう、これは。

ひょっとして——と、ぼくは考える。

きょうからここにまぎれこんできた異分子、すなわち東京からの転校生の存在が原因で？　それでクラス全体に、ちょっとした緊張が……ああいや、そんなふうに思うのは自意識過剰というものか。

……あの子は？

ミサキ・メイは？

ふと気になって、彼女の席のほうを窺ってみた。

頰杖《ほおづえ》をついてぼんやりと窓の外を眺めている姿が、そこには見えた。ほんのちらっとだけだったから、それ以上は分からない。陽射しの逆光のかげんで、その姿の基本はやはり実体感の薄い「影」だった。

6

二限目以降のほかの授業でも、多かれ少なかれぼくは同じような印象を抱いた。教科や担当教師によっておのずと違いはあるが、どう云えばいいだろう、何となく底に流れているものが同じなのだ。

教室全体に漂う妙な静けさ、堅苦しさ、緊張感……そう、そのようなもの。

誰がどのように、という具体的なところは分からない。でも確かに、そのようなものを感じてしまう。

たとえば、誰かが（あるいはみんなが？）何かを気にしている、とでもいうふうな……もしかしたらまるで無意識のうちに？　自分（たち）でもそうとは気づかないうちに、何かを……いや、それもこれも全部、単なるぼくの気のせいである可能性も否めないか。

――まあ、そのうち慣れて気にならなくなるかもしれない。

授業の合間の休憩時間には、ぽつぽつと幾人かの生徒から話しかけられて言葉を交わした。「榊原」「榊原くん」と名を呼ばれるたびに内心びくっと身構えつつも、基本的には穏やかに和やかに、あるいは当たりさわりなく、ぼくはそれをこなすことができた――と思う。

「入院してた病気、もう大丈夫なの？」

——うん。もうすっかり。

「東京とこっちでは、どう？」

——べつに。そんなに変わらないよ。

「でもさ、いいよね、やっぱ東京は。夜見山みたいな地方都市って、最近ますますパッとしないっつうか」

——あっちはあっちで、いやなことがいっぱいだけど。どこ行っても人だらけだし、街はざわざわしてて落ち着かないし……。

「住んだらそういうものなのかねえ」

——こっちのほうがずっと静かでいいんじゃないかな。自然も多いしね。

東京より夜見山のほうがいい、というのはなかば本心、なかばは自分にそう云い聞かせようとしていることだった。

「お父さん、大学教授なんだって？　それでどこか外国へ研究に行ってるって？」

——何でそれ、知ってるわけ。

「久保寺先生が云ってたから。だからみんな知ってる」

——そっか。前に行ってた中学のことなんかも？

「知ってるよ、みんな。病室にお見舞いの花を届けたら、っていうのは三神先生の提案だったんだけど」

――えっ、そうだったんだ。

「どうせだったらこのクラス、三神先生のほうが担任なら良かったのになあ。美人だし、きりっとしてるし、それに……ねえ、そう思わない？」

――うーん、微妙かも。

「ね、榊原くんって……」

――父親はね、この春から一年くらいインドなんだ。

「インド？　また暑そうなとこへ」

――うん。確かに暑いらしい。

そんなこんなの応対のかたわら、ときどき気になってはミサキ・メイの姿を探していた。ところが彼女は、授業が終わるとすぐさま席からいなくなってしまう。でもって、教室内のどこにも見当たらないのだ。休憩時間は外へ出ていくと決めてでもいるのか。

「きょろきょろして、何か不安な問題でもあるのかい」

――いや……べつに。

「病室に届けたノートのコピー、少しは役に立った？」

――ああうん。助かったよ。

「昼休みにでも、ざっと校内を案内してやろっか。知らないと不便なことも多いだろう」

そう云いだしたのは、勅使河原《てしがわら》という男子生徒。在校中、生徒は名札を付ける決まりになっているので、自己紹介がなくても苗字《みようじ》はひと目で分かる。風見智彦と仲が良いらしく、彼と二人して話しかけてきたのだった。

「ありがとう。じゃあ、ぜひ」

と応えてから、ぼくは何気なくまたミサキ・メイの席を見やった。そろそろ次の授業が始まる時間だけれども、彼女の姿はまだない。——が。

このときぼくは、ふと奇妙な事実に気がついたのだ。

校庭に面した窓ぎわの列、そのいちばん後ろ。そこに置かれた彼女の机がその一つだけ、教室に並んだほかの机とは型の違う、何やらひどく古びた代物であるということに。

7

昼休みの腹ごしらえは速攻で済ませた。

机を寄せて一緒に食事、という男子同士や女子同士も多いが、積極的に自分もその仲間入りをしようという気にはなれないまま、祖母が持たせてくれた弁当を、早喰い競争並みのスピードでたいらげてしまった。

考えてみれば、学校でこんな、手作りの弁当を食べるのは初めての経験だった。前の中学では給食だったし、遠足だの体育祭だのの行事があっても、自分の昼食はコンビニで調達してくるものと決まっていたから。小学生のころもずっとそうだった。母親不在の息子のためにたまには自分が手料理を……なんていう発想は、父にはまったくないのだ。

そんなわけだから、祖母の手作り弁当には正直、けっこうじんときた。

ありがとうおばあちゃん、ごちそうさま。例によって、大いなる感謝を込めて心の中で手を合わせたところで。

そういえば――と、ぼくは教室内を見まわした。

ミサキ・メイは？

彼女はこの昼休み、どこでどうしているんだろう。

「榊原っ」

と、いきなり背後から声をかけられた。

同時に軽く肩も叩かれて、ぼくはこれまで以上にびくっと身構えた。確たる理由もなく「ついに来たか」と思い込んでしまって、そのつもりで振り返ったのだったが――。

そこにいたのは勅使河原だった。横に風見もいる。二人の顔にはそして、これといった邪気は感じられなくて……ぼくは今さらながら、自分の神経過敏にうんざりせざるをえなかった。

「さっきの約束」

と、勅使河原が云った。

「校内の案内、な」

「ああ……そうだったね」

わざわざ案内などしてもらわなくても、というのが、少々ひねくれたぼくの本音だった。学校のどこに何があるかなんてこと、必要が生じるたびに訊《き》けばそれで済むのだから。

——けれど、うん、新しいクラスメイトのせっかくの厚意をないがしろにしてはいけない。こういうところは、億劫《おっくう》がらずにちゃんと押さえておかねば……。

ぼくたち三人は連れ立って、三年三組の教室を出た。

8

風見と勅使河原は、異色といえば一見、異色のコンビだった。

いかにも生真面目な委員長然とした風見に対して、勅使河原はというと、何だか由緒正しそうな苗字をいただいておきながら、いかにも軽いノリのお調子者なのだ。茶髪で、学生服のボタンを上から二つ三つ外したりもしている。が、外見がそんなふうでも、不思議と不良っぽい崩れ方はしていない。

聞けば、二人は小学校三年のとき以来ずっと同じクラスで、家もごく近所なんだとか。

「ガキのころはつるんでヤンチャばっかりやってたのにさ、それがこいつはこんな、アドリブのきかない優等生もどきになっちまいやがって……」

勅使河原はにやにやしながら、そんな憎まれ口を叩いたが、風見のほうは特に反論するでもない。さらに勅使河原は「腐れ縁」という言葉を持ち出したけれども、おいおい、それはふつう使う方向が逆じゃないか。——などと、話すうちにこちらも、ちょっと愉快な気分になってきた。

そもそもぼくは、勅使河原みたいな「いきなりタメ口」タイプの相手は得意じゃなかった。といって、風見みたいな「優等生もどき」に積極的な親しみを感じるわけでもない。しかしまあ、そういった選《よ》り好みはなるべく表に出すまい、と決めていたから……。

来年の春に父が帰国したら、ぼくもすぐに東京へ戻ることになっている。それまでのあいだ、こっちの学校ではできるだけみんなと良好な関係を保ちたい——というのが、夜見山での生活における、ぼくの最優先課題なのだ。

「ところでさ、榊原ってあれか？　レイとかタタリとか、信じるほう？」

唐突にそう訊かれて、ぼくは「はあ？」と首を傾げた。

「つまりほら、その……」

「霊？　祟《たた》り？」

「いわゆる超常現象一般については？」

と、風見が横合いから口を挟んだ。

「心霊現象に限らず、UFOや超能力や、ノストラダムスの予言とかでも。今の科学では解明できないような不可思議な現象が、この世界には実際にあるのかどうか」

「って、いきなり訊かれてもねえ」

風見の顔を見ると、いやに真剣な目つきだった。

「基本的には、その手のものは真に受けないようにしてるんだけど」

「いっさい？　まったく？」

「うーん、そうだなあ。少なくとも、『学校の七不思議』のたぐいはまったく」

どうして突然こういう流れになるのかは釈然としないが、おおかた次に出てくるのはその辺の話だろう。そう見越して、先手を打ったつもりだった。

「ウサギとモルモットの大量消失事件は、もう耳にしたけどね」

「『ハス池の手首』は聞いたか」

と、これは勅使河原が云った。

「ふうん。そんなのもあるんだ」

「あの池が、それさ」

と、勅使河原が腕を伸ばして指さす。しばらく先に、コンクリートで囲われた小さな四角い池が見えた。

ぼくたちは教室がある三階建ての鉄筋校舎から外に出て、中庭の舗道を歩いていた。

この中庭を挟んで、同じような規模の校舎がもう一つ建っていて、それが〈B号館〉なのだという。ぼくたちが出てきたのは〈C号館〉。各棟は渡り廊下で〈A号館〉――職員室や校長室がある本部棟――につながっている。その向こうに隣接してあるのが〈特別教室棟〉。略して〈T棟〉とも呼ばれるこの建物には、名称のとおり、理科室や音楽室などの特別教室が集まっているとのこと。――で。

勅使河原が指さした池は、中庭の外れあたりにあった。ぼくたちはいったんA号館の入口付近まで行ったのち、そこから遠ざかる方向で舗道を歩いてきたところだった。

「あの池の中から、ハスの葉っぱにまぎれてときどき、血まみれの人間の手が突き出てることがあるんだってさ」

勅使河原はすごむように語ってみせたが、ぼくには「アホらしい」としか思えなかった。それに彼は「ハス」と云うけれども、近づいて見てみると生育しているのは、正しくはハスじゃなくてスイレンのようだ。

「まあまあ、『七不思議』はともかくとして」

風見が云った。

「どうなんだろう、榊原くん。超常現象にもいろいろあるけど、きみはやっぱり、何から何まで完全否定する?」

スイレンの円い葉で覆われた池の水面を横目で見ながら、ぼくはまた「うーん、そうだなあ」と呟いた。

「UFOの語義は『未確認の飛行物体』だから、その意味では『存在する』よね。それが宇宙人の円盤かどうかは別問題。超能力については、たとえばテレビや雑誌なんかで紹介される連中はまず百パーセント、インチキだしね。ああいうのを見ちゃったらもう、信じることのほうがむずかしいと思わない？」

風見と勅使河原は顔を見合わせ、二人とも何だか複雑な表情を浮かべた。

「ノストラダムスの、『恐怖の大王』がどうこうっていう予言は、これはもう来年の話だから。あと一年何ヵ月か待てば、いやでも本物かどうか判明するはずだけど……どう？当たると思ってる？」

こちらからの質問に、風見は「さあ」と曖昧《あいまい》に首を傾げる。一方の勅使河原は、

「おれはあれ、ほとんど信じてるが」

そう答えて、唇の片端をわざとらしく歪《ゆが》めた。

「だからさ、どうせ一九九九年の夏には世界は破滅するんだから、受験だの何だのであくせくするの、バカらしいんだよな。今のうちに好きなことやっとくのが正解、ってね」

彼がどこまで本気で云っているのかは測りかねるところだが、オウム真理教のあの騒ぎがあってなお、この件に関しては意外に「信じる派」の多いのがぼくたちの世代だ。そん

な情報を何かで目にしたことがある。

いま現在、直面しているパーソナルな問題から逃避するための理由として、あまり深い考えもなしに破滅の予言を利用しているのだろう。——と、これはいつだったか、父がその話を聞いて即座に示した解釈で、ぼくとしてもおおむねそれに賛成だった。

「話を戻すけどさ」

スイレンの池を通りすぎると、そこからB号館の裏手のほうへ足を進めながら、勅使河原が云った。

「霊とか祟りとか、そういうものはおまえ、信じないほうなんだな」

「うん。やっぱりね」

「何があっても絶対、信じる気はない？」

「そりゃあまあ、目の前にそれらしきものが現われて、そいつが確かに幽霊だって証拠を突きつけられでもしたら、信じることになるだろうけど」

「ふん。証拠ねえ」

「証拠、かぁ」

と、これは風見。しかつめらしい面持ちで、銀縁眼鏡のブリッジを押し上げる。

ああもう、何なんだ？

いったいこの二人、何を云いたいわけなんだろう。——さすがにちょっと気味の悪い感じがしてきて、ぼくはいくぶん足速になった。

「——あれは？」

と、そのときB号館の向こう側に見えてきた建物を指さして、ぼくは二人のほうを振り向いた。

「ほかにまだ校舎があったんだ」

「〈0号館〉だよ。みんなそう呼んでる」

と、風見が答えた。

「0号？」

「古い校舎だから。十年くらい前までは、三年生の教室はあっちにあったんだ。それがいろいろ……生徒数が減ってクラスも減ったりして、で、あっちは使われなくなった。A号館とかB号館とかいうのは、そのあとにそう呼ばれるようになったらしくて、だからあの旧校舎は0号館と……」

確かにその「旧校舎」は、きょう校内で見たほかのどの校舎よりも古びた建物だった。

重厚な赤レンガ造りの二階建て。けれども壁のレンガはひどく色あせ、よく見ると、ところどころにひびが入っていたりもする。二階に並んだ元教室の窓はすべて閉めきられていて、中には割れたガラスの代わりだろうか、板が打ちつけられている箇所もある。

さっきの話の流れで云うなら、霊だの祟りだの「七不思議」だの、怪談じみた噂が囁《ささや》かれるにはまさに打ってつけのスポットだろう。

「じゃあ今は、何にも使われていないの？」

そろりと歩を進めて、ぼくは訊いた。

「普通の教室としてはね」

並んで歩きながら、風見が答えた。

「二階は廃屋同然で、立入禁止になってる。一階には第二図書室と美術室があって、あとは文化系サークルの部室に」

「第二図書室？　そんなのがあるんだ」

「利用者はめったにないらしいけど。普通はみんな、A号館の第一図書室に行くからね。ぼくも一度しか入ったこと、ないし」

「どんな本が置いてあるわけ」

「郷土史関係の文献とか、OBが寄贈した稀覯《きこう》本だとか、そういうものがかなり膨大な数あるみたい。図書室というよりも蔵書庫って感じかな」

「ふうん」

一度は覗《のぞ》いてみたいな、と興味をそそられた。

「美術部って、あるんだよね、この学校」

ふと思いが及んで、訊いてみた。風見が、のろりとしたタイミングで答えた。

「ああ、今はね」

「今は……というと？」

「去年までは活動停止状態だったのが、この四月から復活したのさ」

と、これは勅使河原が答えた。

「ちなみに、顧問はうるわしの三神先生ね。おれもそっち方面の才能があったら、入部希望を表明したいところなんだがなあ。——榊原、入るってか？」

ぼくは足を止めて茶髪のお調子者を振り返り、やや大袈裟《おおげさ》に肩をすくめてみせた。勅使河原は悪びれるふうもなく、にやにやと目を細めている。

「なあ、榊原」

ふたたび歩きはじめたぼくを引き止めようとするように、勅使河原が云った。

「ところでさ、実はおまえに……」

だが、その言葉の続きを断ち切る形でそのとき、ぼくは「あっ」と声を上げた。思わず喉《のど》を衝《つ》いて出た声だった。

0号館と手前のB号館のあいだの庭には、そこかしこに立派な花壇が造られていた。それらのうちのいくつかで、黄色いバラの花が咲き盛っている。穏やかな春風に揺れるその花々の向こうにそのとき、彼女の——ミサキ・メイの姿を見つけたのだ。

何をどう考えるいとまもなく、ぼくはまっすぐそちらに向かって進みはじめていた。

「お、おい、榊原」

「どうしたんだよ、榊原くん」

勅使河原と風見の狼狽《ろうばい》気味の声が聞こえたけれど、無視してぼくは足速に、さらには小走りになった。

彼女は——ミサキ・メイは、花壇の向こうにある木陰のベンチに独り、坐っていた。あたりにはほかに誰の気配もなかった。

ふいに風が強く吹きすぎ、木々や花々をざわめかせた。甘やかなバラの香りが、くすぐるように鼻腔《びこう》を撫でた。

「や、やあ」

と、ぼくは彼女に声をかけた。

瞑想《めいそう》にでも耽《ふけ》るように宙を見すえていた目——左側は白い眼帯で隠されているが——が、声に反応してぼくのほうを向き、止まった。

「やあ」

ぼくは何気ないふうを取り繕って、軽く手を挙げた。

「きみ、ミサキさん、だよね」

云いながら、彼女のいるベンチのそばへと歩み寄る。今朝、教室でみんなに挨拶をしたとき以上に胸がどきどきしていた。息が詰まりそうな感覚もあった。

「おんなじクラスだよね。三年三組。ぼくはあの、きょう転校してきた……」

「……どうして」

彼女の唇が、かすかに動いた。病院のエレヴェーターで聞いたのと同じ色の声、同じ冷ややかで淡々とした口ぶり。

「どうして?」

と、彼女は繰り返した。

「大丈夫なの? これ」

「えっ」

質問の意味が分からなかった。「どうして?」も「大丈夫なの?」も……いったい何を問われているのか、ぼくにはさっぱり理解できなくて、ただその場でおろおろするばかりで。

「ええと、だからその……」

何とか会話をつなげようと焦るぼくから視線をそらして、彼女は音もなくベンチから立ち上がる。ブレザーの胸に付けられた名札が、このときはっきりと見えた。

三年生であることを示す、薄紫色の台紙。気のせいか、彼女のそれはやけに汚れてしわだらけになっているように見えたのだが、そこには確かに「見崎」と記されていた。「ミサキ」は「見崎」……見崎、メイ。

ぼくは口をぱくぱくさせた。「このあいだ病院で会ったよね」と云おうとしたのだけれど、すんなりと言葉にはなってくれず、ならないうちに彼女はひと言、

「気をつけたほうがいい」

そう云って、静かに背を向けた。

「ちょ、ちょっと……」

慌てて呼び止めようとするぼくに、彼女は背を向けたまま、

「気をつけたほうが、いいよ。もう始まってるかもしれない」

そうして見崎メイは、なかば呆然《ぼうぜん》と佇《たたず》むぼくを残して、ベンチのある木陰から立ち去っていったのだ。

ぼくは彼女の後ろ姿を目で追った。

彼女は0号館の入口に向かい、その古びた建物の中へと消えてしまった。ひっそりと漂う薄闇に溶け込むようにして——。

昼休みの終わりを告げるチャイムの音が朗々と鳴り響きはじめ、凍りついていた時間を解凍した。はっとわれに返った心地で、ぼくは周囲を見まわした。

「おい！　何やってんだよ、榊原」

勅使河原の大声が飛んできた。

「次、体育だからな。更衣室は体育館の横だ。急がないとまにあわないぞ」

振り返ると、勅使河原はひょっとこみたいに口を尖《とが》らせている。そのかたわらでは風見が、生白い顔をうつむきかげんにして、何やらしきりに首を振り動かしていた。

9

男女別習の体育の授業——。

ぼくは制服のままで、グラウンドの北側にある木陰のベンチに坐っていた。医師の指示で、しばらくは激しい運動を禁じられている。だからまあ、勅使河原に云われたように急ぐ必要もなかったわけだが。

男子で見学者はぼく一人だけだった。

みんなは白いお揃いのトレーニングウェアを着て、四百メートルトラックを走っている。午後の陽射しのうららかさとは裏腹に、広いグラウンドにたった十数人の影が動いているその光景は、眺めていると何だかちょっと寒々しい感じがする。

走るのは、長距離も短距離も好きだった。器械体操や水泳も好き。好きじゃないのはサッカーとかバスケットボールとか……要は団体競技が不得手なのだ。

走りたいな、と思った。深く呼吸を繰り返してみても、胸にまったく違和感はない。だからもう、ぼくも一緒に……と考えたくなる一方で。

怖い、と尻込《しりご》みする自分がいる。今ここで不用意に走ったり飛び跳ねたりしたら、すぐにまた肺のどこかに孔《あな》があいてしまいそうな気がして……。

「再々発はない」と父は云っていたけれども、真に受けるには説得力がなさすぎる。下手に無理をして、またあんな苦しい思いをするのはごめんだ。当面はひたすら、おとなしくしていること。——それしかない。

グラウンドの西側に設けられた砂場では、女子が走り幅跳びをしていた。

あの中に彼女も——見崎メイもいるはず。そう思いながら目を細めてみるが、だいぶ距離もあるせいでよく分からない。

左目の眼帯の件を考えると、彼女は見学だろうか。だとすれば、どこかそのあたりのベンチにでも……。

それらしき人影が一つ、見つかった。

砂場から少し離れた木陰に、制服姿でぽつんと立っている。——あれか？

距離があってやはり、その人影がメイなのかどうかはよく分からなかった。

あまり女子のほうばかり、じろじろ見ているわけにもいかなかった。「あーあ」と声をもらしながら、ぼくは頭の後ろに両手を組んで当てる。ぎゅうっと目を閉じると、なぜかしら唐突に、九官鳥のレーちゃんの奇声が「どーして？」と耳の奥で問いかけた。

それから五、六分したころだろうか。

「あのう、榊原くん」

と、呼びかけられた。

ぼくは驚いて、何となく閉じたままでいた瞼《まぶた》を開いた。見ると、ほんの一メートルほど向こうに、紺色のブレザーを着た女子生徒の姿が。

それはしかし、見崎メイではなかった。

目には白い眼帯ではなく、銀縁の眼鏡。髪はショートボブではなく、肩口まで伸ばしたセミロング。——クラス委員長の桜木ゆかりだ。

「体育はしばらく見学ですか」

訊かれてぼくは、内心のささやかな落胆を悟られないよう気をつけながら、

「うん。退院してまだ一週間だしね」

と答えた。

「運動は控えて様子を見るようにって、病院の先生から云われてて。——桜木さんも見学？　体調、悪いの？」

「きのう転んで、足を挫《くじ》いちゃって」

そう云って、桜木ゆかりは足もとに視線を落とした。右の膝から脛《すね》にかけて巻かれた痛々しい包帯に、それで気づいた。

「あの……転んだのってまさか、裏門の外の坂道で、とか」

なかば冗談のつもりで訊いてみた。桜木はすると、いくらか緊張が解けたように微笑んで、

「幸いにも違う場所で。――そのジンクス、もう知ってるんだ」

「まあね」

「じゃあ」と彼女が続けようとしたのを、期せずしてさえぎるようなタイミングで、

「このあいだはありがとう。わざわざ病院まで来てくれて」

「あ……いいえ。どういたしまして」

「ここ、坐れば？」

立ち上がって、ぼくは負傷者にベンチを勧めた。それから「ところでさ」と話題を変えてみる。

「この体育の授業なんだけど、どうして二クラス合同じゃないのかな」

さっきからちょっと、そのことが気になっていたのだ。

「男女別習のこういう授業って、特に公立の場合、となりのクラスと合同でやるのが普通なんじゃないかって。先生は男女別に二人付くのに、一クラスだけだと生徒の数は半減だし……」

この人数じゃあ、少なくとも授業でサッカーの試合はできないぞ。ぼくはそれでも、いっこうにかまわないけれど。

「ほかのクラスは違うの」

と、桜木は答えた。

「一組と二組、四組と五組は二クラス合同でやってて。三組だけが単独で」

「三組だけ？」

一学年のクラス数が奇数だから、というのは分かるとして、なぜに「単独」が三組なんだろう。そんな場合、普通は五組があぶれるものなのでは？

「昼休み、風見くんや勅使河原くんと一緒にいたでしょ」

と、今度は向こうが話題を切り替えた。

「ああうん。そうだけど」

彼女はベンチに坐ったまま、首を斜めにしてこちらを見上げ、

「何かその……聞きました？」

「あの二人から？」

「そう」

「ざっと校内を案内してくれたんだよ。あれがA号館、その向こうが特別教室のT棟、って感じで。あとは、中庭のハス池にまつわる怪談話とか」

「それだけ？」

「最後に0号館のほうにも行って、あの旧校舎の実情なんかも少し」

「それだけ？」

「まあ、そんなとこかな」

「——そっか」

低い呟きとともに頷くと、桜木ゆかりはさらに声を低くして、

「……ちゃんとしないと、赤沢さんに叱られ……」

そんな独り言が、切れ切れに聞き取れた。赤沢さん？　——きょう学校を休んでいる生徒の一人が、確か「赤沢」だったと思う。

物思わしげな面持ちで、桜木はおもむろにベンチから腰を上げる。右足の負傷をかばっている動きが、確かに見られた。

「あのね、桜木さん」

と、そこでぼくは思いきって尋ねてみることにしたのだ。

「ええとほら、見崎さんは？」

「——えっ」

と、彼女は首を傾げた。

「見崎メイっていう女の子、クラスにいるだろう。ほら、左目に眼帯をした子。あの子も体育は見学……」

桜木は「え？」「え？」と小声で繰り返しながら、首を傾げつづける。何だか困惑しき

った表情だが。――なぜに？　何なんだろうか、この妙な反応は。

「昼休みの終わりごろ、０号館の前であの子と会ったんだけど」

と、そのとき頭上のどこか遠くから、ごおおおぉぉぉ……という重々しい響きが伝わってきた。――飛行機が上空を？　いや、そんな音じゃない。ひょっとして、雷？

ぼくは空を仰いだ。

木陰のこの場所から見る限り、先ほどまでと変わらぬ五月晴れ――と思えたが、ぐるりと視線を巡らせてみると、北のほうに若干、不穏な雲の広がりがある。あちらから聞こえてきた、やはり今のは雷鳴？

思ううち、ごごおおおぉぉぉぉ……とまた、遠くで同じような音が轟《とどろ》いた。

ああ、やっぱり。春の遠雷、か。

夕方ごろにはひと雨、来るかな。

そんな予想を立てながら、いま一度、北の空に目を馳《は》せようとして。

思わぬ場所にそれを見つけて、ぼくは声をもらした。

「おや？」

「誰か……あんなところに」

グラウンドの北側に建つ三階建ての校舎、Ｃ号館。その屋上に――。

誰かが、いる。

誰かが、そこに巡らされた鉄柵《てっさく》のすぐ向こうに独り立っている。——あれは？

あれは、彼女だ。見崎メイだ。

そう直感した。顔立ちはもちろん服装すら、はっきりと見て取れたわけでもないのに。

次の瞬間にはそして、困惑顔の桜木ゆかりをその場に残し、ぼくはC号館に向かって駆けだしたのだ。

10

階段を駆けのぼるうち、さすがに息切れがしてきた。パンクした肺の透視映像が頭にちらちらと浮かんだけれど、それよりもとにかく、グラウンドから見た人影のほうが気になった。

屋上の出入口は容易に見つかった。

クリーム色に塗られたスチールドア。赤いインクで「むやみな立ち入りを禁ず」と記されたボール紙が、ガムテープで貼り付けてある。

何だか中途半端なその禁止命令を、ぼくは一瞬で無視することに決めた。施錠はされていなかった。ドアを押し開け、外に飛び出した。

直感は正しかった。人影の正体はやはり、見崎メイだったのだ。

鉄筋校舎の屋上の、薄汚れたコンクリートの殺風景。その中にたった独り——。

グラウンド側の鉄柵の手前に、彼女は立っていた。こちらのほうを向いていたから、ぼくの姿にはすぐ気づいたはず。だが、何も云わずにゆらりと背を向けてしまう。

ぼくは乱れた呼吸を整えつつ、そんな彼女のそばに歩み寄っていった。

「ねえ、きみ——見崎さん」

そろりと呼びかけた。

「ええと……体育、きみも見学なんだね」

——無反応。

ぼくは一歩、二歩と距離を詰めながら、

「いいのかな。つまりその、こんなところにいても」

背を向けたままの彼女から、「さあ……」と声が返ってきた。

「近くで見てても、大して意味ないから」

「先生に咎《とが》められない？」

「——べつに」

ぽそりと答えてから、やっと彼女はこちらを振り向いた。八つ切り大のスケッチブックを胸に抱き込むようにして持っていることが、そのとき分かった。

「そう云うあなたは？」

と、彼女は訊き返した。

「大丈夫なの？　こんなところに来て」

ぼくは「さあ……」と、今さっきの彼女の反応をまねて、

「確かにあんまり意味、ないよね。体育の見学って。——絵、描いてたの？」

彼女は何とも答えず、スケッチブックを背後に隠した。

「昼休みに会ったときも云ったけど、ええとぼく、三年三組にきょう転校してきた……」

「榊原くん、ね」

「あ、うん。きみは見崎——見崎メイさん、だよね」

ブレザーの胸に付けられた名札にちらりと目をやりながら、

「メイって、どんな字を書くのかなあ」

「鳴くっていう字」

「なく？」

「共鳴の鳴。悲鳴の鳴」

「鳴」か。——見崎、鳴。

「ええとね、このあいだ市立病院でぼくと会ったの、憶《おぼ》えてる？」

ようやくその質問を繰り出すことができたものの、さっきからぼくの心臓は、なかなか厄介な制御不能——というか、半暴走状態。どくっ、どくんっ……と、鼓動がはっきり耳

に伝わってきている。

「先週の月曜なんだけど。病棟のエレヴェーターにたまたま乗り合わせて、きみは地下二階で降りて……そのときにぼく、名前を尋ねたらきみは教えてくれて。憶えてない？」

「先週の、月曜……」

呟きながら、見崎鳴は眼帯に隠されていない右の目をそっと閉じた。

「……そんなこと、あったかも」

「ああ、やっぱり。気になってて……ずっと。そしたらきょう、教室にきみがいるからびっくりしてさ」

「——そう」

そっけのない応えだったけれど、小ぶりな薄い唇が、ほんのかすかに笑みを含んだように見えた。

「あのときさみ、あの地下二階へ何をしにいったの」

ぼくは続けて訊いた。

「何か届けものがあるとか、云ってたよね。それって誰に？　白い人形みたいなものを持ってたけど、あれがその届けもの？」

「そういう質問攻め、嫌い」

同じそっけなさで云って、鳴はすっと視線をそらした。

「あ、ごめん」

ぼくは慌てて詫《わ》びた。

「無理に訊き出そうなんて思ってないし。ただ、その……」

「あの日はね、悲しいことがあったから」

——待ってるから。可哀想なわたしの半身が、そこで。

確かそう、あのときエレヴェーターの中で、彼女はそのように云ったと思う。

——可哀想なわたしの半身が……。

とても気になったけれど、これ以上ぼくのほうからは訊いちゃいけない、とあきらめた。

彼女のほうも、その先は語らなかった。

遠雷がまた轟いた。屋上を吹く風が、心なしかそれまでよりも冷たく感じられた。

「あなたは——」

見崎鳴が口を開いた。

「あなたの名前は、サカキバラ・コウイチ。間違いない？」

「ああ、うん」

「気にしてるでしょ、それ」

「あ……ええっ？」

ちょっと待てよ。いきなりここで、その話なのか？

「ど、どうしてそんな」

平静を装おうと焦るぼくを、鳴は物静かなまなざしで見すえて、

「だって、去年の今ぐらいだったでしょ、日本中が大騒ぎになったの。まだ一年も経っていないし」

「…………」

「サカキバラ……名前が『セイト』じゃなくて良かったね」

そう云って彼女は、唇にまたかすかな笑みを含む。

正直、まいった。

ここしばらく、誰にも触れられることのなかったその話——きょうこの学校でもまだだったのだ——。それをよりによって今、彼女の——見崎鳴の口から聞かされようとは。

「どうしたの」

鳴が不思議そうに首を傾げた。

「もしかして、云われたくなかった？」

何でもない顔で「べつに」と答えようとしたのだけれども、全然うまくいかなかった。

さてどうしようか、と考えあぐむより先に、

「いやな思いをしたから」

ぼくは真顔で告白を始めていた。

「去年、前の学校でね。神戸であの事件が起こって、『酒鬼薔薇聖斗《さかきばらせいと》』が話題になって、そのうえ捕まったのが同じ十四歳の中学生で……」

「いじめられた、とか」

「そんな、いじめっていうほどたいそうなことでもなかったんだけど。ただ……」

……そう。本当にそんな、たいそうなことではなかったのだ。意図的かつ陰湿な悪意なんかはきっとどこにもなくて、単にみんな、おもしろ半分で——。

名前を「サカキバラ」とか「酒鬼薔薇」とか書いてみたり、「セイト」とか「聖斗くん」とか呼んでみたり……と、他愛《たあい》もないといえば他愛もない、子供じみたおふざけばかりだったのだ。——しかし。

その場では軽く笑って受け流しながらも、そのときどきに自分で意識していた以上に、ぼくはそれがいやでたまらなかったのだった。これはつまり、ストレスというやつの基本構造なわけで……。

そんなストレスを日々、抱え込みつづけていた去年の秋、だった。一度めの自然気胸が発症したのは。原因の一つとして、「サカキバラ」に端を発するあれこれがあったのかもしれない。そう考えるのは、さほど無理のある話でもなかった。

父が日本を離れる一年間、夜見山の祖父母宅にぼくが預けられる運びになったのも、その辺の事情を父が知って、珍しく親らしい心配をしてくれたためだった。何となくぎくしゃくしつつあった学校での人間関係を一度リセットして、思いきって生活環境そのものを変えたほうがいい。そう判断したんだろう。

——と、ひととおりの事情をぼくが語っても、見崎鳴はとりたてて同情したり、きまりが悪そうなそぶりを見せたりするでもなく、

「こっちではまだ、誰からも？」

と訊いた。

「きみが初めてだよ」

答えて、ぼくは苦笑した。不思議と少し、気が楽になっていた。

たったこれだけのことで今朝からぼくは、誰かから名前を呼ばれるたびに、びくびくと身構えてばかりいたのだ。——ああもう、こうして言葉にして話してしまうと、何だか莫《ば》迦《か》みたいにも思えてくる。

「みんなたぶん、遠慮してるのね」

と、鳴が云った。

「——なのかな」

「あなたの気持ちをおもんぱかって、っていうわけじゃあ、必ずしもないと思うけれど」

「どういうこと？」

「サカキバラってね、いやおうなく〝死〟を連想させる名前だから。しかも、ただの死じ

ゃない。学校が舞台の、残酷で理不尽な死」

「〝死〟を連想……」

「そう」

鳴は静かに頷いて、風で乱れる横髪を押さえた。

「それがいやなのね、みんな。だから……もしかしたら無意識のうちに。傷口をかばうみたいな感じで」

「――って、それ、どういう？」

どういう意味なんだろう。

「死」という言葉や概念が不吉で、誰にとっても元来「いや」なものであるのは分かる。当然の話だ。けれど……。

「この学校はね」

鳴の口調は相変わらず、冷ややかで淡々としていた。

「この学校は――中でも三年三組っていうクラスは、〝死〟に近いところにあるの。ほかのどの学校のどのクラスよりも、ずっと」

「〝死〟に近い……って？」

さっぱり意味が呑《の》み込めず、ぼくは額に手を当てる。鳴はこちらを見すえた右の目をぎりぎりまで細めながら、

「——何も知らないのか、榊原くん」

そうして彼女は、ゆらりとグラウンドのほうに向き直った。茶色い鉄柵に胸を寄せ、斜め上方を振り仰ぐ。その背後に立って、ぼくも同じように空を仰ぎ見た。先ほどまでと比べて、ずいぶん雲が増えてきている。

遠雷がまた聞こえた。怯《おび》えるようにカラスが鳴いて、校庭の木々から何羽かが、真っ黒な翼をはばたかせて飛び立つのが見えた。

「何も知らないのね、榊原くん」

空を仰いだまま、見崎鳴が同じようなせりふを繰り返した。

「誰にもまだ、聞いてないいんだ」

「って、何を?」

「——そのうち分かってくる」

「………」

「そしてね、やっぱりあなた、わたしには近寄らないほうがいいよ」

云われて、ぼくはますますわけが分からなくなった。

「こんなふうに話すのも、もうやめたほうがいい」

「どうして……何で?」

「そのうち分かってくるから」

「そんな……」

そんなことを云われたって、困る。断じて、大いに困る。

何と返せばいいのか、ぼくが次の言葉を探すうちに、見崎鳴は黙って身体の向きを変えた。スケッチブックを胸に抱え込み、ぼくの横を通りすぎて出入口に向かう。

「じゃあね、サ・カ・キ・バ・ラ、くん」

忌まわしい呪文《じゅもん》をかけられたように、瞬間ぼくの身は凍りついたが、すぐにそれを振払って彼女のあとを追った。すると、校庭のほうからまたカラスの鳴き声が。

ゆうべ怜子さんから聞いた「心構え」の一つが、おのずと思い出された。

屋上に出ていてカラスの鳴き声を聞いたら、中に戻るときは……。

……右足から？　左足から？

どっちだったろうか。確か左足だったような……と思うまに、鳴はさっさとドアを開け、その向こうに姿を消してしまった。

彼女が中に入ったのは、右足からだった。

11

六限目の授業が終わるころ、とうとう雨が降りだした。季節外れの夕立、といった風情の激しい雨が。

傘がない、どうしよう、と思いつつ帰り支度をしていると、カバンの中でマナーモードにしてあった携帯電話が振動を始めた。祖母からのコールだった。

「今すぐ迎えに出るから。正面玄関のとこで待ってるんだよ」

ありがたい連絡だったけれど、ぼくはすかさず「大丈夫」と応えた。

「大丈夫だよ、おばあちゃん。そのうち小降りになるだろうし」

「病み上がりの子がもう、何を云ってるのさぁ。濡《ぬ》れて風邪でもひいたら大変よぉ」

「でも……」

「いいかい、恒一ちゃん。迎えにいくまで待ってるんだよ」

電話が切れると、ぼくは何となくあたりを見まわして「ふう」と息をついた。

「おっ。ケータイ持ちなんだ、榊原」

と、そんなところへ声をかけてきたのは勅使河原だった。学生服の内ポケットをもぞもぞと探り、にぎやかなストラップが付いた白い機械をひっぱりだして、

「お仲間お仲間。番号、教えろよ」

中三で自分の携帯電話を持っているというのは、まだ少数派だった。東京の学校でも、普及率はＰＨＳと合わせて、せいぜい三人に一人くらいのものだったんじゃないか。

電話番号の交換をしながら、窓ぎわのほうを窺った。いちばん後ろの見崎鳴の席に、彼

女の姿はすでになかった。

勅使河原が携帯をポケットに戻すのを待って、ぼくは云った。

「ねえ、ちょっと訊きたいんだけどさ」

「ん？」

「あの席の、見崎っていう女の子のことなんだけど」

「んん？」

「変わった子だよね。いったい……」

「大丈夫か、榊原」

勅使河原は大真面目な顔で首をひねった。かと思うと、

「しっかりしろよ」

どんっ、とぼくの背中を平手で叩き、足速にその場から去っていったのだ。

教室を出て、正面玄関のあるA号館に向かう途中の廊下で、副担任の三神先生と遭遇した。

「きょうはどうでしたか、榊原くん。新しい学校の感想は？」

ナチュラルな笑顔でそう問いかけられて、ぼくはどぎまぎしながらも、

「まあ、何とかやっていけそうです」

と答えた。三神先生はこくと頷き、

「雨が降ってるけど、傘はあるのかしら」

「ええと、おばあちゃん――いえ、祖母が車で迎えにきてくれるって。今さっき、携帯に連絡をくれて」

「じゃあ大丈夫ね。気をつけてね」

いくらか勢いが弱まってきた雨の中、祖母の運転する黒いセドリックが玄関の車止めに到着したのは、それから十五分ばかりのちのことで――。

予期せぬ降雨で帰りあぐねている生徒たちが、玄関付近には何人もいた。彼らの視線から逃げるようにして、ぼくはそそくさと車の助手席に乗り込んだ。

「お疲れさま、恒一ちゃん」

ハンドルを握り直しながら、祖母が云った。

「ぐあいは悪くならなかったかい」

「ああうん、それは良好」

「クラスのみんなとは、うまくやっていけそう?」

「まあ……たぶん」

車は校舎を離れ、濡れた舗道をゆっくりと正門に向かう。その途上――。

ドアにもたれかかって外を眺めていたぼくの目に、ふと彼女の姿が映った。だいぶ弱まってはきたが、まだまだ小降りとは呼べない雨の中を独り、傘も差さずに歩いているのだ。

——見崎鳴。

「どうかしたのかい」

車が外の通りに出る手前で、祖母が尋ねた。ぼくのそぶりに何か、察知するものがあったらしい。声を上げたり窓を開けたりしたわけでもないのに。

「——べつに。何でもない」

答えてから、上体をねじって後方を振り返ってみる。——ところが。

鳴の姿はもう、どこにも見えなかった。何だかまるで、降る雨に溶けて消えてしまったかのように、そのときのぼくには思えた。

Chapter 3

May Ⅱ

1

「何ですか、これは」

と、三神先生の声がした。そう訊《き》かれた相手はぼくの左どなりにいる男子で、名は望月《もちづき》という。望月優矢《ゆうや》。

小柄で色白で、地味めだけれどもなかなかきれいな顔立ちをしていて……本気で女装して渋谷《しぶや》の街でも歩いたら、美少女と間違えられてナンパされそうな感じ。――なのだが、ぼくは昨日から、まだひと言も彼と喋《しゃべ》っていない。こっちから挨拶《あいさつ》しようとしても、すぐに目をそらされてしまうのだ。単にシャイなのか、それとも人嫌いな暗い性格なのか、どちらとも測りかねるところだった。

三神先生の問いかけに、望月はほんのりと頬を赤らめて、

「ええと、あの」

と、返事を詰まらせた。

「あの……ですから、レモンを」

「レモン？　これが」

首をひねる先生のほうにちらと目を上げて、望月は「ええ、はい」と小声で答え、

「レモンの叫び、です」

登校二日めの木曜日。五限目の美術の授業中、だった。

例の旧校舎——0号館の一階にある美術室で。クラスは六つのグループに分かれ、それぞれが一つずつ大きな作業机を囲んでいる。各机の中央には、タマネギだのレモンだのマグカップだの複数の品が並べられていて、つまりはこれらを題材に静物デッサンをしてみよう、というのが本日この授業の課題なのだった。

配られた画用紙に2Bの鉛筆を使って、ぼくはさっきから、タマネギの横に置かれたマグカップを選んで描いている。どうやら望月はレモンを選んだということらしいが。

ひょいと首を伸ばして、ぼくは彼の手もとを覗《のぞ》き込んでみた。すると——。

うーん、なるほど。三神先生が問いかけたくなるのも無理はない。

望月の画用紙には、机の上の対象物とはずいぶん違う形の、何だか異様なモノが描かれているのだ。

これがレモンだと云われればまあ、かろうじてそう見えなくもない。けれど、それは目の前のレモンよりも縦方向に二倍くらい長細くて、なおかつ輪郭が不規則にぐねぐねと波打っている。さらにはその周囲の空間にまで、同様にぐねぐねと波打った効果線のようなものが描かれようとしていて……。

何だ？　これは。

とっさにぼくもそう思ったが、「レモンの叫び」という望月の言葉からの連想で、もしかしたら、と気づいた。

「叫び」といえば、小学生だって知っている――ノルウェーの画家エドヴァルド・ムンクの超代表作だ。桟橋の上でみずからの耳をふさいでいる男の姿が、異様な構図と彩色でぐねぐねと描かれた、あの絵。それとこのぐねぐねしたレモンの絵、何となく似通っているような……。

「これでいいと思うわけ？　望月くん」

腕組みをする三神先生のほうに、ちらとまた目を上げて、

「ええ……つまりその、今のぼくにはこのレモンが、こんなふうに見えるんです」

望月はおずおずと答えた。

「ですから、あの……」

「そうねえ」

先生は「んっ」と唇を引きしめ、それから「しょうがないわね」というふうな苦笑いを浮かべながら、

「授業の趣旨には合わないけれど……ま、いいわ」

と云った。

「だけど、できればこういうことをやってみるのは、美術部の活動でだけにしてね」

「あ、はい。——すみません」

「あやまる必要はなし。これはこのまま仕上げてしまいなさいな」

あっけらかんとそう云い残して、三神先生がその場を離れていったあと——。

「ムンクが好きなのかい」

ぼくは改めて望月の絵を覗き込み、そろっと声をかけてみた。

「あ……うん。まあね」

こちらを見もせずに答えて、望月は鉛筆を握り直す。だが、そこに強い拒否の意志は感じられなかったので、

「でも何で、あのレモンがそうなるかなあ」

続けてぼくが云うと、彼はさっきの三神先生と同じように「んっ」と唇を引きしめた。

「ぼくにはこう見えるから、こう描いてるだけ」

「モノにも〝叫び〟はあるってこと？」

「違うよ。ムンクの絵もよく誤解されるけどね、あの絵の中で叫んでるのはあの男の人じゃなくて、彼のまわりの世界なの。彼はその叫びにおののいて、耳をふさいでるの」

「じゃあ、これもレモンが叫んでるわけじゃないんだ」

「――そう」

「レモンが耳をふさいでるわけか」

「ということでもないんだけど……」

「うーん、まあいいや。――きみ、美術部に入ってるんだ」

「ああ、うん。三年になって再入部した形だけど」

そういえばきのう、美術部は去年まで活動停止状態だったという話を勅使河原から聞いたな。でもって、この四月から顧問になったのが「うるわしの三神先生」で……。

「榊原くんは？」

と、そこで初めて、望月がぼくのほうに視線を向けた。子犬のようにちょこっと首を傾げながら、

「入らないの？　美術部」

「な、何でぼくが」

「だってさ……」

「興味がないこともないけど……ちょっとなあ。そんなに絵、うまくもないし」

「上手下手は二の次だよ」

望月は大真面目な口ぶりで云った。

「絵はね、心の目で見て描くんだ。そこがおもしろいの」

「心の目で？」

「そう」

「これが、それ？」

ぼくが彼の「レモンの叫び」を見やると、望月は「まあね」と悪びれるふうもなく頷《うなず》き、鼻の下を指でこすった。

人見知りは激しいようだけれど、話してみるとけっこうおもしろいやつかも。——そう思えて、いくらか気持ちが和らいだぼくだったが、その一方で。

美術部といえば——と、頭をよぎるものがあった。

きのうの体育の時間、C号館の屋上で話をしたとき、彼女は——見崎鳴はスケッチブックを持っていたっけ。ひょっとして彼女も、美術部に……？

0号館のこの美術室は、普通の教室より倍ほども広さがある。造作や備品は古びているし、照明のかげんも微妙に陰気くさいが、高い天井のおかげで断然、圧迫感が少ない。よりいっそう広々と感じられる。

そんな室内を、ぼくは今さらのようにぐるりと見まわしてみた。——が。

見崎鳴の姿はやはり、どこにも見当たらない。

午前中の授業にはいたのにな——と、不審を覚えざるをえなかった。

ゆっくり話す時間はなかったけれども、授業の合間に一度、彼女をつかまえることに成功して、少しだけ言葉を交わした。きのうは雨の中を一人で帰っていったね、とか、そんな他愛《たあい》もない言葉を。

「雨は嫌いじゃないから」

と、そのとき彼女は云っていた。

「いちばん好きなのはね、真冬の冷たい雨。雪に変わる寸前の」

昼休みにもつかまえて、もっと話をしたいと思っていたのだが、昨日と同じで、気がつくともう彼女は教室から消えていたのだ。そうしてそのまま、五限目のこの授業が始まっても姿を現わさず……。

「ねえ、榊原くん」

と、望月のほうから声をかけてきた。ぼくは鳴に関する物思いを中断して、

「何？」

「三神先生のこと……どう思う？」

「どうって訊かれてもなあ、困るよなあ」

「ああそう、まあ……うん、そうだよね。うん……」

　幾度も小さく頷く望月の頬が、ほんのりとまた赤らんでいる。

　何だよ、こいつ——と、ぼくは内心ちょっと慌ててしまった。

　ほれてるのか？　少年、美術の女性教師に。それでいいのか、十何歳も年上だぞ。

2

「ムンクの『叫び』って、全部で四点、制作されてるの」

「あ、それは聞いたことがある」

「ぼくが好きなのはね、オスロの国立美術館に所蔵されてるやつ。空の赤い色がいちばんすさまじくて、今にもそこから血がこぼれおちてきそうで」

「ふうん。——でもあれってさ、じっくり見るほど怖いというか、ひどく不安な気持ちにならない？　それがそんな好きって……」

　分かりやすいといえば分かりやすい絵でもある。見た目のインパクトが強烈なだけに、本来の主題はそっちのけで、おもしろおかしいばかりのパロディが氾濫《はんらん》してもいて、その意味でも人気作品と云えるだろう。だがもちろん、望月の云う「好き」はそういうレベルでの話ではなさそうだった。

「不安。――そうだね。すべてが不安でどうしようもない、そんな気持ちを抉《えぐ》り出してくれるような絵。だから好きなの」

「不安になるから好き?」

「だって、見ないふりをしてても仕方ないもの。――榊原くんだってそうでしょ。みんな、きっとそうだし」

「レモンやタマネギも?」

冗談めかして云うと、望月は少し照れたように笑って、

「絵は心象の投影だから」

「うーん。でもなあ……」

美術の授業が終わったあと、ぼくは何となく望月優矢と連れ立って外に出た。そうして何となくそんなやりとりをしながら、0号館の薄暗い廊下を歩いていたのだ。

「よっ、サカキ」

と、背後から肩を叩《たた》かれた。振り返るまでもなく、勅使河原だと分かった。きょうから彼は、ぼくの名を「サカキ」と略して呼ぶことにしたらしい。

「二人でこっそり三神先生の話か? だったらおれも交ぜろよ」

「残念ながら、もうちょっと暗めの話」

と、ぼくが答えた。

「何だよ。何の話だよ」

「世界を覆う〝不安〟について」

「へぇぇ？」

「勅使河原はさ、不安ってあるの」

そういう感情とはあんまり縁がなさそうだよな、と思いつつ尋ねてみた。彼のことはもう、こちらからも「勅使河原」と呼び捨てにするのが自然になっていた。茶髪のお調子者は、すると案に相違して、

「不安って、そりゃあもう！」

どこまで真剣なんだろう、大仰に頷いてから、こう答えた。

「何せ学年が上がって、よりによって『呪われた三組』になっちまったからなあ」

「えっ」

ぼくは思わず声をもらし、同時に望月の反応を窺《うかが》った。黙って視線を足もとに落とす彼の面差しは物憂げで、何だかこわばっているようにも見える。――瞬時にして場が凍りついた。そんな気がした。

「あのさぁ、サカキ」

勅使河原が云った。

「これ、きのうから話そう話そうと思ってたんだが……」

「ちょっと、勅使河原くん」

と、望月が口を開いた。

「それはもう、まずいんじゃないの」

まずいって、何が？　どう？

「『もう』って云ったって、しかし……」

先を続けあぐねる勅使河原。ぼくはわけが分からず、「いったい何を」と云いかけて、そこではっと言葉を止めた。

ぼくたちは0号館の廊下を、ちょうど例の第二図書室の前まで歩いてきたところだった。めったに利用する者はいないという古い図書室の、入口の引き戸が今、何センチか開いたままになっていて。そしてその隙間から、室内の様子が……。

……いる。

彼女が——見崎鳴が、そこにいるのだ。

「どうした」

勅使河原の怪訝《けげん》そうな問いかけに、

「いや、ちょっと」

曖昧《あいまい》な返答をして、ぼくは図書室の戸を開けた。中にいた鳴が、こちらを振り向いた。

部屋に据えられた大きな机の前に、鳴はぽつんと坐っていた。「やあ」とぼくは手を挙げたが、彼女は何も応《こた》えずにすぐ、視線を机上に戻してしまう。

「お、おい、サカキ。やっぱさ、おまえそれ……」

「さ、榊原くん。何をそんな……」

勅使河原と望月が口々に云うのをほとんど無視する恰好《かっこう》で、ぼくは第二図書室に足を踏み入れた。

3

ぎっしりと本の並んだ天井までの書架が、壁面を埋め尽くしていた。それでも足りなくて、部屋の半分以上のエリアには背の高い書棚が林立している。

広さは美術室と同じほどのようだが、あちらとはまるで違う趣だった。これっぽっちも広々とした感じがしない。収蔵された書物の重みが、ずっしりともたらす圧迫感。明りのかげんはこちらのほうがいっそう陰気くさくて、見ると蛍光灯が何本か切れてしまっている。

読書用の大机は、鳴が坐っている一つだけだった。まわりに置かれた椅子は十脚に満たない。左手奥の隅っこの、書棚の谷間みたいな場所に小さなカウンターテーブルがある。

今は姿が見えないけれど、普段はあそこに司書の先生がいるんだろうか。

古い本に独特のにおいが染みついた、時が静止したような空間……そこに。

見崎鳴はたった一人でいた。

ぼくが近づいていっても、彼女はこちらに目を向けようとしない。机の上には本ではなくて、八つ切り大のスケッチブックが開いてあった。

美術の授業をサボって、ここで独り絵を描いていた——ってか？

「良かったのかな、入ってきちゃって」

目を向けないまま、鳴が云った。

「なぜ？」

と、ぼくは訊き返した。

「二人が止めたんじゃないの」

「——みたいだね」

彼女を巡ってはどうも、クラスの連中の態度に妙なところがある。ぼくもうすうす、それに勘づきはじめてはいたのだが。

「この絵は？」

スケッチブックに視線を落として、ぼくは訊いた。

鉛筆で描かれた、それは美しい少女の絵だった。漫画やアニメ絵のタッチではない。写実画っぽい、もっとリアルな素描だ。

華奢《きゃしゃ》な、かろうじて性別が見分けられるような体形。細い手足。長い髪。顔にはまだ、目も鼻も口も描き込まれていないけれど、それでもそれは「美しい少女」なのだということが伝わってくる。

「これは……人形？」

そう訊いたのには理由があった。

肩や肘《ひじ》、手首、足の付け根や膝《ひざ》、足首……それぞれの関節部分の描写に、ある種の人形に特有の〝形〟が見られるのだ。いわゆる「球体関節人形」の、その名称が表わすとおりの特徴的な形――構造が。

ぼくの問いに鳴は答えず、握っていた鉛筆を無造作に、絵の上に転がした。

「何かモデルがあって？　それとも、きみの想像で？」

質問攻めは嫌い、と云われるのを覚悟しつつ、ぼくは質問を重ねた。すると鳴は、やっとこちらに顔を向けて、

「どっちとも云えない。両方、かな」

「両方？」

「この子には最後に、大きな翼を付けてあげるつもり」

「翼って……じゃあ、これは天使？」

「さあ。どうかなぁ」

もしかしたら悪魔、かも。——そんなせりふが付け加えられそうな気がして、ぼくは瞬間、息を止めた。けれど鳴は何とも続けず、かすかな笑みだけを口もとに滲《にじ》ませた。

「きみさ、左の目はどうしたの」

と、そこでぼくは別の、ずっと気になっていたことを訊いてみた。

「病院で会ったときからそれ、眼帯してるし。——怪我でも？」

「知りたい？」

鳴はわずかに首を傾げ、右の目を細める。ぼくはどぎまぎしてしまって、

「あ。いやなら、べつに……」

「じゃあ云わない」

そのとき部屋のどこかから、ひびわれたチャイムの音が流れはじめた。傷んだ古いスピーカーが、修理もされないまま使われているようだった。

六限目開始の本鈴だったが、鳴は椅子から腰を上げようとしない。またサボるつもりなのかもしれない。

放っていこうか、それともひっぱっていこうか。——どうしたものか、ぼくが決めあぐねていると、

「授業、行ったほうがいいね」

突然そんな声が飛んできた。

初めて耳にする男性の声。ちょっと掠《かす》れ気味だが、低くて響きのいい……。

びっくりして室内を見まわしてみて、相手の居所を知った。

部屋の隅っこの、例のカウンターテーブルの向こう。さっきまでは人の姿が見えなかったその場所に、真っ黒な服を着た男が立っているのだ。

「初めての顔だねえ」

と、男が云った。野暮《やぼ》ったい黒縁の眼鏡をかけ、ぼさぼさの髪には白いものがたくさんまじっている。

「ええと、三年三組の榊原です。きのう転校してきたばかりで、あの……」

「司書の千曳《ちびき》だ」

まっすぐにぼくのほうだけを見すえて、男は云った。

「気が向いたらいつでも来ればいいが、さ、今はもう行った行った」

4

六限目は週一回のＬＨＲ《ロングホームルーム》だった。小学校でいえば学級会に相当する時間だが、担任の教師に見守られる中で、そうそう活発かつ自由に議論がなされるはずもない。これは今どき、私立も公立も同じようなものだろう。

当面、特に話し合わなければならない問題はないので……といった流れのまま、終了の時刻が来る前に場は解散となった。

見崎鳴は結局、この時間もまったく教室に現われなかった。——が、久保寺先生と三神先生も含め、とりたててそれを気にするそぶりは誰にも見られなかったように思う。

この日も、学校の送り迎えには祖母が車を出してくれた。「大丈夫だから」といくら辞退してみても、「今週中はだめだよ」と譲ってくれないのだ。そう云われると立場上、強く抵抗するわけにもいかず……。

本音を云うと、もう少し学校に残って鳴を探したい気持ちがあったのだけれど、あきらめざるをえなかった。一緒に帰らないか、という勅使河原たちの誘いも断わって、ぼくは迎えの車に乗り込んだ。

5

その夜の夕食後、怜子さんが離れの仕事場兼寝室に引きこもる前に、しばらく二人きりで話をする機会があった。

彼女に尋ねてみたいことはいろいろたまっていたが、いざこうして話すとなると、例によってどうにも緊張してしまう。本意に反して、当たりさわりのない会話をいくらか続けてしまったあと——。

　迷いに迷った末、ぼくが思いきって切り出してみたのは、0号館の第二図書室に関する話題だった。

「あの図書室って、昔からあそこにあったんですか」

「ん、そうね。わたしが中学のときにはもちろんあったし、理津子姉さんの中学時代にも、たぶん」

「そのときから『第二』だったんですか」

「それは違うわ。『第二』になったのは、新しい校舎が建って新しい図書室ができたあとの話でしょ」

「——ですよね」

　怜子さんはテーブルについた頬杖《ほおづえ》の左右を替えて、グラスについであったビールをひと口、飲んだ。そうして「はあぁ」と小さな溜息《ためいき》をつく。あからさまには見せないが、彼女は彼女で日々、気疲れの多い社会人生活を送っているのだろう。

「第二図書室の司書の先生って、知ってます？　きょう、ちょっと覗いてみて会ったんですけど、何だかあの部屋の〝主〟みたいな感じの人で……だからその、昔からずっとあの人がいるのかなって」

「千曳さん、ね」

「ああ、そう。そんな名前だった」

「恒一くんの云うとおり、あの人はそんな感じよねえ。図書室の〝主〟。わたしのころからいたわよ。無愛想で、いつも黒い服ばかり着てて、何となく謎めいた雰囲気の人だったから、女子はたいてい気味悪がってたけれど」

「――でしょうね」

「きょう会って、何か気になることでも云われたとか」

「いえ。べつに何も」

ゆるりと首を振りながら、ぼくはあのときの情景を思い返す。

彼に命じられて、図書室を出たのはぼく一人だけだった。鳴はあのあと、どうしたんだろう。あそこに残って絵の続きを描いていたのか。それとも……。

「ところでさ、恒一くん」

ビールのグラスを片手に、怜子さんが云った。

「部活や何かはどうするの」

「あ……うん、そうですね。どうしようかなあ」

「前の学校では、何か？」

訊かれたので、ぼくは正直に答えた。

「料理研究部、に」

　家事を一人息子に押しつけて良しとする父親に対する、ささやかな皮肉を込めての入部だった。おかげで、ぼくの料理の腕前は何段階もアップしたものだが、父がそれに気づいた様子はまったくない。

「夜見北にはないわねえ、そういうのは」

　と、怜子さんは優しげに目を細めて応じてくれた。ぼくは云った。

「どのみち一年だけだから、無理に何かやることもないかって。――あ。でもきょう、美術部に入らないかって誘われちゃって」

「あれぇ、そうなの」

「でも何となく、やっぱり……」

「それは恒一くん次第でしょう」

　ビールの残りを飲み干し、怜子さんは両頬に手を当ててテーブルに肘をのせる。そして、まっすぐにぼくの顔を見ながら訊いた。

「美術、好きなの？」

「好きっていうか、興味があって……」

　怜子さんの視線がまぶしい光のように感じられて、思わずちょっと顔を伏せながらも、このとき心に湧き出してきた気持ちのそのままを、ぼくは答えた。

「だけどぼく、絵はあんまりうまくないんですよね。どっちかって云うと苦手だし」

「うーん」

「そのくせあの、これはまだ誰にも内緒なんですけど、できれば大学は美術関係に進みたいなあって」

「へえぇ、そうなの。初耳ねえ」

「彫刻とか造形とか、そっち方面をやってみたくって」

ぼくのグラスには、祖母が作ってくれた特製の野菜ジュースがあった。嫌いなセロリがまじっているのを我慢して、ぼくはちびりとそれに口をつけた。——で。

「どう思います？　無謀でしょうか」

意を決して問いかけると、怜子さんは「うーん」とまた唸《うな》って腕組みをする。

「アドバイス、その一」

と、やがて彼女は云った。

「経験上、云わせてもらうと、美大や芸大に行きたいっていう子供の考えは、だいたいにおいてまず親に否定される」

「——やっぱり」

「恒一くんのお父さんは、どうかしら。知ったら慌ててたしなめるくち、かなあ」

「——意外にそうかも」

「アドバイス、その二」

と、怜子さんは続ける。

「仮に希望どおり美大や芸大に入れたとしても、卒業後、就職にあたってのつぶしは驚くほどきかない。才能次第っていうところも当然あるけれど、それよりも大きいのはたぶん運、でしょうね」

なるほど、そういうものか。何ともはや現実的な……。

「アドバイス、その三」

もういいです——と、あえなくギヴアップしたい心境のぼくだったが、怜子さんのその最後のアドバイスは、優しげにまた細められた彼女の目とあいまって、若干の救いとなった。

「そうは云いつつも、本当にやってみたいのなら、臆《おく》する必要はない。何ごともね、やってみる前にあきらめちゃうのって、かっこ悪いと思うのよね」

「かっこ悪い、ですか」

「ん。大事なことでしょ、かっこいいか悪いかっていうのは」

怜子さんはアルコールがまわって少し紅潮した頬を、ゆっくりと両手でさする。

「もちろんそれは——かっこいいか悪いかっていうのは、自分自身から見て、の問題ね」

6

翌日——五月八日の金曜日は、朝からずっと見崎鳴の姿が見えなかった。

病欠だろうか、と思ったけれど、昨日はまるでそんな、ぐあいが悪そうな様子は窺えなかったし……。

まさか——と、そこで一つ思い当たったことがある。

水曜日の体育の時間の、あの屋上でのやりとりのあと……。

——屋上に出ていてカラスの鳴き声を聞いたら、中に戻るときは左足から入ること。

怜子さんが教えてくれた、例の「夜見北での心構え、その一」。これにそむいて左足から入らないと、一ヵ月以内に怪我をする、という。

あのとき鳴は、カラスが鳴くのを繰り返し聞いたにもかかわらず、右足から中に入っていったのだ。だから……まさか、そのせいで何か大きな怪我でも？　——まさか。

そんなふうになかば本気で考えて、本気で心配している自分が、ちょっと冷静に眺めてみるとずいぶん滑稽《こっけい》に感じられたりもして。

まさか、まさか……と思いつつ結局のところ、彼女の欠席の理由については誰にも尋ねる踏んぎりがつかなかった。

7

私立のK＊＊中では経験のなかったことだが、公立の学校では基本的に、第二土曜日と第四土曜日は休みと決められている。中にはそれを校外での「体験学習」なるものに充てるところもあるそうだけれど、夜見北にはまったくそういう縛りはない。増えた休日の過ごし方は生徒次第、だという。

そんなわけで、翌九日の土曜は休校日。朝早く起きる必要もなし——のはずが、ぼくはこの日、夕見ヶ丘の市立病院へ行かねばならなかった。予後の経過を診てもらうため、午前中に外来の予約を入れてあったのだ。

当然のようにこの通院も、祖母が送り迎えと付き添いを買って出てくれていたのだが、当日になってとりやめになった。祖父の亮平が朝から急に発熱し、寝込んでしまったからだ。

非常に深刻な容態というわけでもなさそうだったけれど、何しろ日ごろの言動に少なからず危うさが目立つ老人だ。一人で家に放ってはおけないだろう、と気をきかせて、「ぼくは大丈夫だから」と祖母に申し出た。

「そうかい。すまないねえ」

さすがにこのときは、「だめだよ」という言葉は返ってこなかった。

「気をつけて行ってくるんだよ。万が一ぐあいが悪くなったら、タクシーで帰ってくればいいからね」

「はいはい、了解」

「くれぐれも無理するんじゃないよ」

「はい。しません」

「お金は余分に持ってるかい」

「はーい、しっかりと」

そんなやりとりをした場所が、たまたま一階の縁側の近くだったものだから、聞きつけた九官鳥のレーちゃんが、

「どーして？　どーして？」

元気よく例の奇声を発して、ぼくを送り出してくれた。

「どーして？　……ゲンキ、だしてネ。ゲンキ……」

8

シャウカステンに並べた肺の透視画像をためつすがめつしたあと、初老の担当医は「よ

しよし」と頷きを繰り返し、

「きれいなものですね。——よし。何の問題もなし」

と、軽い調子で見解を告げた。

「だからといって無理は禁物だが……そうだな、もう一、二週間様子を見て、変わりがないようなら体育の授業もＯＫでしょう」

「ありがとうございます」

しおらしく頭を下げながらも、ぼくは心中、若干の不安を覚えずにはいられなかった。去年の秋も、退院後しばらくしてからのこういった外来診察で、同じようなお墨付きをもらったんだがなあ……。

もちろんしかし、今からいくらそんな心配をしてみても仕方ないに決まっている。「おまえもこれで打ち止めだろう」という経験者の楽観論を、とりあえずは信じることにしよう。——うん。それがいい。

市立病院の外来病棟は、どこもここもひどく混み合っていて、診察が終わって窓口での支払いを済ませたころにはもう、とっくに昼食どきが過ぎていて……今やほぼ健康体の十五歳男子は、おのずと空腹にさいなまれはじめた。病院内の食堂は遠慮したかった。帰り道でハンバーガーかドーナツの店でも探そうか。——で、いったん病院を出てバス停をめざしかけたぼくだったが、そこではたと思い直した。

十日ぶりにこの病院を訪れて、しかもきょうは幸い（なんて云うと怒られそうだけれど）、祖母が一緒じゃない。ここはだめもとで、少しなりとも行動してみない手はないだろう。当面の空腹よりも、こちらのほうが遥《はる》かに大事な問題じゃないか。——うん。

病院に引き返すことにした。そうして向かった先は、先月下旬の主な生活の場であった入院病棟で……。

「あれぇ？　どうしたの、ホラー少年」

四階までエレヴェーターで上がって、とりあえずナースステーションの窓口へ行こうとしたところ、ちょうど廊下をやってきた顔見知りのナースがいた。やせっぽちの長身に、きょろりとした大きな目がアンバランスで印象的な……水野さんだ。

昨年、正看の資格を取ったばかりだと云っていた。この病院に勤めはじめてまだ日も浅いという話だったが、十日間の入院中、最も多く言葉を交わした病院関係者がたぶん彼女だったと思う。水野沙苗《さなえ》さん。

「あ。こんにちは」

窮すれば通ず、なんていうほどたいそうな話でもないけれど、このタイミングでのこの遭遇は、ぼくにしてみれば願ったり叶《かな》ったりだった。

「どうしたの。榊原……恒一くん、だったよね。まさかまた、胸のぐあいが？」

「いえ。違います違います」

ぼくは慌ててかぶりを振って、

「きょうは外来で診てもらいにきて。何も問題はなし、だったんですけど」

「そう。でもじゃあ、何でここに？」

「それは、ええとですね、水野さんにお会いしたくって」

あまり似合わないなと自覚しつつ、そんな軽口を叩くと、水野さんはすぐさま、

「まあ、嬉《うれ》しい」

と、芝居がかったリアクションをしてくれた。

「新しい学校に同好の士が見つからなくて、寂しくなったとか……じゃないよね。どうしたのかな」

「それは……ええと、実はその、ちょっとお訊きしたいことがあって、それで……」

そもそも彼女と気やすく話すようになったきっかけは、入院中に読んでいたスティーヴン・キングの文庫本だった。その書名を目にとめて、

「こういうのばっかり読んでるの？」

と、向こうから問いかけてきたのだ。

「『ばっかり』じゃありませんよ」

何だか珍しいものを見るような顔だったので、ぼくはことさらにそっけなく応じたつもりだったのだが。

「それじゃあ、ほかにはどんなのを？」

続けて訊かれて、

「んっと……クーンツとか」

とっさにそう答えてしまっていた。

彼女はすると、「ほほう」と中年オヤジみたいに腕組みをした。笑いだしたいのを我慢しているふうでもあった。でもってそれ以来、付けられた渾名《あだな》が「ホラー少年」だったわけで。

「入院中にその手のものを読む人も珍しいのよね」

「珍しいんですか」

「だって、あんまり怖いのとか痛いのとか、普通は避けたいものなんじゃない？　自分が病気や怪我で、怖かったり痛かったりするんだから」

「うーん。でもしょせん、本の中のお話だから、ぼくはべつに……」

「そ。まったくそのとおり。偉いぞ、ホラー少年」

その後まもなく判明したのは、彼女自身が実は、相当な「その手のもの」の愛好者であるという事実だった。洋の東西、古今を問わず、小説も読めば映画も観る。職場にはそれこそ「同好の士」がいなくて、寂しい思いをしているらしい。——かくして、退院までにぼくは、ジョン・ソールだとかマイケル・スレイドだとか、これまで読んでいなかった作家のお薦め作品を彼女から教えてもらうことになり……。

閑話休題。

共通の趣味にまつわる話は次にまた機会があれば、と思い定めて、ぼくは水野さんに「ちょっとお訊きしたいこと」を訊いた。

「四月二十七日——先週の月曜日のことなんですけど。その日、この病院で亡くなった女の子っていましたか」

9

「四月二十七日?」

変な質問をする、と思われたに違いない。水野さんはきょろりとした目をしばたたいて、

「先週の月曜……か。まだ榊原くん、入院してたよね」

「ええ。ちょうどそれ、ドレインが取れた日だったんですけど」

「何で急に、そんな?」

訊き返されて当然だった。が、ニュアンスを壊さずに詳しい事情を説明できる自信がなかったので、

「いえ……あの、気になることがあって」

と、ぼくは曖昧な答え方をした。

あの日——先週月曜日の昼ごろ、この病棟のエレヴェーターで偶然、見崎鳴と出会った。彼女が降りたのは地下二階だった。そのフロアには病室や検査室はなくて、倉庫や機械室のほかにあるのは、確か霊安室だけで……。

……霊安室。

その特殊な場所のイメージが、ずっと気にかかりつづけているのだと思う。だから、そこからの連想で今、水野さんにこんな質問をしてみたのだ。

仮にあのとき、鳴の向かった先が霊安室だったとしよう。空っぽの霊安室を訪れる人間は普通いない。常識的に考えれば、そこにはきっと、その日この病院で死んだ誰かの遺体が安置されていたはずで……という話になりはしないか。

死んだのが「女の子」だと思ったのはなぜか。

これも何となくの連想だった。あのとき鳴が口にした、謎めいた言葉（可哀想なわたしの半身が……）からの。

「何か微妙な事情があるみたいねえ」

水野さんは片頰を少し膨らませ、ぼくの顔を覗き込んだ。

「ここで詳しく説明しなさいとは云わないけど……そうだなあ」

「心当たり、あります？」

「少なくとも、わたしが担当していた患者さんにはいなかったな。でも、病棟全体となるとどうだか」

「じゃあ、それとは別に――」

ぼくは質問を変えることにした。

「その日、病棟で制服姿の女の子を見かけませんでしたか」

「なぁに？　また女の子？」

「中学の制服です。紺色のブレザー。髪はショートで、あと左目に眼帯をしてて」

「眼帯？」

水野さんは小首を傾げて、

「眼科の患者さん？　――あ、待って。ちょっと待って」

「見かけたんですか」

「そっちじゃなくって、その日に亡くなった人のほう」

「えっ」

「んんとね、そういえば……」

呟《つぶや》きながら水野さんは、右手の中指をこめかみに当てて小突きはじめる。

「……あったかもしれない、そういうこと」

「本当ですか」

「たぶん、だけど。そんな話をちらっと耳にしたような……」

患者やその家族、医師やナースの往来が少なくない病棟の廊下から、彼女は人影のまばらだった待合室へと場を移す。ここでこれ以上、立ち話を続けるのも問題だから、という意思表示だろう。

「自信はないんだけどね、先週の月曜……確かそのころだったと思う」

いくぶん声をひそめて、水野さんは云った。

「女の子……だったのかなぁ。しばらくここに入院していた若い患者さんが急に亡くなっちゃったって、そんな話があったように」

「その人の名前とかは？」

いやに胸がどきどきしていた。と同時に、なぜだろうか、身体中がぞわりと震えるのを抑えられなかった。

「分かります？　名前とか病名とか、詳しいこと」

水野さんは一瞬、返事をためらったあと、そろっと周囲を見まわしながら、

「調べといてあげよっか」

さらに声をひそめて云った。

「いいんですか」

「それとなくまわりに尋ねてみるくらいなら、べつにむずかしい相談じゃないし。——携

帯電話、持ってたよね」

「あ、はい」

「番号を」

てきぱきと指示して、水野さんは白衣のポケットから自分の携帯を取り出す。

「分かったら知らせてあげるから」

「本当に？　いいんですか」

「同好のよしみ、ということで。わざわざここまで上がってきて、何だかわけありみたいでもあるし」

ホラー好きの新米ナースはそう云って、きょろりとした目で悪戯《いたずら》っぽく微笑んだ。

「その代わり、いずれちゃんと理由を教えてね。いい？　ホラー少年」

10

夜見のたそがれの、
うつろなる蒼き瞳の。

そんな風変わりな看板を見つけたのは、まだ夜見山の街が黄昏《たそが》れはじめるよりもだいぶ前のことだ。

夕見ヶ丘からの帰り道——。

病院と祖父母宅との中間点に位置する（——とぼくが、頭の中のいいかげんな地図上で把握している）紅月町《あかつきちょう》というところでバスを降りて、目についたファストフード店で空腹を解消して、その足でそのあたりのささやかな繁華街を歩いてきた。土曜の午後だというのに街は閑散としていて、すれちがう人々は当然ながら全員が見知らぬ顔で、誰に声をかけられることもなく声をかけることもなく、特に強く興味を引かれるものもないままに、ぶらぶらと歩いてきた。繁華街から離れ、バス通りからも離れて細い路地を抜け、何やら立派な家ばかりが並ぶ界隈《かいわい》に入ってやがてそれも抜け……なぜというわけもなく、気分に任せて歩いてきた。

迷ってもまあ、どうとでもなるし。

はなからそう思っていた。この辺は、母親不在の十五年を東京で暮らしてきた少年のしたたかさ、だろうか。

考えてみれば、夜見山に来てきょうまでの約三週間で、これほど好き勝手に——誰の目も気にせずに——時間を過ごすのは初めてだった。このまま夕方まで帰らなかったりしたら、きっと祖母はひどく心配するに違いないけれど、そのときは携帯に電話してくるだろうから……。

やっと自由を満喫！

という気持ちだったわけでは、全然ない。本当にただ何となく、自分の足で独りこの街を歩いてみたくなっただけ、だったのだ。

時刻は午後三時を少しまわったばかり……なのに、世界が妙に色あせて見えた。雨が降りだしそうな気配こそ感じられないものの、頭上には今の季節に似つかわしくない暗い雲がどよんと垂れ込めていて、ふいにそれが、今の自分の心象を映しているんじゃないかという気がしてきたりもして……。

電柱に「御先町《みさきちょう》」という町名の標示を見かけたのが、ついさっき。字は違うけれど、これも「ミサキ」か——と思いつつ、頭の中のいいかげんな地図にその名を書き加えた。ものすごく大ざっぱに云って、現在地は病院と祖父母宅と学校を結んだ三角形の真ん中あたりかな、などと見当をつけながら。

そんなところで、だった。

やや上りの勾配《こうばい》を含んだ坂道。

ぽつりぽつりと小さな商店の姿も見える、けれども基本的には閑静な住宅街、といった風景の中にふと——。

夜見のたそがれの、
うつろなる蒼き瞳の。

黒塗りの板にクリーム色の塗料でそんな文字が記された、その風変わりな看板が目にとまったのだ。

無愛想なコンクリート造りの三階建て。近辺の民家とは風情を異にする、ちょっと雑居ビルめいた建物だが、二階、三階に何か店舗や事務所が入っているふうでもない。

看板は一階の、入口とおぼしき扉の脇にひっそりと出ていて、そのさらに脇には直《ちょく》に上階へ続く外階段が設けられていた。道に面しては、入口から少し間をおいて楕円《だえん》形の大きな嵌《は》め殺し窓がある。ショーウィンドウ？——にしては、中に照明の一つもついていないし、何だか地味というか、開かれていない感じがする。

思わず足を止めたぼくは、もう一度看板に目をやり、そこに並んだ文字を小声で読み上げてみた。

「よみのたそがれの、うつろなるあおきひとみの……何だ？」

看板の下にもう一枚、これは掛札のような古びた白木の板が掛かっていて、そこには毛筆書きっぽい字でこう記されていた。

どうぞお立ち寄りください。　――工房 m

何だろう、ここは。

骨董品《こっとう》か何かの店？　それとも……。

どこかから誰かに見られているような気が急にして、ぼくはあたりを見まわした。が、そんな「誰か」はおろか、道を行く人影すらまったくない。

空は低く、いよいよ暗かった。御先町というこの町のこの一画だけが、ひと足早く黄昏《たそがれ》どきに引き込まれてしまったような錯覚に囚《とら》われながら、ぼくはなかば恐る恐る、楕円形のウィンドウのほうへ足を踏み出した。

薄暗くてよく見て取れなかった、その向こうの様子。すぐそばまで歩み寄って、ガラスに顔を近づけて覗き込んでみて――。

「わっ」

短く声をもらし、ぼくは身を凍らせた。刹那《せつな》、首の後ろあたりから両肩、両腕へと、冷たい痺《しび》れのような感覚が走っていた。

ウィンドウの向こうには――。

ひどく異様な、とても美しいものがあった。

深紅の布が敷きつめられた床に置かれた、黒い円形のテーブル。その上に、黒いヴェールをかぶり、両手で顔の部分をめくりあげた姿勢の、女性の上半身だけが。

つるりとした白い肌の、恐ろしいほどに端整な顔立ちの……それは少女だった。胸もとに垂れた髪は漆黒。瞳はしかし、深い緑色。まとった赤いドレスは、それも彼女の身体と同様、おなかのあたりで断ち切られている。

「……すごい」

ひどく異様な、とても美しい……それは、ほぼ等身大に造られた少女の人形だった。その上半身だけが、そのようにしてそこに飾られているのだ。

何なんだろう、ここは。

何なんだろう、この……。

不思議な心地でぼくが、改めて入口脇の看板を見直そうとしたとき――。

上着のポケットの中から、無粋な振動が伝わってきた。携帯電話の着信だ。

おばあちゃんがもう、心配して？

てっきりそう思って、低く息をつきながら携帯を取り出す。液晶画面に表示されていたのはしかし、未登録の番号だった。

「――はい？」

応答に出るとすぐに、

「あ、榊原くんね」

という女性の声。知っている――というか、つい何時間か前に間近で聞いたばかりの声だった。市立病院の水野さんだ。

「さっきの件だけど、分かったよ」

「えっ。早いですね」

「ちょうど事情通でお喋り好きの先輩がつかまったから、さっそく訊いてみたの。その先輩も人から聞いた話だっていうから、百パーセント正しい情報とは限らないけど。書類とかを調べるのはむずかしいいし。それでもいい？」

「――はい」

携帯を持つ手に、知らず力が入った。何だかまた、身体中がぞわりと震えて……。

「教えてください」

そう答えたが、視線はウィンドウの向こうの人形から離すことができない。

「先週の月曜、確かに亡くなった患者さんがいたって」

水野さんは告げた。

「中学生の女の子、だったって」

「ああ……」

「別の病院で大きな手術を受けたあと、こっちに移ってきてたらしいの。手術は大成功で回復も順調だったのに、それが急に容態が悪化して……手を尽くす暇もなく。一人娘さんだったみたいで、親御さんがすごく取り乱して大変だったとか」

「名前は？」

薄暗がりからこちらを見つめる少女の双眸《そうぼう》に、「うつろなる蒼き瞳」という言葉を重ね合わせてみながら、ぼくは訊いた。

「その子の名前は、何ていう」

「んんとね……」

答える水野さんの声が、電波の乱れで軽くひびわれた。

「これも同じ先輩から聞いたことで、彼女もちょっと曖昧な云い方だったんだけど……でも、いちおう」

「――はい」

「亡くなった子、ミサキだかマサキだか、そんな名前だったって」

Chapter 4

May Ⅲ

1

ぼくがふたたび御先町の〈夜見のたそがれの、うつろなる蒼《あお》き瞳《ひとみ》の。〉の前に立ったのは、翌週金曜日の、今度はまさに黄昏《たそがれ》どきのこと——。

先週はまったくの偶然だった。

あてどもなく街を散策していて、たまたまここを見つけたのだったが、今回はちょっと事情が異なる。といっても、最初から来ようと思って来たわけじゃない。別の目的があって動いていて、その結果、期せずしてまたここへ来てしまったのだ。

日没までにはまだ時間がある。けれど、あたりはもう「黄昏」という言葉が似合わしい光のかげんだった。赤く射す西陽の中、仮にいま知り合いが向こうからやってきたとしても、すぐには誰だか見分けがつかなそうな、そんな……。

当初の目的は、すでに見失ってしまっていた。あきらめて帰ろう。そう思って踵《きびす》を返しかけたところで、はっと気づいたのだ。ほんの目と鼻の先に、〈夜見のたそがれの……。〉という例の看板が出ていることに。

吸い寄せられるように足を向けていた。楕円形《だえん》のショーウィンドウの向こう側には、先週と変わらず、美しくも異様な上半身だけの少女人形がいて、その「うつろなる蒼き瞳」が虚《うつ》ろにぼくを映した。

ここは何なんだろう。

中はどんなふうになっているんだろう。

あれからずっと、気にかかりつづけていたことの一つでもあったから――。

好奇心に抗《あらが》うすべはもはやなく、当初の目的については心の隅に追いやって、ぼくは看板の脇にある入口の扉を押し開けたのだ。

からん、とドアベルが鈍く響き、ぼくはおっかなびっくりで歩を進めた。

外の黄昏よりもいっそう黄昏っぽい、仄暗《ほのぐら》い間接照明を基調として、漠然と予想していたよりも奥行きと広さを備えた空間がそこにはあった。うっすらと彩色されたスポットライトが、ところどころにささやかな光の輪を描いている。そうして照らし出されたのは、大小さまざまな人形たち。身長が一メートルを超えるような大物もあれば、もっとずっと小ぶりなものもたくさんあって……。

「いらっしゃい」

と、客を迎える声がした。

入って左——ちょうどショーウィンドウの裏側に当たる場所に長細いテーブルがあり、その向こうに人影が見えた。店内の薄闇に溶け込みそうな鈍色《にびいろ》の服を着ていて、声の調子から察するに女性、それも老女らしい。

「あ……こ、こんにちは」

「おや。若い男の子とは珍しいねえ。お客さんかい？　それとも……」

「ええと、たまたま前を通りかかって、どんなお店なんだろうって。お店……なんですよね、ここ」

テーブルの端には古びたレジスター。その手前に小さな黒板が立てかけてあって、黄色いチョークで「入館料五百円」と記されている。ぼくが学生服のポケットを探り、小銭入れを取り出すと、

「中学生かい？」

老女が訊《き》いた。ぼくはびくりと姿勢を正して、

「はい、夜見北の」

「だったら半額でいいよ」

「あ、はい」

云われた代金を、テーブルの前まで行って渡した。差し出されたのはやはり、しわだらけの老いた掌で、薄暗がりから滲《にじ》み出てきた相手の顔が、このときはっきりと見えた。見事なくらいに真っ白な髪と、鉤形《かぎがた》に曲がった魔法使いみたいな鼻。ダークグリーンのレンズが入った眼鏡のせいで、どんな目つきなのかは分からない。

「あのう、ここ、人形屋さん、ですか」

そろっと尋ねてみた。

「人形屋……そうだねえ」

老女は少し首を斜めにして、もごもごと声をくぐもらせながら、

「まあ、半分はお店で半分は展示館、ってとこかねえ」

「――はあ」

「売りものもあるけど、中学生に買える値段じゃないよ。でもまあ、ゆっくり見ておいきなさいな。ほかにお客さんもいないし……」

老女はそして、テーブルに両手をついておもむろに身を乗り出し、ぼくのほうに顔を近づけてくる。そうしないとよく見えない、とでもいうような仕草だった。

「お望みなら、お茶をいれてあげるよ」

息の吹きかかる距離で、老女は云った。

「奥にソファがあるから、くたびれたら坐《すわ》ってお休みなさい」

「はい。あ、けどお茶はけっこうですので」

「そうかい。じゃあ、ごゆっくり」

2

店内——それとも「館内」と呼ぶべきだろうか——に流れる音楽は照明と同様に仄暗い絃楽《げんがく》の調べで、主旋律を奏でているのはチェロのようだった。どこかで聴いた憶《おぼ》えのある曲だが、悲しいかなぼくには、そのあたりの素養が決定的に不足している。巨匠の古典的名曲だと云われても、九〇年代になって発表された注目曲だと云われても、「そうですか」と納得するしかなかった。

邪魔なカバンを奥のソファに置いてしまって、ぼくは息をひそめ、足音を忍ばせるようにしながら、各所に陳列された人形を見てまわる。

初めはテーブルの老女の挙動をちらちらと窺《うかが》わずにはいられなかったのだけれど、そのうちまるで気にならなくなった。人形たちのほうにすっかり魅了されて、それどころじゃなくなってしまったのだ。

灰暗い室内の黄昏の中で、あるものは佇《たたず》み、あるものは腰かけ、あるいは横たわり。驚いたように大きく目を見開いていたり、なかば瞼《まぶた》を閉じて物思いに沈んでいたり、あるいは微睡《まどろ》んでいたり……。

そんな人形たちの多くは美しい少女の姿をしていたが、中には少年もいたし、動物もいた。人と獣が入り雑《ま》じったような不思議な造形物もあった。人形だけでなく、壁には絵も飾られていた。どこかしら幻想的な風景を描いた油彩が目立った。

ショーウィンドウの少女人形もそうだが、人形たちのうちの半数ほどが、例の「球体関節人形」だった。手首、肘《ひじ》、肩、足首、膝《ひざ》、股《また》……各部の関節が球体で形成されていて、自在に動かしてポーズを取らせることができる。それがある種、独特の妖《あや》しさを醸し出している。

どう云い表わせばいいだろう。冷ややかで甘やかなリアリティを備えつつも、実はリアルじゃない。人に似ているようでいて、実は似ていない。この世にありながら、実はこの世にはない。――そんな、こちら側とあちら側の微妙なあわいに、かろうじてその形として存在を保っているかのような……。

……いつしか。

ぼくは深呼吸を繰り返していた。息をしない彼ら彼女らの代わりに自分が呼吸してやらなければ、という妙な心理に、知らず囚《とら》われはじめていた気がする。

このたぐいの人形に関する知識は、それなりに持っていた。
ドイツの人形作家ハンス・ベルメールの写真集を父の書庫で見つけたのが確か、中学に上がる直前の春休み。その影響を多かれ少なかれ受けながら、日本でも盛んに創られるようになったという同種の人形の数々を、それも何冊かの写真集で見たことはあったのだが――。

実物を間近で、しかもこんなにもたくさん目にするのは、初めての経験だった。深呼吸は意識的に続けていた。そうしないとつい、自分の息まで止まったままになってしまいそうでもあったから。
たいていの人形には、制作者の名前を記した札が添えてあった。壁の絵もそうだ。どれも知らない名ばかりだったけれど、ひょっとするとぼくが知らないだけで、著名な作家もまじっているのかもしれない。

こちらにもどうぞ。

いちばん奥まった隅の壁に、そんな貼り紙と矢印を見つけたのは、陳列された人形をひととおり見おわって、カバンを置いたソファに戻ろうとしたときだった。
文字の横に記された矢印は、斜め下の方向を指している。えっ？　と思ってよくよく見直してみると、そこには地階へ下りる階段があるふうだった。

ぼくは老女のほうを振り返った。

テーブルの向こうの薄暗がりに坐り、彼女はうつむいたまま微動だにしない。居眠りの最中なのか、それとも何か考えごとでもしているんだろうか。いずれにせよ——。

「こちらにもどうぞ」と明記されているのだから、勝手に降りてみていけないはずがない。深呼吸を続けながら、ぼくは静かにその階段へと向かったのだ。

3

地下に造られた空間は一階よりいくまわりも狭くて、いかにも穴蔵めいていた。気温も低いようで、やけにひんやりとしている。

湿気対策のための除湿装置が作動しつづけているからだろう。などと現実的なことを考えながらも、足もとから這《は》い上がってくるその冷気のせいもあってか、一段降りるごとには、身体からエネルギーが吸い取られていきそうな心地になった。階段を降りきったときには、どういうわけか頭がくらくらして、目に見えない荷物を背負わされたみたいに肩が重くなっていた。

そして——。

確かな理由もなく抱いた期待どおりの、ひどく浮世離れした光景が、そこでぼくを待ち受けていたのだ。

一階と同様に仄暗い、けれども一階より若干、白みの強いライティングの中――。

アンティークなカードテーブルや肘掛け椅子の上に、キュリオケースや暖炉のマントルピースに、あるいは床に直接……数多くの人形たちが置かれていた。「人形たちが」ではなくて、「それらのさまざまなパーツが」とでも云い換えたほうが、より正確だろうか。

ショーウィンドウの少女と同じように上半身だけがテーブルにのせてあったり、胴体だけが椅子に坐らせてあったり、頭部や手首ばかりがいくつも飾り棚に並べてあったり……と、そんなぐあいなのだ。暖炉の中には幾本もの腕が立てられ、椅子や棚の下からは幾本もの脚が突き出し……。

このように説明するとグロテスク・悪趣味のそしりを免れそうにないけれど、ぼくには不思議とそうは思えなかった。一見、無秩序で乱雑なそれらの配置を含めた全体の空間構成に、なぜだろう、どこか一貫した美意識を感じ取れたから――なのだが、いや、これはもしかしたら単なるぼくの気のせいかもしれない。

白いモルタル塗りの壁には暖炉のほかに、ニッチ風の窪《くぼ》みがいくつか造られていた。当然そこも、人形の置き場になっている。

ショーウィンドウの少女とよく似た顔立ちの、右腕だけのない人形が佇んでいる窪みがあった。そのとなりの窪みには、コウモリのような薄い翼をたたんで顔の下半分を隠している少年が。胴体のつながった美しい双生児が納められている窪みもあった。

フロアの中央あたりまでそろそろと足を進めながら、ぼくはよりいっそう意識的な深呼吸を繰り返していた。

ひと呼吸ごとに冷気が肺に染み込んで、それが全身に広がって、だんだんとぼくは人形たちの側へと近づいていくんじゃないか。ふとそんな気がしてきたり。あるいは——。

一階と同様に流れつづけている仄暗い絃楽の調べ。この音が鳴りやめばもしかしたら、この冷たい地下の空間で人形たちが交わしている秘密の囁《ささや》きを聞き取れるんじゃないか。そんな気がしてきたりもしつつ……。

……なぜだろう。

なぜぼくは今、こんなところにいて、こんなものたちに取り囲まれているんだろう。改まって自問するようなことでは、もちろんなかった。

ああ。何を今さら、ぼくは……。

……当初の目的。聞こえの悪い云い方をすれば、それは「尾行」だったのだ。

六限目の授業が終わり、家が同じ方向だというムンク好きの望月優矢と連れ立って教室を出た。風見と勅使河原と、それから前島《まえじま》という小柄で童顔の男子（実は剣道部の強者らしい）が何となく合流してきたところで、廊下の窓からふと、中庭を歩いている見崎鳴を見つけた。例によって彼女は、本日午後からの授業には姿を現わさず、居所不明だったのだが——。

その直後のぼくの行動は、一緒にいた連中にしてみれば「またかよ」と呆《あき》れたくなるようなものだっただろう。「じゃ、これで」と唐突に云うなり、彼らを取り残してその場から駆けだしてしまったのだから。

今週は月曜、火曜と連日、まったく学校には現われなかった鳴だった。

まさか本当に大きな怪我でもして？　とぼくは心配を膨らませたが、水曜の朝には何喰《く》わぬ顔で出てきて、窓ぎわのいちばん後ろの例の席に、いつもと変わらずひっそりと坐っていた。怪我や病気で、といった様子はみじんも窺えなかった。

午後の体育の授業中には、先週と同じように屋上で話せるかもしれないと思ったのだけれども、期待はあっさり裏切られた。そもそも彼女が屋上にはいなかったのだ。その日はそれだけで終わったが、翌木曜と金曜——すなわちきのうときょうは、幾度か機会を見つけては多少の言葉を交わすことができた。本音を云えば、もっとゆっくり時間を取って、もっといろいろ話したくて仕方なかったのだけれど、そう切り出す踏んぎりがなかなかつかないままに……。

そんなこんなのタイミングで、帰りぎわに彼女の姿を見つけたのだ。

思い出すとたいそう気恥ずかしい話でもある。ほとんどその場の衝動のみで、ぼくは行動を起こしていた。校舎を飛び出し、彼女が向かっていた方向に走っていくと、裏門から独り校外に出ようとしている後ろ姿が見えた。大声で呼び止める手もあったが、ぼくはその選択肢を捨てて、黙って彼女のあとを追うことにした。

要するにこれが、当初の目的――「尾行」の始まりだったわけだ。

まだまだ満足に把握できていない校外の道で、何度か姿を見失いそうになっては見つけ直しつつ、鳴の後ろ姿を追いかけた。自然に声をかけられる距離になったらそうしようと思いながらも、なぜかしらいっこうに二人の距離は縮まらなくて、そのうち何だか、こうやって彼女を尾行すること自体が目的のようになってきて……そして。

黄昏どきが忍び寄り、とうとう鳴の姿を完全に見失ってしまったのが先ほどの話で。どんな道をどう歩いてきたのかさっぱり分からないまま、気がつくとここまで――御先町のこの〈夜見のたそがれの、うつろなる蒼き瞳の。〉のそばまで来てしまっていたのだった。

見崎鳴。

彼女を巡っての違和感――「謎」と云ってもいいだろう――は、初登校から一週間余りが経つうち、徐々に強く大きくなってきて、今やぼくの頭の中で、ある一つの〝形〟を作ろうとしていた。

といっても、はっきりとそれが摑《つか》めたわけじゃない。分からないことや判断に迷うことは山のようにあって……いや、分からないことのほうがまだ断然、多いのだ。水野さんが知らせてくれた、例の件もある。何をどのように受け止めればいいのか、いくら考えようとしてもなかなかまとまってくれず……正直なところ、ぼくはほとんど途方に暮れてもいたのだ。

本人に尋ねてみるのが一番の近道、とは承知していた。承知はしていたが、しかし……。

「……あっ」

思わず叫ぶような声を出してしまったのは、地下に造られた異様なこの空間の、これまで目が届いていなかった最奥部に置かれているものに気づいたからだ。

それは――。

そこに立てられた、子供の身長くらいは優に高さがある縦長の、黒く塗られた六角形の箱。――棺《ひつぎ》？　そう。あれは棺だ。西洋式の大きな棺がひっそりとそこに安置してあり、そうしてその中に……。

くらくらする頭を強く振り、冷たくなってきた肩を両手でさすりながら、ぼくは棺の前へと歩み寄る。中に納められた人形――このフロアにあるほかの人形たちとは風情がまた異なる、その人形に目を奪われたまま。

手も足も頭部も、すべてのパーツが完璧《かんぺき》に備わった少女の人形が、蒼白い薄手のドレスをまとって、棺の中にはいた。

等身大よりもいくらか小さい。確信をもってそう思うのは、ぼくがこの人形にそっくりな人間を知っていたから。だから……。

「……鳴？」

発した声はかすかに震えていた。

「何で、こんな……」

似ているのだ、鳴に。

髪は鳴と違って赤茶色で、肩の下まで長さがあるけれど、その面立ち、その身体つき……すべてが、ぼくの知っている見崎鳴にそっくりなのだ。

右の目は宙を見すえる「うつろなる蒼き瞳」だった。左の目は髪で隠れている。本物の鳴よりもいっそう白蠟《はくろう》めいた肌の色。淡い紅で縁どられた口がわずかに開き、今にも何かを喋《しゃべ》りだそうとしているようで……。

……何を。

誰に向かって。

いったい、きみは……。

ますますくらくらしてくる頭をそっと両手で包み込みながら、ぼくは呆然《ぼうぜん》と陶然と棺の前に立ち尽くす。——そのとき。

聞こえるはずのない彼女の声が突然、ぼくの耳に聞こえてきた。

「ふうん。こういうの、嫌いじゃないのね、榊原くん」

4

棺の中の人形が喋ったわけでは、もちろんない、ありえない。けれども一瞬にせよ、そんな錯覚に囚われてしまって、ぼくは誇張ではなしに、肺がパンクしそうなくらい驚いた。わけが分からずにその場から一歩あとずさりながら、視線はいやおうなく人形の唇に吸い寄せられていた。

ふっ……と、次はかすかな笑い声が聞こえた気がした。もちろんしかし、人形の唇にまったく動きはない。

「なぜ——」

と、続いてまた彼女の声が。

「ここにあなたがいるの、なぜ？」

見崎鳴の声、に間違いなかった。それがやはり、眼前の人形のほうから聞こえてくるのだ。

幻聴？　まさか、こんな……。

頭を包み込んでいた両手を離して、ぼくは大きく首を振り動かした。そうして改めて人形を見る。——すると。

暗赤色のカーテンが引かれた手前に立てられたその棺の陰から、だった。彼女が――本物の見崎鳴が、音もなく姿を現わしたのは。

着ているのはドレスではなくて夜見北の制服だったけれど、まるでそう、そこに立つ人形の影が実体化して現われたかのように、ぼくには見えた。

思わず「うう」と呻《うめ》いた。

「何で……」

「べつに脅かすつもりで隠れてたんじゃないから」

いつものそっけない調子で、鳴は云った。

「たまたま今、あなたがここに来てただけ、だから」

――って、そう云うきみは、いったい何だってこんなところにいる？　よりによって何で、そんなところからいきなり出現するんだよ。まったくもう……。

鳴は静かに棺の前に進み出る。カバンは持っていなかった。立ち止まり、ちらっと背後の人形を振り返りながら、

「似てる、って思った？」

と、ぼくに問いかけた。

「――ああ、うん」

「似てる……よね。でも、これはわたしの半分だけ。もしかしたら半分じゃなくて、それ

以下かも」

そう云うと彼女は、おもむろに右手を人形のほうへ伸ばし、赤茶色のその髪を撫《な》で上げる。隠れていた左の目が、それであらわになった。そこには鳴がしているような眼帯はなくて、右目と同じ「うつろなる蒼き瞳」があった。

「どうしてきみ、ここに」

ようやくぼくが質問を発すると、鳴は人形の頰をつっと撫で下ろしながら、

「たまに降りてくるの。嫌いじゃないから、ここ」

――と云われてもなあ。

そもそもどうして彼女がこの建物の中にいたのかの答えには、まるでなっていない。

「それより、訊きたいのはわたしのほう」

人形の棺から離れ、鳴はこちらに向き直った。

「どうしてあなた――榊原くんが今、ここに来てるわけ」

「あ……それは」

学校からきみを尾行してきて、とは告白できなかった。

「前からこの店、気になってて。先週たまたま、通りかかって見つけたんだよ。それできょう、思いきって入ってみたら……」

鳴はとりたてて表情を変えもせず、「そう」と頷《うなず》いた。

「おもしろい偶然ね。——このギャラリーにあるみたいな人形って、気味が悪いっていう人もいるでしょ。榊原くんはそうじゃなかったんだ」

「うん、まあ」

「どう思った？　入ってみて」

「すごい、って。うまく云えないけど、きれいで、何だかこの世のものじゃないみたいで、見ていると胸がざわざわして……」

懸命に言葉を探したが、そんな舌足らずな表現しかできなかった。鳴は何とも応じず、壁に造られた窪みの一つに歩み寄った。

「この子たちがいちばん好き」

窪みを覗《のぞ》き込んで、鳴は云った。今さっきぼくも目にしたばかりの、美しい結合双生児の人形が、そこには納められている。

「すごく穏やかな顔をしてる。こんなふうにつながっていても、こんなに安心していられるのって、とても不思議」

「つながっているから安心、なんじゃないのかな」

鳴は「まさか」と呟《つぶや》いて、

「つながっていないから安心、っていうのなら不思議じゃないけれど」

「うーん……」

普通は逆じゃないのか。そう思えたけれども口には出さず、ぼくは相手の動きを見守っていた。彼女はすると、ふたたびこちらに向き直ったかと思うや、唐突にこう云いだしたのだ。

「わたしの左の目、どうして眼帯をしてるのかって気にしてたよね」

「あ……いや」

「見せてあげようか」

「えっ」

「見せてあげようか、この眼帯の下」

そう云いながら、鳴は左手の指先を白い眼帯の縁に当てる。右手の指先で耳にかけた紐《ひも》をつまむ。

大いに驚き、大いにうろたえながらも、ぼくは彼女の手の動きから目を離せなかった。流れつづけていた絃楽の調べが、いつしかやんでいた。静まり返ったこの異様な地下室で、物云わぬ人形たちだけに取り囲まれて、何だかひどくいかがわしいことをしようとしている気分にふっと囚われたりもして、慌ててそれを打ち消して……。

……まもなく。

鳴の眼帯が外された。現われた彼女の左目を見て、ぼくは息を呑《の》んだ。

「そ、それ——」

うつろなる、蒼き瞳の。

「それは、義眼？」

棺の中の人形と同じだった。

こちらを見すえる彼女の右目の、漆黒の瞳とは明らかに異質な。人形の眼窩《がんか》に埋め込まれているのと同じ、無機的な光を宿した蒼い瞳が、そこに……。

「わたしの左目は〈人形の目〉なの」

囁きかけるように、鳴は云った。

「見えなくていいものが見えたりするから、普段は隠してる」

——と云われても。

意味が、分からない。理由も分からない。

またぞろ頭がくらくらしてきていた。呼吸もやや乱れ、耳のすぐそばで心臓が鳴っているように感じられた。裏腹に身体は、さっきよりもいっそう冷えてきている気がした。

「気分が悪い？」

訊かれて、ぼくはゆるゆると首を振る。鳴は〈人形の目〉じゃないほうの目をすうっと細くして、

「慣れていないと、この場所はあまり良くないかもね」

「良くない？」

「人形たちが……」

云いかけて鳴は口をつぐみ、眼帯をもとに戻した。そしてこう云い直した。

「人形はね、虚ろなの」

夜見のたそがれの、うつろなる……。

「人形は虚ろ。身体も心も、とても虚ろ……空っぽなの。それは〝死〟にも通じる虚ろ」

この世の秘密をこっそりと解き明かすように、鳴はそんな言葉を続けた。

「虚ろなものたちは、それを何かで埋めようとしたがる。こんな閉じた空間に、こんなバランスで置かれていたら……よけいに。だからね、ここにいると吸い取られていくみたいに感じじない？　自分の内側から、いろんなものが」

「ああ……」

「慣れればどうってこと、ないんだけれどね。――行きましょ」

そう云うと、鳴はぼくの横をすりぬけて階段へと歩を進めた。

「上のほうが、ここよりましだから」

5

入口脇のテーブルに、例の老女の姿はなかった。どこに消えたんだろう。トイレにでも？　絃楽の調べも消えたきりで、薄暗い店内――館内は不気味なほどの静けさだった。それこそ何やら、どこかで〝死〟に通じてでもいるような……。

鳴はまるで臆《おく》するふうもなく、ぼくがカバンを置いておいたソファに坐った。何も云わずぼくもそれに倣い、彼女と斜めに向き合う恰好《かっこう》になった。

「ここ、よく来るわけ？」

そろりとまず、ぼくのほうから問いかけてみた。

「――まあね」

呟き落とすように、鳴は答えた。

「家、この近くなの？」

「まあ、そう」

「ここって、外の看板にある〈夜見のたそがれの……。〉っていうのが、このお店――ギャラリーの名前なんだよね」

鳴は無言で頷く。ぼくは続けて、

「〈工房 m〉っていうのは？　看板の下にそんな掛札があったけど」

「二階が人形の工房になってて」

「そこで創ってるんだ、ここの人形」

「きりかの人形はね」

と、鳴が補足した。

「きりか？」

「漢字だと、霧雨の『霧』に果実の『果』。それで霧果《きりか》ね。——上の工房で人形を創っている人」

そういえば、陳列された人形の各々に添えてある札には、その制作者名——「きりか」または「霧果」——が記されたものが何枚もあった気がする。壁に掛けられた油彩にも、確か。

「地下の人形も？」

ぼくは奥の階段のほうを見やって、

「あそこのは、どれも札がなかったけど」

「たぶん全部、霧果の作品」

「棺の中にあったのも？」

「——そう」

「あの人形は、何で——」

と、そこでぼくは、どうしても問わずにはいられなくなった。

「何であんなに、きみに似ているわけ？」

鳴はわずかに首を傾げて、「さあ」と受け流した。——しらを切っている？　うん。これはそう見える。

理由はむろん、あるはずだ。それをむろん、彼女は承知しているはず……なのに。

ぼくはそっと息をつき、自分の膝もとに視線を落とした。

訊きたいことはほかにもいろいろあった。けれど、何をどのように訊けばいい？　何から
どう切り出せばいい？　――って、ここで考え込んでみても仕方がないか。最良の選択
はこれ、という答えがあるような問題でもないだろうし……。

「屋上で話したときにも訊いたけど」

思いきりをつけて、ぼくは口を開いた。

「病院のエレヴェーターで初めて会ったとき、きみが持っていたもの――あれも、人形だ
ったのかな」

前はすげなく回答を拒まれた質問だったが、きょうの鳴の反応は違った。

「そうね。――そうだった」

「それが『届けもの』だったと？」

「――そう」

「地下二階で降りたよね。向かった先はひょっとして、霊安室？」

すると鳴は、何だか逃げるようにぼくから目をそらし、ふつりと沈黙した。「ＮＯ」の
反応では、少なくともない。そう思えた。

「あの日——四月二十七日、あの病院で亡くなった女の子がいたんだってね。その子に……」

ライティングのせいもあってだろうか。鳴の顔色が、いつもよりもいっそう蒼白く、白蠟めいて見えた。色を失った唇が、かすかにわなないているようにも見えた。

ああ……このまま彼女は、地下室の棺にあったのと同じような人形になってしまうんじゃないか。そんな莫迦《ばか》げた妄想がふいと浮かんできて、びくりと心がこわばった。

「……あの、ええと」

おろおろと口ごもりながら、ぼくは続けるべき言葉を探した。

「ええとね、でもその……」

先週の土曜日、水野さんが電話で知らせてくれたところによれば——。

問題の日、病院で死んだのは「ミサキ」だか「マサキ」だか、そんな名前の女の子だったのだという。あれはどういうことなのか。何を意味するのか。辻褄《つじつま》が合うような想像を巡らせるのはさほどむずかしくもなかったけれど、それにしても……。

「きみ——見崎さん、お姉さんか妹さんはいる？」

思いきってそう質問してみた。若干の間があって、鳴は目をそらしたまま、無言のままで首を横に振った。

——一人娘さんだったみたいで、親御さんがすごく取り乱して大変だったとか。

あのときの電話で、水野さんは確かそう云っていた。

死んだ子は一人娘。鳴にも姉妹はいない。それでも話が合わないことはない。姉妹じゃないのならいとこか、あるいは……と、可能性はあれこれ考えられる。「ミサキ」か「マサキ」か、という名前の問題にしたって同じだ。偶然かもしれないし必然かもしれない。あるいは何かの間違いでそう伝わっただけなのかも……。

「じゃあね、なぜきみは」

続けてぼくが問おうとするのを、ぴしゃりとさえぎる形で、

「なぜ、なんだろうね」

こちらに視線を戻して、鳴が云った。〈人形の目〉じゃないほうの漆黒の瞳に、何だろうか、すべてを見透かしているかのような冷ややかさが感じられた。それで思わず、今度はぼくのほうが目をそらしてしまう。

二の腕に少し、鳥肌が立っていた。頭の中を何か、さわさわと小さな虫が這いまわっているみたいな心地でもあった。

……何だろう。何なんだろう。

ぼくはちょっと混乱している。

意識的にまた深呼吸をしながら、陳列された人形たちをそろそろと見まわした。彼らがみんなして、こちらに注目している気がした。テーブルの老女はいなくなったままで……

何十分か前にあの老女と交わした会話を、そこでふと思い出す。その中のある言葉に、今さらながらひっかかりを覚えた。あれはいったい、どういう……。

……ああ、ぼくはやはり混乱している。ちょっと——いや、ひどく混乱している。

ひときわ深く息を吸ってから、鳴のほうに目を戻した。

明りのかげんで一瞬、ソファに坐った彼女の姿が真っ黒な影に見えた。教室で初めて彼女を見つけた、あのときの感覚がよみがえってくる。輪郭もうまく定まらない、実体感の薄い「影」……。

「訊きたいこと、ほかにもいろいろあるんでしょう」

と、鳴が云った。

「あ、そりゃあ……」

「もう訊かないの」

直球の問いかけに、とっさの返答をしあぐねた。制服の胸に光る彼女の名札が、このとき目の端にとまった。汚れてしわだらけになった薄紫色の台紙に、黒いインクで記された「見崎」の二文字……。

ぼくは強く目を閉じ、そして開き、どうにか気持ちを落ち着かせようとした。

「こっちに転校してきてから、妙に感じることがいくつもあって。それで……だから、その」

「気をつけたほうがいい、って云ったのに」

眼帯の縁を指先で撫でながら、鳴は小さく吐息した。

「わたしには近寄らないほうがいい、って……でも、もう遅いのかも」

「遅いって、何が」

「相変わらず何も知らないのね、榊原くん」

小さくまた息を吐くと、鳴はソファにもたれかかっていた背を剝《は》がして、

「こんな昔話があるの」

いくぶん声のトーンを落としつつ、語りはじめたのだった。

「昔……二十六年前の夜見山北中学、三年三組の話。——これもまだ、誰からも聞いてないんでしょ」

6

「今から二十六年前、夜見北の三年にある生徒がいたの。一年のときからずっとみんなの人気者だった、ある生徒。勉強も運動もできて、絵や音楽の才能もあって……それでいてイヤミな優等生でもなくてね、誰にでも優しくって、適度に砕けたところもあって……だから生徒にも先生にも、みんなからとっても好かれてたっていう」

宙の一点に視線を据えて、鳴は静かに語った。ぼくは黙って耳を傾けた。

「ところがね、三年に上がってクラス替えで三組になったその子が、一学期が始まって、ちょうど十五歳になったばかりのころ、急に死んでしまったの。家族で乗った飛行機が墜落して、っていう話だけど、ほかにもいろんな説がある。飛行機じゃなくて自動車の事故だったとか、家が火事になってとか……いろんな。

とにかくそれで、クラスの誰もがものすごいショックを受けたわけ。嘘だ、信じられない、って……みんな、とてもとても悲しんだんだけれど、そんな中でふと、誰かが云いだしたの」

鳴はちらっとこちらを見たが、ぼくは黙ったままでいた。どう反応すればいいのか、ひたすら戸惑うばかりだったのだ。

「あいつは死んでなんかいない、って」

鳴は静かにそう続けた。

「今だってほら、ここにいるじゃないか、って。その子が使っていた机を指さして、ほら、あいつはそこにいるよ、生きていて、ちゃんとそこにいるだろう……って。

そしたらね、その言葉に賛同する生徒が次々に現われたの。本当だ、あいつは死んじゃいない、生きている、今もそこにいる……って。それが連鎖反応みたいに、クラス全体に広がっていって……。

誰も信じたくなかった、受け入れたくなかったのね、クラスの人気者が突然そんな形で死んでしまったなんていう現実を。気持ちは分からないでもないでしょ。けど——だけど問題はね、そのあともずっと、それが続けられたっていうこと」

「——それ？」

と、この話が始まってから初めて、ぼくは口を開いた。

「それって……」

「クラスの全員がそのあともずっと、その子は今も生きている、っていうふりをしつづけることになったの。担任の先生も協力してね。みんなが云うとおり、確かにあいつは死んではいない。この教室では、クラスの一員として今も生きている。だから、これからもみんな一緒に頑張って、みんな一緒に卒業の日を迎えようじゃないかって、そんなふうに……」

——残り一年の中学生活が良きものとなるよう、頑張りましょう。

鳴が語る二十六年前の「先生」の言葉に重なって、どういうわけか、登校初日の朝、ぼくをクラスの皆に紹介したときの久保寺先生の口上が聞こえてきた。

——みんな一緒に頑張りましょう。そして来年の三月には……。

「そんなふうにして結局、三年三組のみんなはその後の中学生活を送ったわけ。死んだその子の机もそれまでどおり残しておいて、おりに触れ、その子に話しかけてみたり、一緒に遊んだり一緒に下校したり……もちろん、全部ふりだったんだけれど。卒業式のときにも校長先生の取り計らいで、その子のための席が特別に用意されたりもして……」

「ねえ、それ実話なの？」

ぼくはたまらず問いかけた。

「噂とか伝説のたぐい？」

鳴は何とも答えず、淡々と続きを語る。

「卒業式のあと、教室で記念写真を撮ったんだって。クラス全員と担任の先生とで。ところが後日、できあがってきたその写真を見て、みんなは気づいたの」

ほんの少しの間をおいて、鳴はこう云った。

「その集合写真の隅っこに、実際にはいるはずのないその子の姿が写っていた、っていうのね。死人みたいな蒼白い顔で、みんなと同じように笑って……」

ああ、やっぱり伝説のたぐいか。「夜見北の七不思議」、その一つなのかもしれない。

——にしては、やけに凝ったお話だが。

そう思いつつも、どうしてだろうか、軽く笑い飛ばせなかった。無理に笑おうとしたら、何だかひくひくと頬が震えそうになる。

鳴は終始、無表情だった。

視線を固定したまましばし口をつぐみ、小さく何度か肩を上下させて……やがて、囁くようにこう付け加えた。

「その子——その死んだ生徒ね、ミサキっていう名前だったの」

これには意表をつかれた。

「ミサキ？」

ぼくは思わず声を高くして、

「それは……苗字《みょうじ》？　下の名前？　男子だったの？　それとも女子？」

「さあ」

知らないのか、それとも知っていて云わないのか。小首を傾げた鳴の無表情からは読み取れない。

「ミサキじゃなくてマサキだっていう説もあるみたいだけど、少数派ね。マサキじゃなくて、やっぱりミサキだったんだと思う」

……二十六年前。

心の中でぼくは、今の鳴の話を反芻《はんすう》する。

二十六年前、夜見北の三年三組にミサキという人気者がいて……。

……って、待てよ。

ちょっと待てよ。

と、そこでぼくは思い至ったのだ。

今から二十六年前といえば、もしかして母が――十五年前に死んだぼくの母、理津子が中学生だったころなんじゃないか。だったらもしかして……。

ぼくの反応の微妙な変化に、鳴が気づいたかどうかは分からない。ソファの背にふたたびもたれかかりながら、彼女は変わらぬ調子でこう云った。

「この話にはね、まだ続きがあるの」

「続き？」

「っていうか、いま話したのは前置きみたいなもので……」

と、そのとき。

ソファに置いてあったぼくのカバンの中から、にぎやかな電子音が鳴りはじめた。携帯電話の着信だ。マナーモードにするのを忘れていたらしい。

「あ。ごめん」

慌ててカバンに手を伸ばし、携帯をひっぱりだすと、画面には「夜見山・祖父母宅」と表示が出ていた。無視するわけにもいかず、応答に出た。

「ああ、恒一ちゃん？」

聞こえてきたのは案の定、祖母の声。

「どこにいるの。もうこんな時間……」

「ええとあの、ごめんなさい、おばあちゃん。ちょっと学校の帰りに寄り道をしちゃって……うん、もう帰るから。——体調？　うん、大丈夫だよ。心配しないで」

あたふたと電話を切ったとき、消えていた絃楽の調べが流れはじめた。おや、と思って振り向くと、いつのまに戻ってきたのか、入口脇のテーブルにあの老女がいる。こちらを向いているが、眼鏡の濃いレンズに隠れて目つきはやはり分からない。

「いやな機械」

鳴がぼくの手もとを見ながら、うんざりしたように眉《まゆ》をひそめた。

「どこにいてもつながって、つかまっちゃうのね」

そうして彼女はソファから立ち上がると、何も云わずに奥の階段のほうへと歩み去っていくのだった。——何だ？　さっきの地下の部屋へまた……？

あとを追おうか。けれど、追っていってもしも、彼女の姿がそこから消えてしまっていたら……って、おい大丈夫か。何を莫迦げたことを。——そんなわけはない。もちろんない。だから……いやしかし……と、逡巡《しゅんじゅん》するぼくに向かって、

「そろそろ閉店の時間だよ」

老女がくぐもった声で云った。

「さあさ、きょうはもうお帰りなさい」

Chapter 5

May Ⅳ

1

5月25日（月）
一限目　英語
二限目　社会
三限目　数学

5月26日（火）
一限目　理科
二限目　国語

翌週、教室の掲示板に張り出されたそんな日程表を見て、「ああ、そっか」と呑気《のんき》な反応をしたぼくだった。

五月も下旬——ということは、ふつう学校では中間試験というものがあるわけだ。来週の月曜日と火曜日の二日間、科目は主要五教科のみ、か。

転居、入院、転校のどさくさにまぎれて、何だかこういう、ごく当たり前の事柄に対して感覚が麻痺《まひ》しているようなところがある。それは自覚していた。

初登校から二週間ほどが経って、当初の緊張はずいぶん解けてきたものの、新しい所属集団にはまだまだなじみきれない。無駄口や軽口を叩《たた》ける相手も何人かできたし、前の学校とはだいぶ違うこの学校のペースというかリズムも、だんだん呑《の》み込めてきてはいた。このぶんなら来年三月まで、何とか当たりさわりなくやっていけそうかな、という気もしてきていた。——けれど。

そんな中で一つ、どうしてもやはり気がかりなのは——。

見崎鳴という存在を巡る、なかなかその〝形〟を明確に摑《つか》みきれない違和感。おおむね耳触りの悪くない、穏やかな旋律が緩やかに流れているのがこの学校の日常だとすれば、そこに一つだけ、途切れなく響きつづけてやまない不協和音、みたいな……。

「中間試験が終わったら、すかさず進路指導週間かぁ」

勅使河原がぶつくさ云って、茶髪をがりがりと搔《か》きまわした。

「改まって先生とそんな話をしなきゃならないっつうのも、激しくユウウツだよなあ」

一緒にいた風見が、それを受けてあっさり「大丈夫さ」と応《こた》えた。

「高校進学率はきょうび、九十五パーセント以上だよ。大丈夫。きみにも行ける高校は必ずある」

「励ましてんのか、それ」

「そのつもりだけど」

「バカにしてるだろ」

「してないって」

「ふん。まあどのみち、おまえとの腐れ縁も卒業までだよな。達者で暮らせ」

幼なじみの「優等生もどき」に向かって、永遠《とわ》の別れを告げるように手を振ると、勅使河原はぼくのほうを見て、

「サカキはどうするんだ、高校。東京に戻るのか」

「ああ、うん。来春には父さん、インドから帰国するし」

「あっちの私立に？」

と、これは風見が訊《き》いた。

「うん。たぶんね」

「いいねえ、大学教授のおぼっちゃんは。おれも高校、東京がいいなぁ」

勅使河原がいつもの憎まれ口を叩くが、変に皮肉めかしたりはしない、さばさばした調子なので不愉快にもならない。

「どうせサカキ、おまえはオヤジさんの強力なコネや何かで、大学まで直通なんだろ」

「そんなわけないよ」

とっさに否定したけれど、彼の邪推もまるっきり的外れではない。というのも——。

東京で通っていたK＊＊中学の理事長と父とは、何でも同じ大学・同じ研究室の先輩後輩同士で、かねて懇意の仲らしい。それもあって、今回のぼくの転校についても、来年には東京に戻るのを前提とした特例措置が採られているのだという。つまり、一年はこちらの公立中学にいても、高校進学にさいしては「K＊＊中からK＊＊高へ」の内部進学枠で受験できるように——と話がついているそうなのだ。

このことをみんなに云うつもりは、もとよりなかった。誰が聞いたって、おもしろい気がしないに決まっているから……。

五月二十日、水曜日の放課後だった。

六限目終了のあと、ぼくたちは何となく連れ立って教室を出て、並んで廊下を歩いていた。外ではこの日、朝からずっと雨が降りつづいていた。

「そういえばさ、この学校って、修学旅行はどうなってるの」

ぼくが尋ねると、勅使河原が顔をしかめて「だからぁ」と答えた。

「去年行ったんだよ、東京方面に。おれはそれで、初めて東京タワーのぼったの。お台場《だいば》にも行ったぞ。サカキはある？　東京タワーのぼったこと」

……ない、けど。

「去年って……普通は三年生で行くものなんじゃないの、修学旅行って」

「夜見北は二年の秋って決まってんだよ。昔は三年の今ごろだったらしいが」

「昔は？」

「あ……ああ。なっ、風見」

「あ、うん。そうだったみたいだね」

二人の反応には、どうしてだろうか、微妙なためらいが感じ取れた。ぼくは何気ないふうに訊いてみた。

「どうして二年に変わったのかな」

「知るかよ、そんな昔のこと」

と、勅使河原。いやにぶっきらぼうな答え方だが。

「何か事情があったんだろうか」

「受験が気になりはじめるより前に、っていう配慮もあったんだろうね」

と、風見が答えた。立ち止まり、眼鏡を外してレンズを拭《ふ》きはじめる。

「ふうん。公立でもそういうものなのか」

ぼくも風見に合わせて歩を止め、廊下の窓に身を寄せて外を見た。三階の窓だった。雨は目を凝らしてみなければ分からないほどの小降りになっていて、中庭を行き交う生徒たちの大半が傘を差してはいない。

——雨は嫌いじゃないから。

鳴の、いつだったかの云いぶんが思い出された。

——いちばん好きなのはね、真冬の冷たい雨。雪に変わる寸前の。

彼女の姿はきのう、きょうと見えない。月曜は来ていたけれど、まともに会話をする機会は作れなかった。先週、御先町の人形ギャラリーで会ったときのことを、ぼくのほうが変に意識しすぎているからかもしれない。あのとき彼女が語った言葉のいちいちを。見せた仕草のいちいちを。取った行動のいちいちを……。

「二十六年前のミサキの話」について、それが「前置きみたいなもの」だと云った、その言葉もやはり気になった。どうせ「七不思議」のたぐいだろうとは思いながらも、やはり。「まだ続きがある」って、いったいどんな怪談話があのあとに続くんだろう。——そういえば勅使河原が先々週、美術の授業のあとに「呪われた三組」みたいなことをちらっと口にしなかったっけ。

「あのさ」

と、これも何気ないふうを装いつつ、ぼくは彼らに向かって切り出してみた。

「二十六年前の三年三組の話って、二人とも知ってる?」

その瞬間、風見も勅使河原も明らかな動揺を示した。二人とも顔色が一瞬、蒼《あお》ざめたようにさえ見えた。

「あ、あのなぁサカキ、おまえ……その手の話はまったく信じないんだろうが」

「どこで……誰から、それを」

ちょっと考えて、鳴の名をここで出すのはやめにした。

「何となく、噂で」

そう答えると、

「どこまで?」

風見が真顔で詰め寄ってきた。

「その話、どこまで聞いたんだい」

「どこまでって……たぶんイントロだけ、じゃないかな」

思った以上の過敏な反応に、ぼくは少々たじろいだ。

「二十六年前の三年三組に人気者の生徒がいて、その子が急に死んでしまって……って、まあそのくらい」

「最初の年だけ、か」

呟《つぶや》いて、風見は勅使河原のほうを窺《うかが》う。勅使河原は困ったように唇を尖《とが》らせた。

「どうしたの。三人で深刻な顔をして」

と、そこで声をかけられた。たまたまそばを通りかかった三神先生だった。何か相談ごとでもしていたんだろうか、桜木ゆかりがその横に寄り添っている。

「あ。あのその、ええとですね……」

こういう場で三神先生とじかに話をするのは、どうもまだ慣れなくて苦手だった。答えあぐねるぼくを制するようにして、風見が一歩、先生のほうへ進み出た。そうして彼は、あからさまに声をひそめてこう云ったのだ。

「例の、始まりの年のことを榊原くんが……噂でそれだけ、聞いたそうで」

「――そう」

ゆっくりと頷《うなず》いて、それから軽く首を傾げる三神先生の反応も、ぼくにはこのとき何だか妙なものに思えた。やりとりを耳にしていた桜木はといえば、風見や勅使河原と同じく動揺を抑えられないふうだ。

「むずかしい問題……」

こちらにはちらりとも目を向けないまま、三神先生は呟いた。ぼくが初めて見るような、ひどく物思わしげな顔つきで。ぼくには途切れ途切れにしか聞き取れないような、ひどく押し殺した声で。

「……よく分からない。でも……なるべくそっとして……やっぱり今は……ね、とにかく様子見を……」

2

「二十六年前のことっておばあちゃん、憶《おぼ》えてる？」

その日、学校から帰るとすぐにぼくは、祖母に訊いてみたのだ。

彼女は祖父と二人して縁側の籐《とう》椅子に坐り、雨上がりの庭を眺めていた。「お帰りなさい」と云うまもなく投げかけられた孫からの質問に、「はあぁ？」と目をぱちくりさせて、

「ずいぶんまた、昔の話だねえ。二十六年前って？」

「うん。お母さんが今のぼくと同じ年ごろ――夜見北の中三だった年、のはずなんだけど」

「理津子が中三……」

祖母は頰に手を当てて、籐椅子の肘掛《ひじか》けに寄りかかった。

「ああ確か、担任の先生がハンサムな若い男の先生……社会科の先生で、演劇部か何かの顧問でねえ。熱血先生っていうのかねえ。生徒思いのいい先生だったっけねえ」

ゆっくりと言葉をつなげながら、遠くを望むように両の目を細める。かたわらで祖父が、こくこくと首を縦に振った。

「お母さんは何組だったのかな、三年のとき」

「クラス？　——さあ」

祖母は横目で祖父のほうを窺い、こくこくと首を振りつづける彼の様子に低く小さく息を落として、

「中学三年だったら、そうだねえ、二組か三組か……ああ、三組だったかねえ」

まさかとは思っていたが、その答えを聞いてぼくは、何とも云えず奇妙な感覚を味わった。納得ではない。驚きでもないし、恐れというほどでもない。——が、何やら底の見えない大きな暗い穴をふと足もとに見つけてしまったような、そんな感覚。

「三年三組、だったんだ。間違いない？」

「そんなふうに云われると、自信がなくなってくるけど」

祖母の声に合わせて、祖父がこくり、と首を動かした。

「卒業アルバムとか、残ってないの」

「この家にはないと思うよぉ。あるとしたら、陽介さんのとこじゃないかねえ。お嫁入りのときにあの子、そういうのはたいてい持ってったはずだし」

「そっか」

今でも父は、そういった品々を手もとに置いているんだろうか。少なくともこれまで、改まって見せてもらった記憶はないけれど。

「じゃあね、おばあちゃん」

　ぼくは続けて訊いた。

「その二十六年前の、お母さんが中三で三組にいたとき、同じクラスの子が何か事故で死んじゃったとか、そんなことはなかった？」

「事故で？　クラスの子が……」

　祖母はふたたび祖父の様子を窺い、それから心もとなげに庭のほうへ目を馳《は》せ、やがて
「ふぅぅ」と息を落として、

「そういえば、あったような気がするねえ」

　なかば独り言のように答えた。

「何の事故だったのか思い出せないけど。いい子だったのに、可哀想にって、あのときはたいそう……」

「名前は？」

　ぼくは思わず語気を強めて、

「ミサキ、っていうんじゃなかった？　その子の名前」

「――さあ」

　祖母は心もとなげにまた、庭のほうへ視線を逃す。

「ミサキ、ミサキ」

と、祖父がしわがれ声で呟いた。

「おはよ、おはよ」

それまで籠《かご》の中でおとなしくしていた九官鳥のレーちゃんが、ふいに奇声を発してぼくを驚かせた。

「おはよ、レーちゃん。おはよ……」

「怜子のほうがよく憶えているかもしれないねえ」

と、祖母が云った。

「でも、怜子さんってそのころ、まだ三、四歳でしょ」

姉妹の年齢差を考えると、そうなる。すると祖母は、

「ああ、そうそう」

急に得心の面持ちになって、大きく独り頷いた。

「理津子は高校受験だわ、怜子はまだまだ手がかかるわで、あの年は大変だったんだよ。おじいちゃんは仕事仕事で全然、助けてくれなかったしねえ」

「ねえ?」と祖母は、巾着《きんちゃく》みたいな口をもごもご動かしている祖父をねめつける。

「どーして？　どーして？」

レーちゃんが甲高く問いかけた。

「どーして？　レーちゃん。どーして？」

3

怜子さんが帰ってきたのは、夜もだいぶ遅くなってからだった。夕飯は外で済ませてきたという。どうやらだいぶお酒が入っているふうで、そのにおいも分かったし、目が少し充血してとろんとしてもいた。

「来週の中間試験、恒一くんは余裕で楽勝って感じ？」

リビングのソファにくたりと身を沈めたところで、ぼくが同じその部屋にいたことに気づいたらしく、怜子さんはいきなりそう問いかけてきた。ちょっと呂律《ろれつ》が怪しい。「酔っぱらい」とまではいかないが、少なくともぼくは、こんな怜子さんを見るのは初めてだった。

「そんなこと、ないですよ」

戸惑いつつも、ぼくは正直なところを答えた。

「これでもちゃんと、必要なだけの勉強はしてるんだから」

「まあ、それは失礼いたしました」

くすすっ、と低く笑って怜子さんは、祖母が用意してきたグラスの冷水を一気に飲み干す。その様子を眺めながら、つい——。

死んだ母もきっと、昔はこんなふうにお酒を飲んで酔うことがあったんだろうな、などと想像してしまう。すると自然、何だか胸がどきどきしてきて、同時に何だか胸を締めつけられるみたいな感覚に見舞われたりもして……。

「あーあ、きょうはくたびれた」

怜子さんはソファの上で思いきりよく伸びをする。どこか物憂げなまなざしをこちらに向けて、

「これでも大人は大変なんだから。いろいろとね、つきあいとかしがらみとかがあって。それに……」

「大丈夫かい、怜子」

祖母が心配そうに首を傾げ、歩み寄る。

「珍しいねえ、こんな」

「今夜はもう寝るわ。シャワーは朝、起きてからにする。——おやすみなさい」

そうしてふらりと立ち上がった怜子さんだったが、それをぼくが、意を決して呼び止めた。二十六年前の例の件について、どうしてもすぐに確かめておきたかったのだ。

「……知ってるんですよね、怜子さんも。二十六年前の、その話」

いったん持ち上げた腰を、彼女はどさりとソファに戻した。

「ん。——昔から伝わってる話だからね」

『七不思議』の一つ？」

「それとは別口よ」

「怜子さんも、中学生になってから知ったわけですか」

「そ。誰の口からともなく、噂が聞こえてきて」

「ぼくのお母さんが中三のとき、当の三組にいたっていうことは？」

「――あとで」

そう答えると怜子さんは、前髪を掻き分けながらゆっくりと天井を仰いだ。

「あとになって、理津子姉さんが教えてくれた……けど」

『続き』っていうのは？」

勢いに乗って、たたみかけるようにぼくは訊いてみたのだ。ところが、すると怜子さんは表情を硬くして急に口をつぐんでしまい、ややあってから、

「そこまでは知らないのね、恒一くん」

幾段も声の調子を低くして、そう云った。

「知ってるんですね、怜子さんは」

「…………」

「ねえ、怜子さ……」

「いろんな尾ひれが付くものだからね、そういう話って」

溜息《ためいき》に気がついて振り返ると、ダイニングの椅子に腰かけていた祖母が、両手で顔を覆っている。ぼくたちのやりとりを見まい、聞くまい、と努めているような仕草だった。

「当面、恒一くんはあまり気にしないほうがいいんじゃないかしら」

と、やがて怜子さんが云った。立ち上がって背筋を伸ばし、まっすぐこちらに目を向けている。ぼくが知っている彼女の、いつもの落ち着いた口調に戻っていた。

「ものごとには知るタイミング、っていうのがあるの。いったんそれを逃したら、知らないままでいたほうがいいこともあるんじゃないかな。少なくとも、しかるべき次のタイミングが来るまではね」

4

翌木曜日も、朝から見崎鳴の姿は見えなかった。

試験前だというのに……大丈夫なのか、彼女は。

鳴の学力や成績は知らない。そういえば、授業中に彼女が指名されてテキストを読んだり問題を解いたり、というような場面も一度として見たことがない。——が、それよりもまず、こんな調子で休んでばかりいたら出席日数が足りなくなるんじゃないか。

といった懸念を本人に伝えたら、即座に「あなたには関係ないでしょ」とでも云い返されそうな気もするけれど。

直接、連絡してみようかとも思った。しかし、考えてみればそう、転校してきてからぼくはまだ、「クラス名簿」なるものをもらっていないのだった。だから彼女の住所や電話番号を知るすべがない。その気になれば調べるのはたやすいことだとも云えるのだが……。

住所はやっぱり、あの人形屋――いや、人形ギャラリーの近くなんだろう。それであの日のように、ときどきあそこへ人形を見にいくんだろう。――そう。きっとそうに違いない。

彼女の両親はどんな人たちなんだろう。

どこかに仲のいい友だちはいるんだろうか。

眼帯の下のあの左目は、いつ、どんな事情でああなってしまったのか。そもそも身体があまり丈夫じゃないのかもしれない。そのふしはある。だからいつも体育は見学だったり、しょっちゅう学校を休んだり……ああいや、それとも……。

……などと。

ぼくは気を揉《も》みつづけていたのだが、クラスの中でこんなふうに気を揉んでいるのはぼく一人だけ――としか、どうしても思えないのだった。これはまあ、何も今に始まった話じゃないわけだけれど。

そんな中――。

昼休みのあと、五限目の美術の授業のために美術室のある0号館へ移動していたとき、だった。何気なしに後ろを振り返って仰いだ校舎の屋上に、ぼくは彼女の姿を見つけたのだ。

先々週の登校初日、グラウンドの木陰で体育の授業を見学していた、あのときとまるで同じように。巡らされた鉄柵《てっさく》のすぐ向こうに、独りぽつんと立つ影が……。

一緒に動いていたムンク好きの望月には「ちょっと」とだけ云い置いて、ぼくはいま出てきたばかりの鉄筋校舎——C号館に駆け戻った。ダッシュで階段を昇り、屋上に通じるクリーム色のスチールドアを躊躇《ちゅうちょ》なく押し開ける。

——と、そこで。

たまたまこの日は学生服の内ポケットに入れてあった携帯電話が、鈍く唸《うな》りながら震えはじめたのだ。——何だ誰だ？　こんなタイミングで、こんな……。

ドアの外に飛び出し、目では鳴の姿を探しながら、携帯をひっぱりだして耳に当てた。かけてきた相手は勅使河原だった。

「大丈夫か、おまえ」

「って？　何だよ、いきなり」

「ヤバいと思ってかけてやったんだよ。赤沢のやつなんか相当やきもきしてて、今にヒステリーでも起こしかねないし」

「って、どういうこと？　何で赤沢さんが」

「あのさ、サカキ……」

ざざざざ……と、砂嵐のような雑音が覆いかぶさってくる。それとこれとは関係ないと思うが、屋上にはこのとき、やたらと強い風がびうびうと吹き渡っていた。

「……いいか。悪いこたぁ云わないから」

風音と雑音の狭間《はざま》に、かろうじて勅使河原の声が聞き取れた。

「いいか、サカキ。いないいないものの相手をするのはよせ。ヤバいんだよ、それ」

……何を。

何を云っているんだ、こいつは。

「それと……聞こえてるかぁ。おいサカキ」

「――ああ」

「それとだな、きのう云ってた二十六年前の話……気になるか」

「ああ、そりゃあ」

「あのあと相談してみたんだけどな、あれ、来月になったら教えてやるよ。だからさ、とにかく今月いっぱいは……」

ざざざざ、がががががが……と、雑音がひときわ激しくなり、ぶつんと電話が切れた。いったい何なのか、ほとんどわけが分からなかった。なかば腹が立ちもして、向こうがかけなおしてきてもつながらないよう、ぼくは携帯の電源をＯＦＦにしてポケットに戻す。強風がびうびうと吹きやまぬ屋上の様子を、そしてそのあと隅々まで見てまわった。――のだが。

どこにも、誰の姿もなかった。

5

その翌日は、鳴は普通に教室に現われたのだ。

けれどもぼくは、ひと言も彼女に声をかけることができなかった。昨日の勅使河原の電話を気にして、というわけではない。そうじゃない、と思う。ただ何となく、彼女のほうが無言のうちに、接触を拒否しているように見えたから――。

勅使河原ともあのあと、ひと言も口をきいていなかった。ぼくのほうから問いただしたい気持ちは山々だったけれど、それを避けたいのだろうか、向こうがまるでこちらに近づいてこないのだ。――まったくもう、何がどうなってるんだか。

あしたは第四土曜日で、学校は例によって休みで……市立病院に外来の予約を入れてあったが、体調に大きな変わりはないし、これはキャンセルして一週延ばしてしまおうか。祖母も文句は云わないだろう。週明けには中間試験もある。その準備もある程度、するに越したことはないだろうし。たぶん「楽勝」だとは思うものの、この辺は実を云うと、けっこう小心……いや、すこぶる真面目な中学生なのだ、ぼくは。

……そんなわけで。

御先町の人形ギャラリーをまた覗《のぞ》きにいきたい気持ちも抑え込んで、どこにも出かけずに家に引きこもっていた週末の夜——。

携帯に二度、電話があった。

最初は遠いヒンドゥー教の国から。

前回と同じ調子で「暑いぞインドは」と連発する父、陽介の、要は「その後、身体は大丈夫か」という様子うかがいだった。もうすぐ中間試験なのだと告げると、すかさず返ってきたのは「まあ、適当に済ませとけ」とのお言葉。そんなふうに云われると適当には済ませられない息子の性格を、はて、この父親は分かっているのかいないのか……。

次にかかってきた電話の相手には、いささか意表をつかれた。市立病院の水野さんから、だったのだ。

「元気にしてる？」

という第一声で、すぐに誰だか分かった。同時におのずと緊張が走った。

「こないだ——って、もう二週間前になるけど、憶えてるよね。四月の終わりに病棟で亡くなった女の子の……」

「ええ、もちろん」

「あの女の子の件ね、あのあとも気にかけておいて、ちょっと確かめてみたんだけれど。そしたらやっぱりね、名前はミサキだったみたい。マサキじゃなくてミサキ」

「ミサキって、苗字《みょうじ》ですか。それとも」

「苗字じゃなくて、下の名前だって」

「見崎」じゃないのか。――としたら？

「どんな字を書くんですか」

「未来の『未』に花が咲くの『咲く』――で、未咲《みさき》」

「未咲……」

「姓は藤岡《ふじおか》っていうそうよ」

藤岡未咲、か。

ぼくは考え込まざるをえなかった。

なぜその藤岡未咲が、見崎鳴の「半身」なんだろうか。なぜ……。

「榊原くんがその子のこと、知りたがっている理由って？」

水野さんが訊いてきた。

「いずれ教えてくれる約束でしょう」

「あ……ええと、その」

「べつに今すぐじゃなくていいけど。でもいずれ、ね」

「ええ……はい」

「ところでホラー少年、最近は何を読んでる？」

と、そこで急にお約束の話題を振られた。ぼくは「ああ、はい」と応じながら、ちょうど手もとにあったその本に目を落とした。

「ええと、文庫版の『ラヴクラフト全集』、第二巻を」

「ほほう」と例の調子で唸る声が聞こえた。

「またシブいところを。——中学校って今、中間試験の直前じゃないの」

「まあ、その勉強の合間に」

と答えたものの、時間的比率でいうとまったく逆で、これを読む合間に少しは勉強も、というのが実情だったのだが。

「頼もしいわねえ、ホラー少年」

水野さんは愉快そうに云った。

「少しはうちの弟にも見習わせたいなぁ。ホラーはもちろん、読書全般にいっさい興味なし。頭の中はバスケのことばっかり。姉弟《きょうだい》のあいだに普段、ほとんど会話もなし」

「弟さん、いるんですか」

「二人ね。バスケ少年のほうは榊原くんとおんなじ学年」

「へえ、そうなんだ」

「もう一人は高二だけど、こいつがまた体育会系の筋肉男で。漫画以外は読んだことがないんじゃないかな。問題あり、でしょ」

「はあぁ」

　どちらかと云うと、週末に独り部屋でクトゥルフ神話を読んでいる十五歳のほうが「問題あり」な気がしないでもないが……ま、いっか。

　そういえば——と、そこで思い当たった。

　クラスに確か、水野っていう男子がいなかったっけ。背が高くてよく日焼けしていて、見るからにスポーツマンタイプの。一度も話をしたことはないけれど、もしかしてあいつが、水野さんの下の弟だったりして？

　小さな街だ、こういった偶然があってもまあ、大して不思議じゃないのかもしれない。

「あのう、水野さんって……水野さんも中学、夜見北だったんですか」

　ふと気になって、ぼくは尋ねてみた。

「わたしは南中だったけど」

　と、彼女は答えた。

「中学の校区の境界あたりに家があるから、年度によって北だったり南だったりするの。だから、わたしと上の弟は南中でも、下の弟は北中だったり……」

……なるほど。

ならばきっと、水野さんは知らないんだろう。二十六年前のミサキの話については。

何となくほっとした気分になって、その後しばらくぼくたちは、共通の趣味を巡って他《た》愛《あい》もない会話を続けたのだった。

6

五月二十六日、火曜日。

一学期の中間試験、その二日め——。

この日は前夜から、もう梅雨か？　というような雨がだらだらと降りつづいていた。最近の学校には珍しいんじゃないかと思うが（ぼくもこれは初めての経験だったのだが）、夜見北は「上履き制」ではない。体育館以外は校舎内でも土足のまま——なので、こんな雨の日には、廊下や教室の床はあちこち濡《ぬ》れた靴跡だらけになってしまう。

二限目、最終科目となる国語の試験監督は担任の久保寺先生で——。

テスト用紙が配られ、「では始めてください」の指示とともに静まり返る教室。シャープペンシルを走らせる音に、ときおり遠慮がちな咳払《せきばら》いや低い溜息が重なる。学校が変わっても、試験中の空気というのはどこも似たようなものだ。

開始から三十分ほど経ったところで、席を立って教室から出ていく生徒がいた。音と気配でそれに気づき、反射的に窓ぎわのほうを窺い見ると、鳴の姿がない。ああ、またはやばやと済ませて退出、か。

いくらか迷ったあげく、ぼくは答案を机の上に伏せて椅子から立ち上がった。そのまま黙って教室を出ようとすると、

「もうできたのですか、榊原くん」

と、久保寺先生に呼び止められた。ぼくは心持ち声をひそめて、

「はい。ですから……」

「時間いっぱいまで、答案の見直しをしたほうが良いのではありませんか」

「いいえ。大丈夫です」

教室のそこかしこに低いざわめきが生まれるのを感じながら、ぼくは答えた。

「自信、ありますから。——出ちゃってもいいんですよね」

と、ぼくは今さっき鳴が開け閉めした戸のほうを見やる。久保寺先生は一瞬、言葉に詰まったが、やがてまなざしを下げて、

「よろしいでしょう。退室は自由ですが、帰らないで静かに待っているように。このあとは臨時のホームルームですので」

ざわめきが教室中に広がっていく。ちらちらとこちらを見るみんなの視線を、いやと云

うくらいに感じた。

鼻持ちならないやつ、と思われただろうか。だったらだったでまあ、仕方ないけれど……にしても。

どうして？　と、やはり首を傾げずにはいられなかった。

同じ行動を取っても、どうしてぼくに対してはこうで、鳴は何も云われないのか。あまりに不自然ではないか。こうなると、本当にもう、何だかまるで……。

教室を出るとすぐ、廊下の窓のそばに立っている鳴の姿を見つけた。窓は開いていて、雨が若干、吹き込んでくる。それをいっこうに気にするふうもなく、彼女はぼんやりと外を眺めていた。

「早いね、毎回」

歩み寄り、ぼくは声をかけた。

「そう？」

鳴は振り返りもせずに応えた。

「きのうもきょうも、五教科全部、時間の途中で教室から出ちゃったし」

「最後は榊原くんもつきあってくれたっていうわけ？」

「いや……その、国語は得意だから」

「ふうん。——ああいう問題にうまく答えられるんだ」

「ああいう?」

「何文字以内で要約しろとか、作者の狙いは何かとか」

「あ。まあ、そうかな」

「わたしは苦手、ああいうの。苦手だし、嫌い。数学とか理科のほうが全然まし。はっきりした答えが一つしかないから」

うーん、そうか。云いたいことはまあ、よく分かる気もするが。

「じゃあ今の試験、適当に書いて出てきたとか?」

「——そう」

「それ……大丈夫なの?」

「大丈夫なの、わたしは」

「ええと、でも……」

云いかけたものの、これ以上この話題を続けるのはやめにした。

ぼくのほうが誘導して、教室の東側に隣接してある階段——〈東階段〉と呼ばれている——の前まで移動した。そこでも鳴は窓を開けた。吹き込んでくる雨まじりの風が、ショートボブの真っ黒な髪を揺らめかせた。

「藤岡未咲、っていう子だったんだね。あの日、あの病院で亡くなったの」

週末に水野さんから聞いた情報を、ぼくは思いきって差し出してみた。窓の外に目を向けたまま、鳴はかすかに肩を震わせた——ように見えた。

「ねえ、どうしてその子が」

「藤岡未咲は」

鳴が静かに口を開いた。

「未咲はわたしの……いとこよ。昔はもっとそばにいて、もっとつながってた」

「つながってた？」

意味を取りあぐねた。だけど——だから「半身」だと？

「先々週、きみから聞いた話ね」

ぼくはさらに話題を変えた。

「二十六年前の三年三組の……あの怪談話の続きって、いったいどんな」

「誰かに尋ねてみた？」

と、すかさず問い返された。ぼくが答えに迷ううち、鳴はこちらを振り向きながら、

「誰も教えてくれない？」

「ああ……うん」

「——ま、しょうがないか」

それだけ云《い》って口をつぐみ、ふたたび窓のほうに向き直る。

この場で彼女にそれを尋ねてみても、きっと教えてはくれないんだろう。そんな気がし

た。「ものごとには知るタイミングがある」という怜子さんの言葉が、妙な重みをもって思い出された。

「ええと……あのさ」

云って、ぼくはあの人形ギャラリーでそうしたのと同じような深呼吸をした。窓辺に立つ鳴の横に歩を進めながら、

「あのさ、前から訊きたかったんだけど。こっちに転校してきてから、ずっと気にかかってることなんだけど——」

彼女の肩がまた、かすかに震えたように見えた。ぼくは続けた。

「どうして、なのかな。クラスの連中、それから先生も、どうしてきみを……」

すると、最後までぼくの質問を聞くことなく、鳴は呟き声でこう答えたのだ。

「いないもの、だから」

——いいか、サカキ。いないものの相手をするのはよせ。

「そんな……」

ぼくは深呼吸を繰り返した。

——ヤバいんだよ、それ。

「でも、そんな……」

「みんなにはわたしのこと、見えてないの。見えてるのは榊原くん、あなただけ……だと

したら？」

そう云って鳴は、ゆっくりとこちらに顔を向けた。眼帯で隠されていない右の目にふと、淡い笑みが浮かんだ。何だか寂しげな色をそこに読み取ったのは、ぼくの気のせいだろうか。

「いや……まさか」

今ここで瞼《まぶた》を閉じて、たとえば三秒後に開いたとしたら、目の前から彼女の姿が消え失《う》せている？　――と、そんな思いに一瞬、取り憑《つ》かれてしまって、ぼくはあたふたと視線を窓の外へ逃がした。

「まさか、それは……」

そのときだった。誰かが背後の階段を駆けのぼってくる音に気づいたのは。

7

試験中の校舎内という状況にはあまりにもそぐわない、ずいぶんと慌ただしい足音だった。何だろう、と思ううちにその人物の、濃紺のジャージ姿が見えてきた。

体育の宮本《みやもと》先生、だったか。体育の授業はいまだに見学が続いているぼくだが、担当教師の顔と名前くらいは憶えている。

こちらに向かって宮本先生は、何か云おうと口を開きかけたが、結局は何も云わずに三組の教室へと駆けた。そうして前の入口の戸を開け、「久保寺先生」と中に呼びかけたのだ。

「久保寺先生、ちょっと……」

ややあって試験監督中の国語教師が、「どうしました」というふうに教室から顔を出した。荒い呼吸に肩を上下させながら、体育教師は「実は」と云った。ぼくと鳴のいる場所まで、かろうじてその声が聞こえてきた。

「たった今、連絡がありまして……」

……と、聞き取れたのはそこまでだった。途中から声のトーンが下がったのだ。

宮本先生から「連絡」を聞いた久保寺先生の反応は、けれどもはっきりと見て取れた。聞いたとたん、言葉を失って表情をこわばらせたかと思うと、

「分かりました」

神妙にそう答えて、教室内に戻った。宮本先生は天井を仰ぎ、大きく肩を上下させつづけていた。

やがて――。

いったん閉められた教室の戸が勢いよく開かれ、中から飛び出してきた生徒がいた。

クラス委員長の桜木ゆかりだった。右手に自分のカバンを持っていた。ひどく慌てふた

めいている様子だった。

入口近くにいた宮本先生と短く言葉を交わすと、桜木は教室前に置かれた傘立てから自分の傘を抜き出した。ベージュ色のジャンプ傘だった。そして彼女は、もつれる足でその場から駆けだして……。

最初、彼女が向かおうとしたのは東階段だった。ところが、その動きがなぜかしら、凍りつくように停止したのだ。階段前の窓辺にいるぼくたちの姿に目をとめた瞬間、のことだったように思う。

次の瞬間、彼女はくるりと踵《きびす》を返し、反対方向へと廊下を走りだした。転んで挫《くじ》いたと云っていた右足はまだ完治していないふうで、それをかばうようなぎこちない走りっぷりだった。

東西に延びる廊下をまっすぐ走り去り、ほどなくその姿がぼくの視界から消えた。校舎のあちら側にある〈西階段〉を降りていったのだ。

「どうしたんだろう、彼女」

ぼくは鳴を振り返った。

「何が……」

鳴は何も反応しようとしない。蒼ざめた顔で佇《たたず》んでいる。ぼくは窓辺を離れ、ジャージ姿の体育教師に向かって問いかけてみた。

「あの、先生、何か桜木さんに？」

「うん？　――ああ」

宮本先生はしかめっ面で、睨《にら》みつけるようにぼくを見た。

「ご家族が事故に。さっき緊急の知らせが入ってな、すぐに病院まで……」

その言葉が終わるか終わらないか、というときだった。何やら激しい物音と、短く鋭い悲鳴が廊下を伝って響いてきたのだ。

何だ？

ひどく不穏なものを、ぼくはとっさに感じた。

何だ？　今のは。

深く考えるよりも先に、ぼくは廊下を駆けだしていた。今しがた同じ廊下を走り去っていった桜木ゆかりのあとを追うようにして。

彼女が降りていった西階段を、二階まで一気に駆けおりた。彼女の姿は見当たらなかった。二階から一階へ、さらに駆けおりようとした。――とたん。

恐ろしくも異様な光景が、ぼくの目に飛び込んできたのだった。

濡れたコンクリートの階段の下――二階と一階のあいだの踊り場に、傘が開いていた。ベージュ色のジャンプ傘だ。桜木ゆかりがさっき傘立てから抜き出していった、あれだ。

そしてその上に覆いかぶさるようにして、当の桜木が倒れ伏している。

「こ、こんな……」

開いた傘の中央あたりに重なって、彼女の頭部がある。両足の先は階段の、下から二、三段めに残っている。左右の手はそれぞれ、斜め前方に投げ出されている。踊り場の隅にカバンが落ちている。

……何が。

いったい何が。

瞬時に正しく理解するのはむずかしかった。だが、瞬時におおよその想像はついた。家族の急を知らされて動転して、大慌てで教室を飛び出してきた彼女は、二階から一階へのこの階段の途中で足を滑らせてしまったのだ。持っていた傘が前に放り出された。落下の衝撃で傘が開き、踊り場に転がった。先端部の金具が、ちょうどこちら側を向いた状態になった。そして——。

激しく体勢を崩した彼女はその勢いで、そこめがけて倒れ込んでいってしまったのだ。なかば宙を飛ぶようにして。身をひねったり手でかばったりすることもできないまま。

倒れ伏した桜木の身体は少しも動かない。開いた傘のベージュ色を侵蝕《しんしょく》して、ぞっとするような赤い色が広がりつつあった。血だ、あれは。相当に多量の出血が……。

「桜木、さん」

呼びかけた声が震えた。階段に踏み出した足も震えていた。

恐る恐る踊り場まで降りていって、ぼくは目の当たりにした。

傘の先端が桜木ゆかりの喉《のど》を突き破り、根もとまで深々と突き刺さっているさまを。おびただしい鮮血が、そこから溢《あふ》れ出ているさまを。

「こんな――」

ぼくはたまらず目をそむけた。

「こんなことって……」

ぐしゃん、という音とともに突然、桜木の身体が横転した。奇跡的――いや、悪魔的な偶然によって生じたバランスで、それまで彼女の体重を支えていた傘の中棒が、このとき圧《へ》し折れたのだ。

「おいっ！」

上から大声が降りかかってきた。

「どうした。大丈夫かっ」

宮本先生がいた。付近の教室から出てきたのだろう、その背後にほかにも何人か、教師の姿がある。

「大変だ。救急車を！」

階段を駆けおりながら、宮本先生が叫ぶ。

「保健室にもすぐ連絡して。――ううっ、ひどいな。何だってこんな……おい、おまえは

「大丈夫か」

訊かれて、ぼくは「はい」と頷いた——つもりが、口からこぼれたのは「ぐっ」という呻《うめ》き声だった。ずき、と急に胸が痛んだ。ああ、このいやな痛みは……。

「す、すみません」

両手を胸に当てながら、ぼくは壁にもたれかかった。

「気分が、少し……」

「ここは任せろ。トイレ、行ってこい」

と、宮本先生が云った。吐き気をこらえていると勘違いしたらしい。

よろよろと階段を昇りはじめたとき、二階の廊下に鳴を見つけた。教師たちの後ろに立って、こちらをじっと見下ろしている。

限界まで蒼ざめきったような顔色。限界まで見開かれたような右の目。〈夜見のたそがれの、うつろなる蒼き瞳《ひとみ》の。〉の地下展示室にあった黒い棺《ひつぎ》の中の人形さながら、わずかに開いたその唇が、今にも何かを訴えかけてきそうな……。

……何を？

何をいったい、きみは……。

数秒後、ぼくが二階の廊下に戻ったときにはしかし、彼女はもうそこにはいなかった。

8

桜木ゆかりの家族が遭った事故とは、彼女の母親、三枝子《みえこ》が乗っていた自動車の衝突事故だった。ハンドルを握っていたのは桜木の叔母《おば》に当たる女性。母親は助手席に同乗していた。原因は明らかではないが、この車が夜見山川の堤防沿いの二車線道路を走行中、ノーブレーキで街路樹に突っ込んでしまったのだという。

車は大破。病院に搬送された時点で、二人はともに重体。母親のほうは特に予断を許さない容態だった。そこで学校に、緊急の連絡が入ったのだ。

宮本先生がそれを久保寺先生に伝え、久保寺先生は桜木に、急いで病院へ向かうようにと告げた。彼女の試験は後日改めて、という判断だったらしい。

母親は治療の甲斐《かい》なく、その日の夜に死亡した。叔母のほうはかろうじて一命をとりとめたが、あとで聞いたところによれば、事故後一週間以上も意識不明の状態が続いたという。

C号館の西階段であの、信じられないような不幸に見舞われた桜木ゆかり本人は、救急車で病院に運ばれる途中、失血とショックのため息を引き取った。これもあとで聞いたところによれば、彼女はその二日前、十五歳の誕生日を迎えたばかりだったという。

こうして——。

桜木ゆかりと母親の三枝子、この二人がこの年——一九九八年度の、夜見山北中学三年三組に関係する〈五月の死者〉となったのだ。

Interlude I

……三年三組で人が死んだのね。
ああ、大騒ぎだったよな。
C号館の階段で足を滑らせて、打ちどころが悪くて、って……。
いや、それは違うってさ。
違う？　どう違うの。
階段から落ちたとき、投げ出した傘の先が喉《のど》に突き刺さったんだと。
ひえっ。
喉じゃなくって、目に刺さったんだっていう噂もあるけど。

ひえぇ。ほんとに？

どっちにせよ、あんまり悲惨な状況だったもんだから、目撃者には箝口令《かんこうれい》が敷かれたとか何とか。

女子のクラス委員長だったんでしょ、死んだ人って。

らしいな。

でもって、同じ日にその人のお母さんも交通事故で亡くなったって話、聞いたよ。

ああうん。おれも聞いた、それ。

ねえねえ。これってやっぱ、ほら、**例の〈呪い〉**のせいなのかなあ。

「例の」って……知ってるのか？　おまえ。

ちらっと耳にしただけ。詳しいところは知らないけど、でも……。

「呪われた三年三組」っていうもんな。

——でしょ？

けどさ、それ、こんなふうにむやみに口にしたらヤバいっていうし。

でも、ひそかに有名な話なんでしょ。**二十六年前にあのクラスで、ミサキっていう人気者が死んで……って。**

あ……ああ。

今年はその年だったってこと？

——なのかな。
やだなぁ。来年もしも、三組になっちゃったらどうしよう、わたし。
今から心配しても仕方ないだろ。
だって……。
二年のうちに転校でもするか？
うーん。
ま、**毎年あるわけじゃないそうだから。去年はなかったみたいだし。**
おとしは？〈ある年〉だったんでしょう。
呪いは気まぐれなんだよ。
始まっちゃったら毎月、クラスで悪いことが起こるんだよね。
ああ。
誰かが、死ぬんだよね。
ああ。毎月一人かそれ以上、クラスの関係者が……。
生徒だけじゃなく？
家族は危ないってさ。親兄弟は特に。それより遠い親戚《しんせき》は大丈夫だっていう。
へえぇ。よく知ってるんだ。
剣道部の先輩で、前島さんっていう三組の人がいてさ、こないだこっそり教えてくれたんだよ。あの人はあんまり信じてないふうで、だからまあ、部外者のおれにも話してくれたんだろうけど。

信じてないっていっても、でも実際、人が死んで……。

単なる偶然。単なる不幸な事故。呪いなんてナンセンス。——ってさ。

そうなのかなぁ。

おれにはよく分からない。ただ、そうだなあ、やっぱり近づかないに越したことはないと思う、あのクラスには。

うーん、やっぱり？

万が一、巻き込まれたら大変だろ。——なんて、こんな話を今ここでおまえとしてるのも、本当はめっちゃヤバいことなのかもしれないぞ。どうする？　もしも……。

いやだ。やめてよ。

ん、そだな。もうやめとこっか、こんな……。

Chapter 6

June I

1

「まあ当面、それほど心配はいらないでしょう」

初老の担当医はいつもの軽い調子で見解を告げた。

「きょう診たところでは、状態は安定しています。もう痛みもないのですね」

「――はい」

「だったら、普通に学校へ行くぶんには問題なし」

きっぱりとそう云われても、不安がきれいに払拭《ふっしょく》されることはなかった。

基本的には憂鬱《ゆううつ》な気分のまま、ぼくは医師の前で何度か深い呼吸をしてみる。――うん。

確かにもう、何も不穏な感覚はない。胸の痛みに軽い息苦しさ……一週間前からまた、ときおり感じるようになっていたその種の自覚症状も、この二、三日はすっかり消えている。

「ええと、体育の授業は……」

「激しい運動はまだ禁止ですよ。少なくともあと一ヵ月、様子を見ましょうか」

「——はい」

「念のため、週末にもう一度おいでなさい。そこで変わりがないようなら、次は一ヵ月後に、ということで」

頷《うなず》いてぼくは、診察室の壁に掛けられたカレンダーに視線を上げる。昨日から六月に入っていた。今週末——土曜日は六日、か。

ちょうど一週間前のあの日——中間試験の二日め、桜木ゆかりの悲惨な事故を目の当りにしたときに感じた胸の痛みは、とっさに頭をよぎった不安のとおり、肺のトラブルから生じたものだった。翌日さっそく市立病院へ行って調べてもらった結果、「軽度の気胸を起こしかけたもよう」という嬉《うれ》しくない診断を受けた。ただし、「幸い再々発にまでは至っていない」ともいう。

「ごく小さな孔《あな》があいて軽い気胸が生じかけたものの、どうやらそのあたりの胸膜に癒着があったようですね。おかげで、うまいぐあいに踏みとどまってくれて、脱気を免れた」

医師はそう説明した。

「特別な処置は必要ないでしょう。しばらく自宅で安静にしていればよろしい」

とまあ、そんな次第で——。

この一週間、ぼくは家に閉じこもったきり学校へは行っていない。あの事故のあとのクラスの状況についても、だからほとんど知らないでいる。

かろうじて入ってきた情報といえば、交通事故に遭った桜木の母親が、あの同じ日に亡くなったこと。桜木母子の葬儀は近親者だけでひっそりと執り行なわれたらしいこと。クラスのみんなは当然ながら、激しいショックを隠せないでいるということ。——そのくらいか。

あれ以来、見崎鳴がどうしているのかは分からない。知る手立てがまったくないわけではむろんなかったが、彼女の問題についてもその他の問題についても、ぼくはそれを使おうとはしなかった。何だかどうしてもためらいを覚えてしまう、気がひけてしまうのだ。

手もとにはクラス名簿がないままなので、じかに連絡を取って様子を探れる生徒は、携帯の番号を知っている勅使河原しかいなかった。それで先週は幾度か電話してみたのだけれど、応答は一度もなし。ぼくからの着信だと分かってわざと出ないのかもしれない、とも思えた。

祖母は事故の話を聞いて、「恐ろしいねえ」「可哀想にねえ」と大仰に繰り返すばかりだった。それよりも孫の体調のほうがひたすら気がかりなふうで。祖父は事情を理解しているのかいないのか、祖母の言葉のいちいちにこくこくと頷くばかり。怜子さんはぼくの精神状態をずいぶん心配してくれたけれど、あれこれの問題について踏み込んだ話はしないまま、ぼくのほうからも切り出せないまま、だった。九官鳥のレーちゃんは相変わらず元気の良い奇声を発している。インドの父から音沙汰《さた》はなく、こちらからもまだ何も知らせていない。

そんな中、唯一わりと気楽に話せる相手がいるにはいて、おかしなものでそれは、市立病院の水野さんだった。彼女が電話をかけてきてくれたのは桜木の死の翌々日、ぼくが病院へ行った次の日の午後のことで——。

「大丈夫？　胸のぐあい」

と、単刀直入に切り出された。

「まあ、何だか大変な事故の現場を見ちゃったんだし、身体にも応《こた》えるわよねえ」

「知ってるんですか、あの事故の……」

「弟から聞いたの。あ、北中でおんなじクラスなんだってね、うちの下の弟。バスケットボール部の水野タケル」

ああ、あいつがやっぱりそうだったのか。

「榊原くん、きのうは学校休んで、病院に来たんでしょう」

「あ、はい」

「入院するほどのことでもなかったのね」

「おかげさまで。どうにか持ちこたえてくれたみたいで」

「次はいつ？　病院」

「来週、火曜日の午前中に」

「じゃ、そのあとで会おっか」

「えっ」

どうして……と言葉を続ける前に、水野さんは云った。

「何か気になるのよねえ。いろいろとさ……どれがどうつながってるのか、つながってないのかは分かんないけど。それにほら、例の件もあるし」

ぼくがなぜ、四月の終わりに病院で死んだ女の子についてあれこれと知りたがったのか――という、あの件か。

「当面は自宅療養？」

「そうしてます」

「あんまり思いつめないようにね。もしまた入院なんて事態になっても、わたしが真心を込めて面倒《めんどう》見てあげるから」

「ああ……はい。どうぞよろしく」

とは応えたものの、そのような事態は絶対に避けたかった。

「じゃあ来週の火曜日、病院でね。それまでにまた連絡するから」

きっとこちらの心中をおもんぱかってくれたんだろう、このときの電話で水野さんが、共通の趣味を巡っての話題を出してくることはなかった。「ホラー少年」といういつもの呼び方をされることもなくて、ぼくは内心ほっとした。

つい二日前、あんなむごたらしい場面を現実に目撃してしまったばかりで、さすがに気持ちがまいっていたから——。

あのとき傘に広がっていったぞっとするような赤い色が、金具で喉《のど》を突き破られた桜木ゆかりの姿が、溢《あふ》れ出したおびただしい鮮血が、目の奥に焼きついて離れなかった。傘が折れて彼女の身体が横転する音が、宮本先生の大声が、救急車のサイレンが、生徒たちの悲鳴や啜《すす》り泣きが……何もかもが、いまだ生々しく耳に残っていた。

それとこれとは別、と頭では考えようとしながらも、しばらくはホラー小説もホラー映画も勘弁——というのが、そのときのぼくの偽らざる心境だったのだ。

2

一週間前と同じで、また雨が降っていた。平年よりもいくぶん早く、今年はもう梅雨入りらしい。例によって祖母が車で送迎してくれるというのを固辞して、きょうは一人で病院まで来ていた。

水野さんと落ち合うのは、ぼくの診察が終わり次第、という約束だった。この日は夜勤明けで、そのまま病院内の仮眠室にいるから――とのことで。終わったら電話で呼び出す手はずになっていた。

外来の正面玄関付近で水野さんの携帯に連絡を入れると、待ち時間をぼくは、雨に濡《ぬ》れる外の風景を眺めながら過ごした。

夜見山の雨は、東京よりもねっとりとしている。――と、このとき思った。

大気中の汚染物質がどうこうと考えるならば、話は逆だろう。だからこれは、単にぼくのイメージの問題だ。

ねっとり、という言葉はあまり適切じゃないかもしれない。もう少しニュートラルに、質感が豊か、とでも云い直すべきか。

建物に舗道に、行き交う人々に、近景の草木に遠景の山々に……それぞれを濡らす雨がそれぞれによって、もともと違う色や成分を含み持っているかのような。不純物、という意味では決してなくて。

地面にできた水たまりにふと、視線をとめる。

これもそう、何と云うんだろう、東京で見るそれよりも色が多い、深い気がする。問題は雨それ自体じゃなくて、そこに映り込むものの差異だろうか。あるいは、ぼく自身の心象の反映にすぎないのか……。

「お待たせ」

と、横合いから声をかけられた。ライトブルーのシャツに黒いデニムのジャケット。白いナースの制服姿ではない水野さんを、このとき初めて見た。

「どうだった？　診察結果は」

「とりあえず、水野さんのお世話にはならずに済みそうです」

「まあ、それは残念」

「あしたからは学校へも」

「そっか。良かったね」

からりとした笑顔で云うと、水野さんはジャケットのポケットから携帯を取り出してちらっと目をやった。

「ちょっと早いけど、どこかで一緒にお昼、食べる？」

「夜勤明けなんですよね、水野さん」

と、ぼくはごく常識的な気づかいを示した。

「ええとその、くたびれてるんじゃあ……」

「平気平気。あしたはお休みだし、それにまだまだ若いし、ね。――その辺のファミレスでいいかな」

「あ、お任せします」

水野さんは自分の車で来ていた。祖母が乗りまわしている、いかつい黒塗りとは対照的な趣の、キュートな青い小型車だった。

3

東京でもおなじみのファミリーレストランのチェーンの、東京の店舗に比べるとずいぶんゆったりとしたテーブル席について注文を済ますと、水野さんは両手を口もとに当てて「ふわあぁ」と大きなあくびをした。

「寝不足、ですよね」

「ん？　まあ、さすがにね」

「すみません。それなのに……」

「なに云ってるのよ。会おうかって云いだしたのはわたしのほうなんだから、気にしない気にしない」

やがて運ばれてきたサンドウィッチとコーヒー。水野さんはまず、コーヒーにたっぷり砂糖を入れて何口か啜り、タマゴサンドをひと切れ食べてから、「さてさて」と云ってぼくの顔を見直した。

「まず、普段はめったに会話のない弟、水野タケルと会話して、ちょっと聞いてみたんだけれど。あいつや榊原くんのいるクラスって、何だかわけありみたいねえ」

「わけあり？」

「そ。詳しくは話してくれないし、何をどう質問すればいいのか、こっちがよく分かってないっていうのもあるんだけどね、でも、何だかやっぱりわけありみたいで。榊原くんは知ってるんでしょう」

「わけありのわけを、ですか」

　ぼくは目を伏せ、緩く首を振った。

「ぼくにもよく分からないんです。何かあるのは確かだと思うんですけど、転校してきてまもないし、誰もまだ教えてくれない、みたいな」

「先週、学校で死んじゃった子って、桜木さんっていうんだっけ。女子のクラス委員長だったのよね」

「——ええ」

「事故の状況は聞いたわ。榊原くんがそれを目撃したらしいってことも。階段から落ちて、運悪く傘が喉に刺さって？」

「——はい。そうでした」

「何となくあいつ、怯《おび》えてるみたいなの」

「怯えてる？　弟さんが？」

クラスメイトの不慮の死にショックを受けた、というのなら当然だと思う。けれども「怯えてる」とは？　どういうことだろう。

「どういうことですか」

「はっきりそう聞いたわけじゃないのよ。でも何だか、先週のその事故はただの事故じゃないって、そんなふうに思ってるみたい」

「事故じゃない？」

ぼくは眉《まゆ》をひそめた。

事故じゃないのだとしたら、自殺？　それとも他殺？　——まさか。どちらも決してありえない話だ。

自殺でも他殺でもなく、「ただの事故」でもない。いったいそれは……。

「何を怯えてるっていうんですか、彼は」

「さあ」

水野さんは心もとなげに首を傾げた。

「具体的には、何とも」

——榊原ってあれか？　レイとかタタリとか、信じるほう？

転校してきて最初の日だったか、勅使河原から受けた問いかけが、ふいに思い出された。

――いわゆる超常現象一般については？

と、これは同じあのときの、風見の問いかけ。

「レイとかタタリとか」も「超常現象一般」も……そんなものはむろん、ぼくは信じちゃいないし、今から信じたいとも思わない。「夜見北の七不思議」はどれも、確かにちょっと変わってはいるが、学校という場所にはつきものの他愛《たあい》もない怪談話だし、例の「二十六年前のミサキ」の件にしても、結局のところはきっと……。

……しかし。

先週の桜木ゆかりの死が、もしも本当に「ただの事故」ではなかったのだとしたら？

ぼくは思い返してみる。

あの日、母親の交通事故の知らせを聞いて教室から飛び出してきた桜木。傘立てから傘を抜き出して、もつれる足で最初に向かおうとしたのは、そこから最も近い位置にある東階段だった。ところがそう、その動きが、階段前の窓辺にいたぼくたちの姿を目にするやいなや、止まったのだ。そして次の瞬間には、彼女は踵《きびす》を返して反対方向――西階段のほうへと走り去っていったのだった。

仮に――と、ぼくは考える。

仮にあそこで、彼女が最初の動きどおりに東階段を降りていったならば――。

ならばもしかしたら、あんな事故は起きなかったんじゃないか。

長い廊下を突っ切って、その勢いで西階段を駆けおりていって、なおかつたぶん、ちょうどあのあたりの床が悪いぐあいに濡れていて足を滑らせて……そんないくつかの要因が重なってしまって起きた、あの信じられないような事故だったのだ。だから……。

あのとき桜木は、どうしてあんな動きを取ったんだろう。どうして、ぼくたち——ぼくと鳴——の姿を見たとたん、あんな……。

「見崎鳴っていう名前、聞いたことありますか」

注文したホットドッグが来ても手を伸ばす気になれず、一緒に頼んだアイスティーで渇いた口と喉を潤してから、ぼくは水野さんに尋ねた。

「ミサキ？」

当然のように彼女は、その名前に反応した。四月に病院で死んだ女の子の「未咲」という名が、おのずから思い浮かんだのだろう。

「ミサキ、メイ……誰？　それ」

「うちのクラス——夜見北の、三年三組の女子生徒です。弟さんから聞いたこととか、ありませんか」

水野さんは片頰をちょっと膨らませて、

「だからね、常日ごろほとんど口をきかない姉弟《きょうだい》なんだってば、わたしたち。——その子が何？　どうしたの」

「いずれお話しするって約束した例の件なんですけど、実はその、見崎鳴っていう子が関係していて」

　きょろりとした目をしばたたかせて、水野さんは「ふんふん」と頷いた。ぼくはそこで、なるべく簡潔に順序立てて、と心がけながら事情を説明したのだ。

「……ふんふん」

　腕組みをしながら最初と同じように頷いて、水野さんはタマゴサンドをまたひと切れ頬ばった。

「いつだったか云ってた、眼帯の女の子ね。ふん。——で、榊原くんはアレか、そのメイちゃんのことが好きなんだ」

「えっ」

　あの……ちょ、ちょっと待ってください、おねえさん。

「そんなんじゃないんです」

　少々むきになって、ぼくは否定した。

「ただ……ひどく気になって。クラスの中で彼女、何だかすごく妙な感じだから」

「そういうのを好きっていうの」

「だからぁ、違いますって」

「分かった分かった。分かったからまあ、もう一度、違う方向から整理させて」

「…………」

「四月下旬のあの日——確か二十七日だったよね、病院で死んだのはメイちゃんのいとこの藤岡未咲ちゃんだった。メイちゃんはそれをとても悲しんで、何か『届けもの』を持って、未咲ちゃんに会うために霊安室へ行ったらしい。そういうことね」

「——はい」

「んで？　そのメイちゃんが、クラスの中でどんなふうに妙なの」

「それは……」

何と答えたものか、ぼくは大いに考えあぐねた。

「ええと……そうだなあ、彼女自身がそもそも変わった子だとは思うんです。でも、何て云うか……初めはもしかして、クラスでちょっといじめられてるのかなとか、そんなふうにも思ったんですけど、どうやらそういう感じでもなくて。むしろみんな、彼女を怖がってるっていうか」

「怖がってる？」

「というのとも、ちょっと違うんだけど……」

初めて夜見北に登校したあの日以来、目にしたいくつもの場面が、耳にしたいくつもの言葉が、脳裡《のうり》をゆるゆると流れすぎた。

「たとえば勅使河原っていう友だちは、いきなり携帯に電話してきて、『いないいものの相手をするのはよせ』なんて云うし」

「いないもの？」

「彼女自身によれば、みんなには自分のことが見えてないんだとか、そんな……」

水野さんはまた腕組みをして、「うーん」と唸《うな》る。ぼくは続けて、

「そんなところへ、先週のあの事故が起こったわけなんです」

「うーん。まあ、当たり前に考えれば単なる偶然よねえ。二つを結びつけるものは何もなし、でしょ？」

「当たり前に考えれば、確かに」

――だけど。

「もう一つ、気になる問題があって。これは何でも二十六年前の話で……」

例の「ミサキ」の伝説のことを、そしてぼくは語った。水野さんは相槌《あいづち》の一つも打たず、黙って耳を傾けていた。

「……知ってました？　この話」

「初耳ねえ。わたし、南中だったから」

「弟さんはきっと知ってますよね」

「そういうことになるっけ」

「それとこれとがどう関係するのかも、まだぜんぜん分からないんです。でも、何かつな

がりがあるように思えて、ぼく……」

「なるほどねぇ」

水野さんはカップに残っていたコーヒーを飲み干した。ぼくは云った。

「あのあと学校には行ってないから、いまクラスがどんな様子なのかも分からなくて。何かその辺、弟さんから聞いて……ませんよね」

「何だか話がホラーめいてきたなぁ。――ホットドッグ、食べないの？」

「あ……いえ、いただきます」

空腹感がないわけではなかった。ぼくがホットドッグにかじりつくのを見ながら、

「じゃあちょっと、探りを入れてみようか」

と、水野さんは云った。

「二十六年前のことと、メイちゃんのことと。いかんせん姉弟仲はあんまり良好じゃないからね、どこまで訊《き》き出せるかは不明だけど。――榊原くんは、あしたは学校だよね」

「そうです」

一週間ぶりの登校、か。

そう思うと、やにわに緊張が高まってくる。――とともに。

今ごろ鳴はどうしているんだろう。

肺がパンクしたりしかけたりの自覚症状とはまた違ったふうに、胸が鈍く痛んだ。

「わたしのほうで何か分かったら、電話するね。病院には、近々また？」

「あ、それは今週の土曜日に」

「土曜……六月六日かぁ。『オーメン』は観てる？」

「小学生のころ、テレビで」

「この街にダミアンがいるとは思えないけれど——」

水野さんは「ホラー好きの新米ナース」の顔になって、悪戯《いたずら》っぽい笑みを広げた。

「でもまあ、お互い気をつけましょ。ふつう起こりえないような事故には、特にね」

4

ファミレスから出たときには雨は上がり、わずかながら空に晴れ間が覗《のぞ》いていた。

家まで送っていこう、という水野さんのお言葉に甘えて助手席に乗り込んだぼくだったが、途上、見憶《みおぼ》えのある街並みに気がついて、ここで降ろしてくれるよう頼んだ。御先町の例の人形ギャラリー——〈夜見のたそがれの、うつろなる蒼《あお》き瞳《ひとみ》の。〉があるあたりだったのだ。

「古池町《ふるちちょう》のほうなんでしょ、榊原くんち。まだだいぶあるけど」

いぶかしげにこちらを窺う水野さんに対しては、「ずっと閉じこもっていたから、少し歩きたくて」と云いわけをして、ぼくは車を降りた。

〈夜見のたそがれの……。〉はすぐに見つかった。

入口の前に立ったとき、脇の外階段の踊り場に山吹色の服を着た中年女性の姿があって、たまたまぼくと目が合った——ような気がした。上階にある人形工房の関係者？　と思いつつ、何となく会釈してみたのだけれども、向こうはまったく無反応のまま、静かに階段を昇っていった。

折りたたみ傘をきちんとたたみなおしてバッグにしまってから、ぼくは扉を押した。からん、と前と同じようにドアベルが鈍く響き——。

「いらっしゃい」

前と同じ白髪の老女が入口横の同じテーブルにいて、前と同じ声でぼくを迎えた。昼間だというのに店内——いや、やはり「館内」と呼ぼうか——は、前に来たときと同じ黄昏《たそがれ》の仄暗《ほのぐら》さだった。

「おや。若い男の子とは珍しいねえ」

と、これも前と同じ……。

「中学生かい？　学校はお休みかい？　だったらお代は半額でいいよ」

「——はい」

ポケットから小銭入れを取り出すぼくに、老女はさらにひと言。

「まあ、ゆっくり見ておいきなさいな。ほかにお客さんもいないし……」

軽い眩暈《めまい》を感じながら、ぼくは館内に足を進める。

流れる仄暗い絃楽の調べ。各所に陳列された美しくも妖《あや》しい人形たち。壁に飾られた幻想的な風景画。……何もかもが前と同じ。何だかまるで、奇妙な〝繰り返しの悪夢〟に迷い込んだみたいな気分で、ぼくは奥のソファにバッグを置いた。そして——。

息をしない人形たちの代わりに深い呼吸を続けながら、やがてぼくは操りの糸に引かれるようにして、地階に下りる奥の階段へと向かっていたのだ。

穴蔵めいた地下の部屋のひんやりした空気も、そのあちこちに置かれた人形たち（のさまざまなパーツ）も、前に来たときの記憶のままだった。壁に造られたニッチ風の窪《くぼ》みの中に立つ右腕のない少女も、薄い翼で顔の下半分を隠した少年も、胴体のつながった双生児も……そしてそう、最奥部に立てられた黒い棺《ひつぎ》も、そこに納められた見崎鳴にそっくりなあの人形も。

前回と違って、頭がくらくらしたり身体が冷えてきたり、といった感覚はあまりなかった。が、これもやはり操りの糸に引かれるようにしてぼくは、最奥部の棺の前へと歩み寄った。

この人形を創ったのはきりか——霧の果実と書いて霧果。確かそう、鳴が云っていた。しばし息を止め、本物の鳴よりもいっそう白蠟《はくろう》めいたその人形の顔を、今にも何かを喋《しゃべ》りだしそうなその口もとを見つめた。——と。

即座には現実として受け入れられないようなことがそのとき、起こったのだ。

人形を納めた黒い棺の陰からやおら、音もなく……。

……まさか。

急にまた、軽い眩暈を感じた。

——まあ、ゆっくり見ておいきなさいな。

さっきの老女の言葉が耳によみがえる。

——ほかにお客さんもいないし……。

……ああ、そうだ。

前に来たときもあの老女はそう云ったのだ。ほかに客はいない——と、確かに。そうしてあの日もぼくは、その言葉にちょっとしたひっかかりを覚えたのだった。ほかに客はいない——なのに。

なのに、なぜ？

……なぜ？

黒い棺の陰からやおら、音もなく……。

彼女が——見崎鳴が、姿を現わした。

紺のスカートに上は白いブラウスだけの夏服姿は、この地下室では少し寒そうに見えた。

心なしか、いつもよりさらに肌の色が白く見えた。

「偶然ね。こんなところで、また」

かすかに笑んで、鳴は云った。

偶然……なのだろうか。——応じあぐねるぼくに、

「きょうはどうして、ここに？」

と、鳴は訊いた。

「病院の帰り道。たまたま前を通って」

答えて、ぼくは訊き返した。

「きみは？　学校には行ってないの」

「ま、適当にね。——きょうはたまたま、行かずにいて」

云って、かすかにまた笑む。

「ぐあいは大丈夫なの？　榊原くん」

「何とか再入院は避けられた感じ、かな。あのあと——桜木の事故のあと、クラスの様子はどう？」

鳴は「ああ」と低く声を落として、こう答えた。

「みんな……怯えてる」

怯えてるみたい——と、さっき水野さんも云っていた。

――何となくあいつ、怯えてるみたいなの。

「怯えて……何で？」

「始まった、と思って」

「始まった？　――何が」

鳴はつっと視線を脇にそらした。答えをためらっているふうだった。

「わたし――」

何秒かの沈黙ののち、彼女は口を開いた。

「わたしはずっと、心の底では半信半疑でいたのかもしれない。あんなことがあって、五月になって榊原くんが学校に来て、あのころはあんなふうに云ってたけれど、信じる気持ちはまだ百パーセントじゃなくて……どこかで疑っていたんだと思う。でも――」

言葉を切って、こちらに視線を戻す。問いかけるようにその右目を細めるが、ぼくはわけが分からないまま小さく首を傾げた。鳴は続けて、

「でもね、やっぱりある、みたい。たぶん百パーセント、確実に」

「…………」

「それが、始まってしまったから。だから……」

どう思う？　というふうに、鳴はまた目を細める。ぼくはやはり首を傾げるしかなかった。

「榊原くんは今も知らないまま、か」

呟《つぶや》きながら、鳴は静かに背を向けた。

「だったらいっそ、このまま知らないでいるべきなのかもね。知ってしまったら、もしかしたら……」

「ちょっと待ってよ」

ぼくは思わず口を開いた。

「そんなこと云われたって、ぼくには……」

何が何だか、と肩をすくめてみせたくなった。「始まった」だの「疑っていた」だの「やっぱりある」だの……まったくもう、思わせぶりはそろそろやめにしてほしい。

「学校には行けそうなの？」

背を向けたまま、鳴が訊いた。

「ああ、うん。あしたから」

「そう。――あなたが行くんだったら、わたしは姿を見せないほうがいいか」

「えっ？　あのさ、いったい……」

「気をつけて」

ちらりと振り向いて、鳴は云った。

「ここでわたしと会ったこととかも、あまり人に話さないほうがいいよ」

そうしてふたたび背を向けると、鳴は足音もなく歩み、黒い棺の後ろに身を隠した。なかば呆気《あっけ》にとられて、ぼくはその場に立ち尽くした。

「ねえ、見崎」

ややあってから、そっと声をかけてみた。

「ええとさ、どうしてそんな……」

踏み出した足が少しもつれた。一瞬遅れて、ぐらあっ、と妙な眩暈を感じた。

——吸い取られていくみたいに感じない？

——自分の内側から、いろんなものが。

前にここで会ったときの鳴の言葉が、揺れる頭の中を呪文《じゅもん》めいて流れた。

——人形は虚《うつ》ろ。身体も心も、とても虚ろ……空っぽなの。

——それは〝死〟にも通じる虚ろ。

どうにか足を踏んばって平衡を保ちながら、

——〝死〟にも通じる……。

ぼくは恐る恐る棺の後ろを覗き込む。そこには、しかし——。

鳴の姿はなかった。

鳴以外の誰かの姿もなかった。

壁の前に掛かった暗赤色のカーテンが、空調の風を受けてわずかにそよいでいた。ふと感じた真冬のような冷気に、ぼくは独り震えた。

5

九官鳥のレーちゃんが、相も変わらず元気に問いかけを繰り返す。

「どーして？　どーして？」

どうして？　って、あのなあ、教えてほしいのはこっちのほうだぞ。——と、籠《かご》の中を睨《にら》みつけたところで、彼女（——たぶん）がへこたれることはない。

「どーして？　レーちゃん。どーして？　おはよ。おはよ……」

夕食のあと、電波状態が良い一階のこの縁側に出てきて、ぼくはインドの父に電話してみたのだ。が、どうも電源が切ってあるようで、三度かけて三度とも不通だった。向こうはまだ日暮れ前で仕事の最中、なのかもしれない。

まあいっか、と早々にあきらめをつけた。

先週の事故や再度の体調悪化の件を伝えたとしても、それ以上は何をどう相談できるわけでもないし、と思った。唯一、父に訊いてみたいことがあるとすれば、死んだ母の中学時代の話だけれど、果たしてそれが今のこの状況とどうかかわってくるのか、あるいはこないのか、確信はもちろん何らかの見通しすらない。

そのころの母の写真類は残してあるのか、と尋ねておきたい気持ちもあった。卒業アルバムならばしかし、きっと学校のほうに保存してあるだろう。それこそ、そう、0号館のあの第二図書室へ行けば……。

レーちゃんを放置して縁側を離れ、リビングを覗いてみると、珍しく怜子さんがテレビを観ていた。およそ彼女が好んで観るとは思えないような、お笑い系のバラエティ番組だったが、よく見るとソファに身を沈めた怜子さんは、じっと両目を閉じたままでいる。

——何だ、眠っているのか。

エアコンから冷風が出ていて、部屋はやけに寒かった。ああもう、こんなところでうたた寝していたら風邪ひくよ。——とりあえずエアコンだけは切ってしまって、ぼくがその場を去ろうとしたところ、

「恒一くん？」

と呼びかけられた。どきっとして振り返ると、怜子さんの目がうっすらと開いている。

「いつのまにか、うとうとしちゃって……ああ、いけないいけない」

のろのろと頭を振り動かした。テレビからそのとき、出演者の甲高い笑い声が流れ出してきた。怜子さんはぴりっと眉をひそめ、リモコンを取り上げて画面を消す。

「大丈夫、ですか」

「ん？　——うん、まあ」

怜子さんはソファからダイニングの椅子へと場所を移した。テーブルにあった水差しからグラスに水を注ぐと、何かの錠剤をそれで飲み下す。

「あ、ちょっと頭痛がね」

様子を見守っていたぼくに、彼女はそう云った。

「弱い薬ですぐに治まるから。でも最近、何だか多いのよね。いやんなっちゃう」

「疲れてるんじゃないですか。いろいろとその、ええと……」

ふぅ、と小さく息をついてから、怜子さんは「まあね」と答えた。

「恒一くんのほうこそ、大丈夫なの？　きょうは病院だったのよね」

「状態は安定していて問題なし、だとか」

「そっか。——良かった」

「あのね、怜子さん」

自分もダイニングの椅子に腰を下ろし、ぼくは彼女と差し向かいになった。

「前に『知るタイミング』みたいなこと、云ってましたよね。ものごとには知るタイミングがある、って。それって——そのタイミングって、どうやって測ればいいんですか」

真剣に繰り出した質問だった。ところが怜子さんは、物憂げな面持ちでこちらを見返しながら、

「云ったっけ、そんなこと」

と小首を傾げてみせるのだった。ぼくは大いに戸惑った。「どーして?」というレーちゃんの奇声が心中で響いた。

とぼけているのか、それとも本当に憶えていないのか。——どっちなんだろう。

「ええと……じゃあ、これは今、思いつきで訊くんですけど」

気を取り直して、ぼくは別の質問をしてみた。

「怜子さんは夜見北の三年のとき、クラスは何組だったんですか」

「わたしが中三のとき?」

「そうです。憶えてませんか」

怜子さんはすると、やはり物憂げな面持ちで頬杖《ほおづえ》をつきながら、こう答えたのだ。

「三組、だった」

「三組……本当に?」

「——ん」

「それじゃ、怜子さんの年には……ええとその、そのころから三年三組は、『呪われた三組』みたいに云われてたりも?」

「うーん」

頬杖をついたまましばらく、怜子さんは答えを探しているふうだった。が、やがてさっきと同じように小さく息をつくと、

「十五年も前のことだからね。忘れちゃったわ」

その云いぶんに偽りがあるのかないのかはさておき——。

十五年も前……か。

とっさにぼくは、何かしら居心地の悪いものを感じたのだ。

十五年前といえば……ああ、そうか。そうだ。でもそれは……。

「あしたからまた登校、よね」

と、怜子さんが云った。

「はい。そのつもりですけど」

「『夜見北での心構え』っていうの、教えてあげたわよね。憶えてる？」

「あ、はい。そりゃあ……」

「心構え、その三も？」

「——ええ」

もちろん憶えている。ジンクスめいた「その一」も「その二」も、ぼくにしてみれば最も大きな意味がある「その四」も。「その三」というのは、確か……。

「クラスの決めごとは絶対に守るように、でしたっけ」

「そう。それ」

怜子さんはゆっくりと頷いたが、

「それが何か？」

尋ねると、急に長いあくびを一つして、ぶるっと強く頭を振った。そして今度は、

「あ……えっと、何だったたっけ」

自分から振っておきながら、そんなふうに云ってしきりに首をひねるのだった。

「『夜見北での心構え、その三』の話ですよ」

「あ、そっか。ええとね、つまりその、心構えはどれもちゃんと守るようにっていう、つまり……」

「はあ。——大丈夫ですかぁ」

「んー。やっぱりわたし、だいぶ疲れてるみたい。ごめんね、恒一くん。だめだなあ、こんなことじゃあ……」

こつこつと自分の頭を拳《こぶし》で小突きながら、怜子さんは何だか弱々しい笑みを滲《にじ》ませる。ぼくは歯がゆいような苦しいような、どうにも複雑な気持ちになった。

怜子さんには鳴の話をしてもいいんじゃないか。いや、むしろ積極的に話すべきなんじゃないか。——そう考えることもしばしばだったのだけれど、どうしても踏んぎりがつけられずにいるぼくだった。このときも迷った末、やめておこうと決めた。

こうやって怜子さんと話すのは緊張するから苦手で……という、その原因の大半は、写真でしか知らない母の面影をつい彼女に見てしまうから。——そうだ。自己分析はとうに

済んでいるはずなのに、何やらこのところ、ますますその度合が強くなってきている気がするのは——これはやはり、ぼく自身の問題なんだろうか。それとも……。

今夜はもう部屋に戻ろう。そしてなるべく早くに眠ってしまおう。

そう決めて椅子から立ち上がりながら、

「どーして？」

と小声で呟いた。ことさら深い意味も意図もなしに、だったのだが——。

「やめてよ、そんなの」

はっとするような厳しい語気で、怜子さんが云った。

「わたし苦手なの、あの鳥」

6

翌日——六月三日、水曜日。

昼休みの教室に見崎鳴の姿はない。

四限目が終わるなり、いつものようにさっさと出ていってしまった、というわけじゃない。朝からずっといないのだ。きのうぼくに云ったとおり、きょうはこのまま姿を見せないつもりなのか。

一週間ぶりに登校したぼくに対するクラスメイトたちの態度は、良く云えばまあ常識的な、うがった見方をすれば冷ややかで通り一遍のものだった。

「また入院してたとか？」

——いや、自宅療養で済んだんだけど。

「前と同じ病気で？　自然気胸っていうんだっけ」

——ぎりぎりその手前でセーフ、ってとこかな。

「調子はもういいの？」

——おかげさまで。だけど、激しい運動はドクターストップ。体育もまだしばらくは見学で……。

「お大事にね」

——ああうん、ありがとう。

桜木ゆかりとその母親の死を話題に出す者は、誰一人いなかった。教師たちもそれは同じだった。教室の桜木の席は空席のまま。よくあるように、そこに花が置かれていたりすることもなくて……誰もが彼女の死から目をそむけようとしている。何だか必要以上に。

——と、ぼくにはそう思えてならなかった。

昼休みに入って、最初に言葉を交わしたのは風見智彦だった。ぼくのほうが、教室から出ていこうとする彼を呼び止めたのだ。

「あ……やあ」

銀縁眼鏡のブリッジをしきりに指先で押し上げながら、風見は硬い表情をぎこちない微笑に変えた。

四月に初めて会ったとき——病室に見舞いにきてくれたときの彼も、そういえば何となくこんなふうだったように思う。一ヵ月のつきあいで、多少は打ち解けてきていたはずなのに、それがすっかりリセットされてしまった感じだった。

初対面のあのときと今——両者に通底しているものの第一は、たぶん「緊張」だろう。第二はそして、ある種の「警戒」なのではないか。そんな気が、ふとした。

「元気になって良かったね。心配してたんだよ。一週間も休みつづけだから、病気が再発しちゃったのかなって」

「自分でも心配だったさ。正直、入院はもうこりごりだから」

「休んでいたあいだの授業のノートは、べつに必要ないよね」

風見はおずおずとそう云った。

「きみ、できるものね」

「前の学校で先に習ってた部分があったから、単にそれだけで……そんなにできるわけでもないんだけど」

「あ、だったらノートのコピー、いる？」

「いや。今回はたぶん、まだ大丈夫だよ」

「そうか。じゃあ……」

当たりさわりのない会話を重ねても、風見の表情は変わらず硬い。緊張と警戒、加えてもしかしたら、そこには「怯え」が……？

「先週の事故はショックだったろう」

と、ぼくはこちらからその件に触れてみることにした。

「一緒にクラス委員をやってて、ぼくの見舞いにも二人で来てくれたのに、それがまさかあんな……」

云いながら、桜木の席のほうを見やる。すると風見は、ちょっと慌てた様子で、

「新しい女子の委員長、決めないといけないんだよね。あしたのLHR《ロングホームルーム》で、たぶんそれも……」

そうして彼はそそくさとぼくのそばを離れ、教室を出ていった。

「新しい委員長、か」

風見と桜木はけっこうお似合いの二人だったけれど、中学のクラス委員くらい、代わりの人材はいくらでもいるんだろうし……。

席についたまま、ぼくは注意深く教室内を見渡してみた。六月に入って、たいがいの生徒がもう夏服姿だった。

あちらに一つ、こちらに二つと〝島〟を作って食事を始めている女子たち。窓ぎわの一角に集まって、何人かの男子が駄弁《だべ》っている。その中に一人、飛び抜けて背の高いやつがいた。よく日焼けしていて、髪はいわゆるスポーツ刈りで……あいつが確か、水野だ。バスケットボール部の水野タケル。「タケル」は「猛」という字を書くんだったか。

話しかけてみようか、と一瞬、思った。

水野さんの話題から入って、場合によってはきのう彼女と会ったことも話してしまって、それで……いや、やっぱりだめだ。「探りを入れてみようか」と云っていた水野さんの報告を、ここはまず待つべきだろう。姉弟の仲はあまり良くないそうだし、下手にぼくが接触していっても「警戒」されるだけで、かえって何も引き出せないかもしれない。

祖母の手作り弁当を、例によって大いなる感謝の気持ちを込めつつ胃袋に収めてしまうと、ぼくは独り廊下に出た。それまでのあいだに幾度か、窓ぎわの水野・弟がぼくのほうをちらちら窺っているように感じたのは、たぶん気のせいではないだろう。

先週火曜日のあのときと同じように、ぼくは東階段前の廊下の窓辺に立った。

空は薄曇り。雨は降っていないが、いやに風が強い。ガラス窓が閉めてあっても、断続的に甲高い風音が聞こえてくる。

窓を背にして壁に寄りかかり、ぼくはズボンのポケットから携帯電話を取り出した。履歴から勅使河原の番号を探して、ためらいなく発信ボタンを押した。

勅使河原は学校に来ている。だが、朝から一度も喋っていないし、向こうはぼくと目を合わすことすら避けたいふうだった。昼休みに入って、気づいたときにはもう教室からいなくなっていて……まったくもう、ミサキ・メイじゃあるまいし。

「お、おう」

何度めかのコールでやっと、彼が応答に出た。ぼくはすかさず訊いた。

「今どこ？」

「うっ……」

「『うっ』じゃないって。今どこにいるんだ」

「外……中庭を歩き中」

「中庭？」

ぼくは窓のほうに向き直り、ガラス越しに地上を見渡した。中庭を行き来している生徒は存外に多くて、どこに勅使河原がいるのかは分からない。

「すぐに行くから、例のハス池の辺で待っててくれる？」

「えっ。あ、あのなぁサカキ……」

「じゃ、すぐに」

有無を云わさずに電話を切って、ぼくはみずから指定した場所へと急いだ。

7

血まみれの人間の手がときどき突き出ているという噂の、正確にはハスじゃなくてスイレンの円い葉が水面を覆った池の前で、云われたとおり勅使河原はぼくを待っていた。近くに見知った顔の生徒はいない。彼一人で「中庭を歩き中」だったらしい。

「先週から何度か電話したんだけど、出なかったね」

なるべく冷淡な声を作って、ぼくは云った。勅使河原は「おう、すまん」と大袈裟《おおげさ》な身ぶりで両手を合わせたが、その視線は終始、ぼくの顔をまっすぐに捉《とら》えようとはしない。

「かかってきたタイミングが、どれも悪くってさ。気になってたんだが、こっちからかけるのは、ほらおまえ、またぐあいが悪かったんだろ。だから遠慮してさ」

見え透いた云いわけ——と思えた。

「約束」

と、ぼくは云った。

「六月になったら教えてくれるって、そんな約束があったよね」

「うっ……」

「だから、『うっ』じゃないって」

動揺を隠そうとしない茶髪のお調子者を、ぼくは柄にもなく厳しい目でねめつけた。

「約束は守ってほしいな、きみから云いだしたんだから。二十六年前の話。その年の三年三組にミサキっていう人気者がいて、不慮の事故で命を落としてしまって……それで？」

「…………」

「それが始まりの年、みたいなことをきみたち、云ってたよね。——で？　その後、三年三組ではいったい何が」

「ちょっとまあ、待てよ。な、サカキ」

ようやくそこで、勅使河原はぼくの顔をまっすぐに見た。

「確かに、ああ、約束はしたさ。来月になったら教えてやるってな。だから今月いっぱいはおとなしくしてろって、あのときはそう云いたかったわけなんだが」

勅使河原は憂鬱そうに溜息《ためいき》をついた。上空で強風が唸った。

「状況が、変わったんだ」

ふたたび視線をそらして、勅使河原はそう告げたのだ。

「あのときと今とじゃあ、状況が変わっちまった。だから……」

「約束はなかったことにする、って？」

「——ああ」

何だってそんな……と、納得できない気持ちはむろん強かったけれど、目の前の勅使河原の様子から察するに、これ以上ここで問いただしてみても無駄なんだろうという気がする。――にしても。

一つだけ、どうしても訊いておかずにはいられない問題があった。それはつまり――。

「『いないもの』の相手をするのはよせ』って、あのとき忠告してくれたよね」

無言で頷く勅使河原の表情が、ぴくりと引きつったように見えた。

「『ヤバいんだよ、それ』とも云ってたよね。ねえ、あれはどういう……」

そのとき。

ズボンのポケットから無粋な振動が伝わってきた。誰だろう、と心当たりを探りながら、ぼくは着信ランプが明滅する携帯電話をひっぱりだす。画面に表示されていたのは、きのう会ったばかりの水野さんの名前だった。

「あ、榊原くん？　今って学校、昼休みだよね。電話、いいかなぁ」

聞こえてきた水野さんの声は、その時点からいくぶん浮き足立った感じで――。

「病院からなんだけどね、これ」

「あれ。きょうはお休みだったんじゃあ？」

勅使河原の耳が気になったもので、ぼくは左手で口もとをカバーしながら声を低めた。

「急に欠勤が出ちゃって、今から来いっていう命令が……大変なんだから、この仕事。特に新米はねぇ」

そんな愚痴をこぼしたあと、水野さんは口調を改めて「でね」と続けた。

「大忙しなのを抜け出してきて、いま病棟の屋上にいるんだけれど」

「どうしたんですか。何か……」

「訊いてみたのよ、ゆうべ」

「弟さんに？　例の件を？」

「そうそう。そしたら……とにかく一つ、すぐにでも榊原くんに伝えて、確認しておきたくなって、それで」

「確認って、何を」

「いい？」

と、水野さんは心持ち声を強くした。彼女がいる場所は確かに屋上——少なくとも屋外——らしくて、甲高い風音がはっきりとこちらまで伝わってきていた。

「きのう話してくれたメイちゃん——ミサキ・メイっていう女の子ね」

水野さんは云った。

「その子って、本当にいるの？」

「はい？」

何を云いだすかと思ったら、そんな……。

「いますよ、彼女は」

「今は？　近くにいる？　確かにいる？」

「いえ。きょうは彼女、朝から学校には来ていなくて」

「いないのね」

「どうしたっていうんですか」

　ぼくはついつい声高になって、

「そんなこと、いきなり……」

「だから、ゆうべ弟を問いただしてみたの」

　水野さんは口速に事情を語りだした。

「二十六年前の例の件や先週の例の事故については、どんなふうに訊いても言葉を濁すばかりでね、相変わらず何だか怯えているみたいでもあって、もうお手上げな感じで。ところがね、最後にわたしがメイちゃんの話を振ったら……」

　ざざっ、と雑音が走り、聞こえてくる声が少しひびわれた。

「そうしたらあいつ、急に血相を変えて『何だよ、それ』って。『そんな生徒、うちのクラスにはいない』って、見たことがないような、すごい真剣な顔で云うの。だからね、もしかしたら本当に、ミサキ・メイっていうその子は……」

「――嘘ですよ」

　不審そうにこちらを見ている勅使河原の顔が目に入った。ぼくは彼に背を向けて、電話機を握った右手まで動員して、口もとをすっかり覆い隠すようにして、そして——。

「嘘ですよ」

と、強く繰り返した。

「でも……あいつ、ほんとに真剣だったし。そんな嘘をつく必要なんて……」

ざざざざっ、とまた雑音が走り、水野さんの声が途切れる。かまわずぼくは、

「見崎鳴は、います」

と云った。

鳴は、いる。ぼくは何度も会っている。何度も話をしている。きのうも会った。きのうも話をした。いないはずなんて、ない。決してない。

「……えっ」

雑音の向こうから、何やらこれまでとニュアンスの違う声が飛び出してきた。

「あ……何これ」

「——どうか？」

ざざっ、がががががが……ざっ。

「水野さん？　聞こえてますか」

「……榊原くん」

さっきよりも強くひびわれた、水野さんの声が。

「屋上からエレヴェーターに乗ったの。そろそろ戻らなくちゃならな……」

「ああ、それで電波が」

「……でも、これって……やだっ。何っ？」

がががっ、と雑音が太く激しくなる。水野さんの声はまた、それに包み込まれるようにして途切れてしまった。

「水野さん！」

電話機を握る手に、思わず力が入った。

「ね、聞こえますか。いったいどう……」

言葉を止めたのは、このときぼくの耳に、何かしら異様な響きが伝わってきたからだ。どうにも擬音では表わしがたい、何かしらとても異様な、ものすごい音の響きが。

たまらず、電話機から耳を離した。

どうしたんだろう。

エレヴェーターに乗り込んで電波状態が悪くなって……だから？　だからこんな音も？

いや、その前に水野さんは……。

ぼくは恐る恐る、電話機を耳に戻す。とたん、今度は何か乱暴な硬い音がした。まるでこれは、そう、電話機を床に落とすかどうかしたような音。

ざざざざ、ががががががが……と、いよいよ雑音が激しくなってくる。今にも二つの電話のつながりが切れる寸前の、ぎりぎりの一瞬にそのとき——。
かすかに、けれども確かにぼくは、苦しげに呻《うめ》く水野さんの声を聞き取った。

Chapter 7

June II

1

水野さんの死。

ぼくがその、あまりといえばあまりにもショッキングな事実を知ったのは、同じ日の夜のことだった。このときはただ、病院で事故があって、という情報しか得られなかったのだが、それ以前にぼくは、そういった最悪の事態をなかば覚悟していたように思う。

昼休みの、あの電話——。

あのとき彼女の身に、何らかの異常事が降りかかったのは間違いなかった。だが、切れた電話を何度かけなおしてみても、もうまったくつながってはくれず……結果としてぼくは、いったい何が起こったのかを確かめるすべもないまま、不安と焦燥にさいなまれる時間を過ごさなければならなかったのだ。

「水野さんって、あの若い看護婦さんが？」

話を聞いて祖母も、たいそう驚いたふうだった。四月のぼくの入院中、彼女は何度も水野さんと顔を合わせていたから。

「水野……沙苗さんっていったかねえ。恒一ちゃんとは気が合って……本の話とか、してたよねえ」

「わたしも確か一度、病院で。お見舞いにいったあの日、ちょうど……」

怜子さんはひどく憂鬱《ゆううつ》そうで、また頭痛がするのだろうか、夕食後には昨夜と同じ薬を飲んでいた。

「まだお若いのに。——弟くんも心配ね」

「弟さんがいるのかい」

祖母の問いに、ぼくが答えた。

「猛《たける》くんっていって、たまたまぼくと同じクラスで」

「おやぁ」

と、祖母は目を丸くした。

「いやだねえ。こないだもクラスの子が事故で亡くなったんだろう？」

物思わしげに眉根《まゆね》を寄せ、こめかみをひくひくさせる。

「病院で事故って……どんな事故があったんだろうねえ」

誰も答えられる者はいなかった。

ぼくの耳にはしかし、昼休みの電話で聞いたあの、何やらものすごい音の響きがよみがえってきていた。激しい雑音に掻《か》き消されそうな、水野さんのあの苦しげな呻《うめ》き声も。

いたたまれず、強く目を閉じた。

今この場で、昼休みの一件を話してしまおうかとも思った。考えてみれば、それほど躊《ちゅう》躇《ちょ》しなければならない理由もないはず……なのに。

ぼくは話さなかった。いや、話せなかったのだ。それはおそらく、ほとんど罪悪感と同種の気持ちが心のうちにあって、どうしても拭《ぬぐ》い去れなかったからだと思う。

黙りこくっていた祖父が、ふいに「あぁあぁ」としわがれた声を発した。血色の悪いしわだらけの額に両手を当てながら、

「人が死ぬと葬式だなあ。葬式はもう堪忍、堪忍してほしいなあ」

友引だとか何だとか、そういう関係だろうか、通夜はあさって、告別式はしあさっての土曜日になるという。土曜……ああ、六月六日か。

――『オーメン』は観てる？

ファミレスでの水野さんとの会話が、生々しく思い出された。あれがまだ、ついきのう

のことだというのに。

――お互い気をつけましょ。ふつう起こりえないような事故には、特にね。

あの水野さんが、死んだ。

あさってが通夜、しあさってが告別式……まるで現実感がない。ショックばかりが先に立って、悲しいという感情がなかなか摑《つか》めない。

「……葬式はもう堪忍してほしいなあ」

祖父がのろのろと繰り返すのを聞くうち、「葬式」というその言葉が、ぼくの心のどこかに真っ黒な染みを作った。えっ？　と思うまに、それを中心にしてやおら、黒々とした渦が回転を始めて、やがて何だろう、ずうぅぅーんという妙な重低音がどこからともなく湧き出してきて……。

ぼくはまた、強く目を閉じる。と同時に頭の中で、何かがぴた、と止まった。

2

翌六月四日の三年三組には、朝一番から心なしか重苦しい空気が漂っていた。

水野さんの弟、猛は来ていなかった。彼の欠席の理由が姉の急死だという噂は、二限目が終わったころにはもう教室中に広まりつつあった。そして三限目、国語の授業の開始前に担任の久保寺先生が、その事実を正式にみんなに告げたのだ。

「水野くんはきのう、お姉さんに突然のご不幸がありまして……」

とたん、教室を押し包んだ異様な静寂。まるで生徒全員の息が、瞬時にして凍りついてしまったような——。

よりにもよってそんなタイミングで、見崎鳴が教室に入ってきたのだった。

遅刻を詫《わ》びるでもなく、べつに気まずそうなそぶりを見せるでもなく、黙っていつもの席に坐《すわ》る彼女の動きを、ぼくは胸騒ぎとともに見守った。そうしながら、クラスのみんなの反応にも注意を向けていた。

誰一人として、鳴のほうに目をやる者はいなかった。誰もが不自然なくらい、まっすぐに前方を見すえたままだった。久保寺先生も同じだ。鳴のほうを見向きもしないし、話しかけもしない。まるで——。

まるで、そう、見崎鳴なんていう生徒はもとからこのクラスにはいない、存在しない——とでもいうかのように。

国語の授業が終わると、ぼくはすぐに席を立って鳴のもとに駆け寄った。

「ちょっと」

と声をかけて廊下にひっぱりだし、何となく周囲の耳を気にしながら質問した。

「水野んちの件は知ってるの？」

すると、彼女はまだそれを知らないでいたらしい、「何?」と小首を傾げて、眼帯で隠されていないほうの目を、ちょっと不思議そうに瞬《またた》いた。ぼくは云った。

「亡くなったんだよ。水野のお姉さんが、きのう」

一瞬、彼女の顔に驚きの色が浮かんだ気がした。しかしすぐにそれは消えて、

「——そうなんだ」

感情の見えない声音で応《こた》えた。

「病気で? それとも事故か何か」

「事故、らしいけど」

「——そう」

教室の出入口付近に、数人の生徒がたまっていた。顔と名前は憶《おぼ》えているがまだあまり喋《しゃべ》ったことのない男子女子が、何人か。中尾《なかお》に前島、赤沢に小椋《おぐら》に杉浦《すぎうら》に……その中にまじって、勅使河原もいる。昨日の昼休み以来、彼とはまだひと言も口をきいていなかった。

彼らの視線が、ちらちらと飛んできているのが分かった。遠巻きにこちらの様子を窺《うかが》っている、というふうだが。

もしかしたら——と、このときぼくは、かなり真剣に考えてみざるをえなかった。

もしかしたら、こちらを見る彼らの目には今、本当にぼく一人の姿しか映っていないの

かもしれない、と。

そして――。

次の授業が始まったときにはもう、鳴は教室から姿を消していたのだ。そのことを気にかける人間は、当然のようにぼく以外には誰もいなくて……。

……昼休みに入るとぼくは、校庭に面した窓ぎわの列、いちばん後ろの鳴の席に行って、その机の様子を改めて観察してみた。

この教室に並んだほかの机とは、明らかに違う型の木製机。付属した椅子も同様だった。まるで何十年も昔に使われていた代物のような……ひどく古びた机、そして椅子。

どうしてだろうか、と今さらながらに自問する。

どうして鳴の机だけが、こんな……。

周囲の目を気にするのはもうやめにして、ぼくはみずからその席に坐ってみた。机の表面は傷だらけで、でこぼこしていて、たとえば試験の答案用紙など、下敷きを使わなければとうていスムーズな筆記ができそうにない。

傷にまじって、多くの落書きがあった。

たいていが机と同じく古い――ずいぶん昔の落書きのようだ。鉛筆で書かれたもの。ボールペンで書かれたもの。コンパスの先か何かで彫られたもの。ほとんど消えかけているものもあれば、かろうじて判読可能なものもある。――そんな中。

見た感じ、最近になって新たに記されたと思われる文字の並びが目にとまった。

青いペンで、机の右端に小さく書かれている。筆跡やら何やらはむろん、判定しようのないことだったけれど、見つけたとたんぼくは、これは鳴が記したものだと直感した。

〈死者〉は、誰——？

それはそんな一文だった。

3

「……先生、どうしたのかなぁ」

同じ作業机のとなりの席から、望月優矢の独り言が聞こえてくる。

「そんなにぐあいが悪いのかな。ここんとこ、何だか元気がないみたいだったしなぁ……」

五限目、三神先生の美術の授業だったが、0号館一階のこの美術室に今、先生の姿はない。

「三神先生はきょう、お休みですので」

時限の頭に別の美術教師が来てそう告げ、事務的な口調で自習の指示をした。与えられたのは「各自、自分の手を鉛筆でスケッチしなさい」という、いかにもおもしろみのない課題で、その教師が立ち去るなり、あちこちで投げやりな溜息《ためいき》がもれたのはまあ、当然といえば当然の反応だった。

スケッチブックを開いて、とりあえず自分の左手を机の上に置いてしげしげと眺めてみたものの、正直、やる気は限りなくゼロに近かった。こんなことなら何か文庫本でも持ってくるんだった。キングもクーンツもラヴクラフトも、さすがにあまり読む気はしないけれど。

ムンク好きの望月のほうを窺うと、彼は彼で、はなから「手」を描くつもりなどないふうだった。開かれたスケッチブックは空白のページではなく、そこにはすでに描きかけのペン画があったのだ。人物――それも、ひと目で三神先生がモデルと分かる女性の。

何だこいつ――と、思わず声が出そうになった。

マジでほれてるのか、少年。十何歳も年上の女性教師に。――ま、そんなのはべつにきみの勝手だが。

それでもやはり、どうにも微妙な気分でいたところへ聞こえてきたのが、その三神先生の身を案じる彼の独り言だったわけで……。

「……まさか」

と、急に望月がぼくのほうを見た。

「ね、ね、榊原くん」

「な、何だよ」

「まさか三神先生、何か命にかかわるような重病だったりはしないよね」

「ええっ？　ああ……」

ぼくはすっかり面喰《く》らって、いいかげんな答えを返した。

「まあ、大丈夫なんじゃないの」

「そうだよね」

望月はいかにもほっとした声で、

「そうだよね。そんな、めったなことはないよね。——うんうん」

「そこまで心配なのかい」

「そりゃあ……こないだ桜木さんと彼女のお母さんが死んじゃって、今度は水野くんのお姉さんだろう。だからその……」

「関係、あるのか」

ぼくはここぞとばかりに切り込んでみた。

「桜木の件があって水野んちがあって、でもってたとえば三神先生の身にも何ごとかあったとしたら、そこには何か関係というか、つながりがあると？」

「あ……それは」

と答えかけたきり、望月は口をつぐんでしまった。逃げるように目をそらし、やりきれなそうに「はあぁ」と息をつく。——ああもう、やっぱりこいつも、ぼくには云えない何かを胸にしまいこんでいるのか。

もっと鎌《かま》をかけてやろうかとも思ったが、思い直してぼくは、

「美術部のほうは？」

と話題を変えた。

「部員って、いま何人いるの」

「五人だけ、だけど」

望月はちらとぼくのほうに視線を戻し、

「入る？　榊原くんも」

「——まさか」

「入ればいいのに」

「勧誘するんだったら、ぼくじゃなくて見崎にすれば？」

と、これは鎌をかけるつもりでそう云ってみた。望月の反応は予想どおり、しどろもどろもいいところだった。うんともすんとも答えず、逃げるようにまた目をそらしてしまう。

今度は息の一つもつかない。

「見崎ってさ、けっこう絵うまいし」

ぼくはかまわずに続けた。

「スケッチブックに彼女が描いていた絵、見たことがあるんだけど……」

あれはそう、例の第二図書室で。美術の授業のあと、望月や勅使河原と一緒にあの部屋の前を通りかかった、あのときの、あの……。

……人形のような球体関節を備えた、美しい少女の絵。

この子には最後に、大きな翼を付けてあげるつもり――と、あのとき鳴はそう云っていたが、その翼はもう描かれたんだろうか。

目をそらしたまま、いっこうに何も答えようとしない望月に見切りをつけて、ぼくは自分のスケッチブックを閉じた。五限目の始まりからまだ三十分足らずしか経っていなかったが、このままもう、自習課題は放棄して出ていってしまおうと思い立ったのだ。

「――どこ行くの」

席を立つぼくに、望月が訊いた。

「図書室。第二のほう」

ぼくはわざとそっけなく答えた。

「ちょっと調べものを、ね」

4

望月に「調べものを」と云ったのは、おおむね正直な答えだった。「おおむね」に含まれない部分にあったのは、ひょっとしたらそこにまた鳴がいるかもしれない、というささやかな期待だったのだけれども、それが叶《かな》うことはなくて——。

生徒の姿はなくて、その古い図書室にいたのは千曳という例の司書だけだった。

「前に一度、見た顔だね」

隅っこに設けられたカウンターテーブルの向こうから、そう声をかけられた。きょうも黒ずくめのいでたちで、白髪まじりの髪は相変わらずぼさぼさ。野暮《やぼ》ったい黒縁眼鏡のレンズ越しにこちらを見すえながら、

「転校生の榊原くん」

と、彼はぼくの名を云い当てた。

「三年三組、だったか。これでも記憶力は悪くないほうでね。——五限目の授業は？」

「美術で、あの、きょうは先生が休みで自習なんです」

ありのままを答えると、黒ずくめの司書はそれ以上追及しようともせず、

「何の用かな」

と訊いた。

「ここには普段、めったに生徒が来ることはないものでね」

「ええとその、調べたいものが」

と、これもありのままを答えて、ぼくは司書のいるカウンターの前までそろそろと歩を進める。そして尋ねた。

「昔の卒業アルバムとかって、ここにありますか」

「ほう、卒業アルバムねえ。いちおう全部、揃っているが」

「閲覧できますか」

「できるよ」

「じゃあ、あの……」

「アルバムはあの辺だったかな」

おもむろに立ち上がって、司書は片腕を前に伸ばした。入口から見て右手、廊下側の壁面を埋めた書架のほうを、そして指さす。

「あっちの棚の、確か奥から二番めとか、そのあたり。きみの身長なら脚立はいらない高さだろう」

「あ、はい」

「いつごろのアルバムが見たいわけ」

「それは――」

ほんの少しだけ、ぼくは口ごもった。

「二十六年前……一九七二年度の」

「七二年？」

鋭く眉をひそめて、司書はぼくの顔をねめつけた。

「何だってきみ、そんな？」

「あのですね、実はその……」

ぼくはどうにかこうにか平静を取り繕い、当たりさわりのない答えを返すべく努めた。

「ぼくの母がちょうどその年の、この中学の卒業生なんです。母はその、早くに亡くなったもので、写真もあんまり残っていなくて、だからその、あの」

「お母さんが……」

こちらを見る司書の目つきが、心なしか和らいだ気がした。

「なるほど、分かった。しかし、よりによって七二年か」

後半は独り言のような呟《つぶや》き声だった。

「探せばすぐに見つかるだろう。ただし、貸し出しはしていない。見おわったら、もとの位置にちゃんと戻しておくこと。いいね」

「はい」

目的のアルバムを発見し、棚からひっぱりだすまでに二、三分かかったろうか。読書用の大机にそれを置いて椅子にかけると、ぼくはいくぶん乱れた呼吸を整えながら、「夜見山北中学校」という銀の箔《はく》押しがされた表紙をめくった。

とにかくまず、三年三組のページを探した。まもなく見つかったその見開きには、左ページにカラーの集合写真が、右ページにいくつかのグループに分かれて撮られたモノクロ写真がレイアウトしてあった。

生徒の数は今よりも多い。一クラス四十人以上はいる。

集合写真のバックは、どこか学校外の風景だった。夜見山川の河原とか、その辺だろうか。みんな冬服を着ている。笑顔だが、どことなく緊張しているのが分かる。

母は——彼女はどこに？

写っている顔だけでは、すんなりと見つけられそうになかった。写真の下に印刷された氏名を参照しなければ……。

……あった。これだ。

「お母さん……」

知らず、声がもれていた。

二列めの、右から五番め。

現在の制服と寸分変わらない紺色のブレザーを着て、髪には白い髪留めか何かを付けて……彼女もまた、笑ってる。どことなくその表情に緊張を含んで。

初めて目にする、母の中学時代の写真だった。若い——というよりも、幼い感じが強い。年齢の関係などを補正して考えると、妹の怜子さんとはやっぱりよく似た顔立ちだったんだなと思える。

「見つかったかな」

と、司書に問いかけられた。

ぼくは振り向きもせずに「はい」とだけ返事をして、集合写真の下に並んだ氏名のほうに目を戻した。「ミサキ」という例の名前がそこにあるかどうか、確かめておこうと思ったのだ。——が。

あるはずはなかった。

ミサキは卒業アルバムの制作が始まるよりもずっと前、この年度の春には死んでしまったのだ。だから、ここにその名前が記載されているはずがない。

「お母さんは何組だったの」

と、ふたたび司書に問いかけられた。さっきよりもずっと近くからの声、だった。驚いて振り向くと、彼はカウンターから出て、ぼくのすぐそばまでやってきていた。

「ええとあの、母も三年のときは三組だったそうで」

司書は「ん?」と鋭くまた眉をひそめた。それから机の端に手をついてアルバムを覗《のぞ》き

込みながら、

「どの人？　きみのお母さん」

「この……」

ぼくは集合写真の彼女を指さした。司書は眼鏡を押し上げながら、「どれどれ」とアルバムに顔を寄せ、

「ああ……理津子くんか」

「えっ。あの、知ってるんですか」

「あ……いや、まあ」

司書は言葉を濁し、机から離れた。その動きを追うぼくの目に気づくと、彼はぼさぼさの髪を軽く掻きまわしながら、

「理津子くんの息子とは……」

「母は十五年前、ぼくを産んでまもなく亡くなったんです」

「そうなのか。ということは……ははあ。なるほど」

何が「なるほど」なのか、と問いただしたい気持ちを抑えつつ、ぼくはいま一度、机の上のアルバムに視線を落とす。

二列めの、右から五番め。

そこで緊張気味に笑う母の顔を見て、それから一緒に写った同級生たちの全体を眺めて、

そして……。

……えっ？

ふとあることに気がついて、ぼくは目をしばたたいた。椅子から浮かしかけていた腰を戻して、もう一度アルバムをよく見直そうとした。——ところが、そのとき。

「ここにいたのか、榊原くん」

入口の戸が勢いよく開かれ、おりしも鳴りはじめた五限目終了のチャイムとともに踏み込んできた生徒がいた。風見智彦だった。

「久保寺先生が探してるよ。職員室まですぐに来るように、って」

5

「榊原恒一くん、ですね」

初対面の二人の男のうちの一人——年長の丸顔のほう——が云った。相手の緊張をほぐそうとするような、必要以上の猫撫《な》で声で、けれども澱《よど》みなく質問を繰り出す。

「市立病院に勤めていた水野沙苗さんのことは知っていますね」

「——はい」

「親しくしていた？」

「四月に入院したときお世話になって、それで」

「電話で話したりも？」

「はい。何度か」

「昨日の昼過ぎ――午後一時ごろ、携帯電話で彼女と話を？」

「――しました」

久保寺先生に呼ばれてA号館の職員室に行ったぼくを待っていたのは、夜見山警察署刑事課の私服警官、つまりはいわゆる刑事たちだった。定式どおりの二人組。年長の福々しい丸顔に対して、若いほうは顎《あご》の尖《とが》った細面で、紺色のフレームの大きな眼鏡をかけているのが本当にトンボみたいで……それぞれ大庭《おおば》、竹之内《たけのうち》と名乗った。

「ちょっと話を聞かせてほしいんだがね。先生の許可はもらったし。いいかな」

さっき、会うなりそう切り出したのは若い竹之内のほうだった。ぞんざいな、というほどでもなかったが、いかにも相手を「まだ半人前の中学生」と見なしている口ぶりだった。

「次のLHR《ロングホームルーム》は遅れてきてもかまいませんからね。きちんとお話をするように」

と、久保寺先生が云い添えた。ほどなく六限目開始のチャイムが鳴り、久保寺先生は別の男性教師にあとを任せてしまって、そそくさとその場を立ち去った。

職員室の一角に置かれたソファで、そしてぼくは刑事たちと向かい合ったのだ。あとを任せられた男性教師が「生活指導の八代《やしろ》です」と自己紹介して、ぼくのとなりに坐った。

こういう場合、学校としてはやはり、生徒を一人にしておくわけにはいかないのだろう。

「水野沙苗さんがきのう、亡くなったことは知っていますね」

と、あくまでも必要以上の猫撫で声で、大庭が続けた。

「——はい」

「どんなふうにして亡くなったのかも？」

「いえ、詳しい事情はほとんど。病院で事故があって、としか」

「ほほう」

「今朝の新聞は読んでないのかい」

竹之内が差し挟んだ問いに、ぼくは黙って首を横に振った。そういえばそう、祖父母の家では新聞を取っていないのだ。ゆうべはテレビをつける者もいなかったし……。

「エレヴェーターの事故だったんだよ」

と、竹之内が告げた。

それはおおかた予想のついていたことではあった。教室で囁《ささや》き交わされる声の中に、ちらほらとそんな言葉がまじってもいたから。——けれど、刑事の口から正式にそう聞かされた瞬間には、何だか全身が鈍く痺《しび》れるようなショックを感じた。

「病棟のエレヴェーターが落下してね、それに彼女が一人で乗っていたわけ。落下の衝撃で床に叩《たた》きつけられたところへ、これも落下の衝撃で外れた天井の鉄板が落ちてきて」

若い刑事は、心なしか得々と説明した。

「で、運悪く彼女の頭に、がつんと」

「…………」

「死因は脳挫傷《ざしょう》。事故現場から助け出されたときにはまったく意識がなくて、病院でせいいっぱいの手を尽くしたものの結局、命は救えなかった」

「あ、あの……」

ぼくは恐る恐る尋ねた。

「それであの、その事故に何か不審なところでもあって？」

だから刑事が調べまわっているんだろうか、と思ったのだ。

「いやいや、事故は事故なんですよ。大変に不幸な、悲しむべき事故です」

と、年長の刑事が答えた。

「ただ、病院のエレヴェーターの落下事故となると、その原因究明や管理責任の追及という問題が出てきます。そこでわれわれが動いているわけです」

「――はあ」

「問題のエレヴェーターの床に、水野さんの携帯電話が落ちていたんですね。その最後の発信履歴に、榊原くん、登録されていたきみの名前と電話番号があったのです。しかもそれが、ちょうど事故が発生した午後一時ごろの通話だったとも分かった。ですから、おそらくきみが、彼女と最後に言葉を交わした相手だろうと……」

なるほど。云われてみれば、しごく当然の話だった。

昨日の事故前後のもようを知っている可能性が、この世で最も高い人間。それがすなわち、通話相手の中学生、榊原恒一だと目されたわけだ。そして事実、ぼくはまさにあのとき、この耳であれを聞いていた。

でも、だったら彼らがぼくのもとにやってくるのがちょっと遅すぎはしないか。そんな気もした。昨日の事故発生以降の現場の混乱ぶりが、そこから大いに想像されるところだけれど、ともあれ――。

促されて、ぼくは自分が経験したありのままを刑事たちに語ったのだ。

きのうの昼休み、水野さんから電話がかかってきたこと。初めは普通に話していたのが、屋上からエレヴェーターに乗り込んだあたりでふいに様子がおかしくなったこと。まもなく何かものすごい音がして、携帯電話が投げ出されたような音がして、そのあと一瞬、彼女の苦しそうな呻き声が聞こえて切れてしまったこと。――どうやらどれもが、事故の様相と合致しそうだった。

「それできみは、そのことを誰かに伝えようとは?」

「あのときはほんと、何が何だか分からなくて。かけなおしてみても、もう電話はつながりませんでした」

なるべく気を落ち着けようと努めつつ、ぼくは昨日の自分の行動を説明した。

「でもとにかく、何か悪いことが起こったんじゃないかって、そう思って、だからまず水野くんを探して」

「水野くん？」

「水野猛くん。水野さんの弟で、同じクラスなんです。彼に電話の件を話したんですけど、ぼくの云い方も要を得なかったのか、真面目に取り合ってくれなくて……」

——なに云ってんだよ、おまえ。わけ分かんねえ。

というのが、そのときの水野・弟の反応だった。怒ったような、けれどもひどく当惑しているような。

——おまえさ、姉貴によけいな話、吹き込むなよな。迷惑してんだよ、おれ。

その次に唯一、思いついたのは病院への連絡だった。

病棟のナースステーションに電話をつないでもらって、水野さんを呼び出してくれるよう頼んだのだ。——が、それもなかなか思うようには運ばず、そのうち向こうの様子がいやに騒がしくなってきて……あとはもう、いくら電話しなおしても話し中ばかりで、どうしようもなくなってしまったのだった。

「彼女は屋上にいたんですね」

と、大庭が確認した。

「そこからエレヴェーターに乗って、まもなく……か。なるほど」

頷《うなず》いてメモを取る年長の刑事に、

「事故の原因は何だったんでしょうか」

と、ぼくは訊いた。

「そいつはまだ調査中」

若い刑事が答えた。

「ワイヤーが切れて落下、という線には間違いないんだけどね。安全装置があるから、そんなことはふつう起こるはずがないって話なんだが。——あの病棟はそもそも築何十年かで、その間にずいぶんと無茶な増改築を繰り返してきたらしい。問題のエレヴェーターは建物の奥まったところにあって、〈裏エレヴェーター〉なんて呼ばれてる。患者はもちろん、職員も普通はあまり使わないものだとか」

「榊原くんは？　知っていましたか、そういうエレヴェーターがあるのを」

「いえ、全然」

「何にせよ、かなり老朽化しているうえにどうやら、メンテナンスもきちんと行なわれていなかった疑いがありまして」

「そうなんですか」

「実際に事故が起こったんですからねえ。公立の施設だというのに、こいつは大問題でしょうな。――ともあれ、きょうびエレヴェーターの落下で人死にが出るなど珍しいことです。彼女はまったく、運が悪かったとしか云いようがありませんな」

――お互い気をつけましょ。

最後に会ったときの水野さんのあの言葉が、またぞろ耳によみがえってきた。

――ふつう起こりえないような事故には、特にね。

6

刑事たちによる「事情聴取」から解放されたのが、六限目が始まって三十分余り経ったころで――。

職員室を出ると、ぼくは律儀に教室へと急いだのだが、着いてみて驚いた。三年三組の生徒は誰一人、そこにいなかったのだ。

見ると、カバンや何かはたいがい残っている。早くに終わって帰ってしまったのではないということだ。――とすると。

全員でどこか別の場所へ移動した？　そう考えるしかないようだけれど……。

赤沢泉美

黒板の真ん中に、大きな字でそう書いてあった。

赤沢泉美《いずみ》。

ちょっと大人っぽくて押し出しの強い、華やかな存在。そんなイメージの女子だった。くっきりとした輪郭をもってふるまい、いつも友だちに囲まれて、人の輪の中心にいて、というような……。

……鳴とはまるで逆、だな。

そんなふうに考える一方で、赤沢というその生徒に関してはいくつか、気になることが思い出された。

ぼくが初登校した五月のあの日、確か赤沢泉美は学校を休んでいて……で、その日の体育の授業中、だった。足を捻挫《ねんざ》して見学していた桜木ゆかりがぼくに話しかけてきた、あのとき。

――ちゃんとしないと、赤沢さんに叱られ……。

というような、彼女の独り言を耳にした気がする。――あれは？

それから、これは勅使河原がいきなりかけてきた例の電話で。

――ヤバいと思ってかけてやったんだよ。

そう云ったあと、彼はこのように続けたのだ。

――赤沢のやつなんか相当やきもきしてて、今にヒステリーでも起こしかねないし。

「おや、榊原くん」

声に振り向くと、久保寺先生がいた。ぼくのあとを追う形で、後ろの出入口から教室に入ってきたのだ。

「警察の方との話は終わったのですか」

「はい」

「そうですか。——じゃあ、きょうはもう帰ってもかまいませんよ」

「はあ。ええと……みんなは？」

「ホームルームでは新しい女子のクラス委員長が決まりました。赤沢さんです」

「ああ……」

黒板に彼女の名前があるのは、そういうわけか。

「あの、それでみんなはどこに」

久保寺先生はしかし、ぼくの質問をまるで無視して、

「きょうはもう帰っていいですよ」

と繰り返した。

「水野くんのお姉さんの件は、きみも大変にショックでしょう。ですが、あまりくよくよしてばかりもいられません。大丈夫です。みんなで頑張れば、きっと乗り越えられます」

「——はあ」

「そのためにも、いいですか」

話しかけている相手はぼくだというのに、このとき久保寺先生の目はぼくではなく、誰もいない教壇のほうに向けられていた。

「クラスの決めごとには必ず従うようにしてください。いいですね」

7

翌々日——六月六日の土曜日は学校を休んで、夕見ヶ丘の市立病院へ行った。本来ならこの日、水野さんとまた会うかもしれなかったのに……。

ちょうど今ごろ、この街のどこかの斎場で彼女の告別式が執り行なわれているはず——と意識しながら、ぼくは予約していた呼吸器科の外来診察を受けて、初老の担当医から、いつになく頼もしい声で「この調子ならもう大丈夫」というお墨付きをいただいて、そのあと独り病棟へと向かった。

水野さんが命を落とす原因となった事故の現場を、とにかく一度、この目で見ておきたかったから——。

刑事の云っていたとおり、問題の〈裏エレヴェーター〉は、複雑な平面構造を持つ古い病棟の、たいそう奥まった分かりづらい位置にあった。何とかそこまで辿《たど》り着いたものの、当然のようにエレヴェーターは使用禁止で、黄色いバリケードテープが何枚も、入口をふさぐ形で貼られていた。

職員もあまり使用することのないこのエレヴェーターに、なぜあの日、新米ナースの水野さんが乗り込んだのか。普段からこれを使う習慣が、実は彼女にはあったのか。それともあの日はたまたま、だったのか。――その辺の事情はいまだ、はっきりしないという。

別のエレヴェーターを使って、ぼくは独り屋上に昇った。

薄曇りで風のない、朝から相当に蒸し暑い日だった。

誰もいない屋上を端から端まで歩いてみたところで、「どうしたの、ホラー少年」と今にも呼びかけられそうな気がして、はっと立ち止まった。顔に滲《にじ》んだ汗をハンカチで拭《ふ》いた。たぶん涙も少しまじっていたと思う。

「何で……水野さん……」

知らぬまに呟いていた。〝死〟という空虚のリアルな重みが急にのしかかってきて、胸がひしゃげそうになった。

ゆっくりと息を整えながらフェンスにもたれかかり、夜見山の街を見渡した。入院中、見舞いにきてくれた怜子さんと一緒に病室の窓から望んだ街の遠景が、現在のそれにぼんやりと重なった。

遠くに連なる西の山々。朝見台と呼ばれるのはどのあたりだろう。街の真ん中を流れるのは夜見山川。その向こうに見える夜見北のグラウンド……。

……きのうは学校へ行くと一番に、望月優矢をつかまえて話をした。

「六限目のホームルームのときさ、みんなどこ行ってたんだい」

と、ぼくは気がかりだった問題を訊いてみたのだが、望月の答えはあまり歯切れの良いものではなかった。

「ちょっと流れで、場所をT棟に移して……」

「T棟って、特別教室の？」

「生徒も使える会議室があるの、あそこには。そっちに移って、まあいろいろと」

いろいろと？　何を話し合っていたというんだろう。

「赤沢泉美に決まったんだってね、女子のクラス委員長」

「ああ、うん」

「投票とか、したわけ」

「赤沢さんが立候補したの。もともと彼女、対策係でもあるから」

「対策係？」

初めて耳にする言葉だった。

「何それ」

「あ……あ、まあその、つまりその」

望月はずいぶん返答に詰まったあげく、

「そういうのがあるの。クラスで何かトラブルがあったりしたとき、対策を考える係で。風見くんはそっちも兼任だったりするんだけど……」

これも何だか歯切れが良くない。ぼくはちょっといじめてやるつもりで、

「きょうも三神先生はお休みみたいだね」

わざと溜息まじりに云った。とたん、望月の表情が心配げに曇った。

本当にもうこいつ、分かりやすいというか純情というか何と云うか。「それでいいのか、少年」とやはり問うてみたくなる。

三神先生だけでなく、きのうは鳴も終日、学校には現われなかった。三年三組の欠席者はこの日もう一人いて、それは高林郁夫《いくお》だった。初登校のあの日にも、赤沢泉美のほかにこの高林が休みだったのを憶えている。何か健康上の問題があるらしくて、学校に出てきても体育はいつも見学で、という生徒。とにかく地味でとっつきにくそうな感じなので、いわば見学仲間であるにもかかわらず、いまだにぼくはほとんど彼と喋ったことがなかったのだが……。

8

病院の帰りに寄り道をする元気も湧かず、ぼくはまっすぐ家に戻った。

そういえば、インドの父とは結局、かれこれ二週間ほども連絡を取っていない。今夜かあしたにでも電話してみようか。そうしたら近況報告のついでに、十五年前に死んだ母のことも少し訊いてみて……などと考えたりしながら。

古池町の祖父母宅に帰り着いたのが、午後二時ごろ。しばらく先に家の門が見えてきたところで、あれあれと思った。

夏服の中学生男子が一人、門の前あたりをうろうろしているのだ。家のほうをちらちら窺ったり、うつむいたり天を仰いだり……と、何やら落ち着きのない様子で。よく見直してみるまでもなかった。あいつは……。

「どうしたんだよ、そんなところで」

ぼくが問いかけると、相手はひっくりかえりそうなほどに驚いてこちらを振り向き、きまりが悪そうに目をそらした。そのまま黙って立ち去ろうとするのを、

「待てよ」

と、厳しく呼び止める。

「どうしたの。何か用があって来たんだろう」

望月優矢、だった。

さすがに逃げ出しはしなかったものの、ぼくが近づいていっても目をそらしたまま、お

ろおろもじもじして何も答えようとしない。さらに近づいて、こちらが顔を覗き込んで、

「何の用かね、望月くん」と問いを重ねて――。

それでやっと、彼は口を開いた。

「ちょっとその、心配になっちゃって。ぼくんち、このとなりの町内だからね、だからその、ちょっと……」

「心配とは？」

ぼくは皮肉っぽく小首を傾げてみせ、

「どんな心配をしてくれたわけ」

「ええと、それは……」

美少女めいた細い眉を悩ましげに寄せながら、望月は声のトーンを落とした。

「学校、榊原くんもきょう、休んでたし」

「午前中に病院の予約が入ってたんだよ」

「そっか。――でもね、あの……」

「ここでこのまま立ち話を続ける気？　ちらっと寄っていきなよ」

ぼくが軽い調子で誘うと、

「えっ。――あ、じゃあ少しだけ」

望月は泣き笑いのような面持ちで頷いた。

祖母は出かけているようだった。玄関脇のガレージに黒塗りのセドリックがない。祖父もきっと一緒だろう。怜子さんはたぶん離れのほうにいると思うけれど、声をかけるのは遠慮することにして——。

ぼくは望月を連れて、縁側のある裏庭にまわりこんだ。縁側のガラス戸は日中、施錠などされていないと知っていた。東京では考えられない不用心さ……いや、ここはのどかさと云うべきだろう。

縁側の端に並んで腰をかけるなり、望月が思いきりをつけたような勢いで口を切った。

「榊原くんさ、夜見北に転校してきてからこっち、いろいろと奇妙に感じていること、あるでしょ」

「分かってるのなら、教えてくれる？」

すかさずそう切り返すと、望月はあえなく「ん……それは」と返答に詰まる。

「ほら、やっぱり」

ぼくは横目で相手をねめつけた。

「寄ってたかって、いったいみんなでどんな恐ろしい秘密を隠してるんだか」

「それは……」

望月はまた返答に詰まり、しばらくだんまりを続けてから、

「ごめん。ぼくの口からは、やっぱり云えない。ただ——」

「ただ、何？」

「もしかしたら、榊原くんにしてみればとても不愉快なことがこれから、あるかもしれないの。本当はね、こんなふうにぼくが云うのも良くないんだけど、でも黙っていられなくって」

「どういう意味だよ」

「おとといの会議で、そういう話も出て……だから」

「おとといのって、六限目のあのホームルーム？　教室から会議室に場所を移したっていう、そこで？」

「——そう」

望月は申しわけなさそうに頷いた。

「あのときはね、榊原くんが警察の人と話をしてて遅れてくるって分かったから、そういう流れになったの。きみのいないところで話し合いをしなきゃって、赤沢さんたちがそう云いだして。もしもきみが途中で戻ってきても問題ないように、今から場所を変えようって」

「ふうん」

つまりはそのとき、久保寺先生もその提案に乗ったということか。

「——で？」

「これ以上は、云えない」

望月はこうべを垂れて、弱々しく吐息した。

「でもね、今後もしも何かいやな目に遭うことがあっても……我慢してほしいの」

「何だよ、それ」

「みんなのためだと思って、お願いだから」

「みんなの……って」

ふとそこで思い浮かんだフレーズを、ぼくはそろっと差し向けてみた。

「それってさ、必ず守らなきゃならないクラスの決めごと？」

「——そうだね」

「うーん。何だかなあ」

ぼくは縁側から腰を上げ、薄曇りの空に向かって伸び上がった。こういうときこそ、「ゲンキ、だしてネ」というレーちゃんの励ましが欲しいところだったが、こういうときに限って、九官籠《かご》の中の彼女（——たぶん）はやけにおとなしい。

「それじゃあまあ、ここでこれ以上は問いつめないけどさ」

望月のほうを振り返って、ぼくは云った。

「こっちからも一つ、頼みごとをしてもいいかな」

「って、どんな？」

「クラス名簿のコピー、欲しいんだ」

望月は意表をつかれたふうだったが、すぐにいったん頷いて、

「もらってないいんだね、榊原くんは」

「うん」

「だったら、べつにぼくに頼まなくたって……」

「訊くな、少年」

と、ぼくは望月の言葉をさえぎり、

「こっちにはこっちで、けっこう微妙な心理的事情とかさ、あるわけ。だから……」

望月がそれに応えようと口を開いた、そのときだった。膝《ひざ》にのせてあった彼のカバンの中から、軽やかな電子音が響き出してきた。

「あ……」と声をもらして、望月がカバンを開ける。まもなくそこから、銀色の電話機がひっぱりだされた。

「何だ。携帯、持ってるのか」

「まあ、いちおう。PHS《ピッチ》だけど」

と答えて、望月はその場で電話に出たのだが――。

「ええええっ⁉」

ややあって望月が発したのは、そんな驚きの声だった。

どうしたんだろう、と身構えるぼくの目の前で、電話機を耳に押し当てた彼の顔色が見る見る変わっていく。そうしてやがて——。

「風見くんから、だった」

低く押し殺した——というより、今にもぺしゃんこに押し潰《つぶ》されてしまいそうな声で、望月はそれを告げたのだ。

「高林くんが死んだんだって。自宅で、心臓の発作を起こして……」

9

高林郁夫。

幼いころから心臓が弱くて、学校も休みがちだったらしい。昨年あたりからだいぶぐあいが良くなってきていたのが、この二、三日で急に調子を崩したあげく、死に至る発作に見舞われたのだという。

病院のエレヴェーター事故で命を落とした水野さんに続いて、まだほとんど話をしたこともなかったこのクラスメイトの、突然の死。——三年三組に関係する今年の〈六月の死者〉は、こうして二人になったのだった。

Chapter 8

June Ⅲ

1

朝の階段で、何日かぶりで学校に出てきた三神先生と遭遇した。週明けの月曜、六月八日のことだ。

C号館の東階段の、二階と三階のあいだの踊り場あたりで。ぼくは上りで、三神先生は下りで。時刻は八時三十分ちょい前で……。

「……あ、おはよう、ございます」

慌てて、われながらぎこちない声で挨拶《あいさつ》をした。三神先生は足を止め、何だか不思議なものでも見る目でこちらを見下ろしたが、その視線はすぐにぼくから離れてしまい、不自然に宙を泳いだ。

「おはようござ……あの、早いんですね。まだ予鈴も鳴ってないのに……ええと、その……」

返ってくる挨拶も応《こた》えもなかった。何か妙だな、と思ったけれど、どうしたのかとここで問いただすわけにもいかない。どうにも居心地の良くない、というか、きまりの悪いわずかな間があって——。

結局、三神先生の口からはひと言もないまま、ぼくたちはすれちがったのだ。そのとたん、チャイムが鳴りはじめた。

当然の疑問、その一。

なぜこの時間に、先生は階段を降りてきたのか。SHR《ショートホームルーム》が始まるのはこれからなのに。

——なのに、どうして教室へ向かわずに離れていったんだろう。

三階の廊下にはまだ、たむろしている何人かの男子女子がいた。だが、どれもよそのクラスの連中ばかりで、見知った三組の生徒の姿は含まれていない。

きょうは、鳴はどうだろう。学校に現われるだろうか、それとも……。

考えるともなしに考えつつ、教室の後ろの戸を開けてみて——。

ぼくは驚いた。

先週の木曜日、夜見山署の刑事たちの事情聴取から解放されてこの教室に戻ってきた、あのときとは逆の驚き。

六限目の途中で、教室にいるはずのみんなが一人もいなかったことに、あのときは驚いたのだった。今度はその逆で……つまり、まだ朝一番の予鈴が鳴ったばかりだというのに、このときの教室にはもうクラスのほぼ全員がいて、整然と着席していたのだ。

「あ……」

思わず声をもらしたぼくのほうを、幾人かの生徒たちが振り返った。が、それ以上は何も反応せずにすぐ前へ向き直る。

久保寺先生が教壇の横手に立っていた。教壇の上には生徒が二人——風見智彦と、新しく女子のクラス委員長になった赤沢泉美がいる。

静まり返った教室の、何やら異様な空気に激しく戸惑いながら、ぼくはそろそろと自分の席についた。

「それじゃあ、そういうことで。何か……いや、もういいですね」

教壇の風見が云った。どこかおどおどした声音に聞こえた。かたわらで赤沢は、ちょっと斜めを向いて腕組みをしている。その様子が何となく、いささかアナクロな云い方をすれば女番長めいて見えた。

「何か今朝、あったっけ」

前の席の生徒の背中を小突いて、囁《ささや》き声で訊《き》いてみた。和久井《わくい》というその男子はしかし、振り向きも答えもしない。

　ともあれ、さっき三神先生が階段を降りてきたのはこういうわけか。——と、それだけは腑《ふ》に落ちた。副担任を務めるこのクラスのこの会合に、彼女もさっきまで顔を出していて、それで……。

　ぼくはそっと視線を巡らせる。

　案の定、鳴の姿はなかった。そのほかに空席は二つ。桜木ゆかりのと、それからそう、先週末に急死したという高林郁夫の。

　風見と赤沢が教壇を降り、席に戻った。入れ違いに久保寺先生が真ん中に立った。

「二ヵ月の短い期間でしたが、同じ教室でともに学んだ高林くんのご冥福《めいふく》を、みんなでお祈りしましょう」

　久保寺先生は神妙な面持ちで、けれどもどこか、教科書の例文を読み上げるみたいな調子で言葉を連ねていった。

「きょう、午前十時から告別式がありますので、風見くんと赤沢さんにはクラス代表で参列してもらうことになります。私も行ってまいります。万一その間に何かあれば、三神先生に相談するようにしてください。よろしいですか」

　しん、と静まり返ったままの教室。みんなに語りかけているというのに、久保寺先生は斜めに天井のほうを見上げ、視線を動かそうとしない。

「悲しい出来事が続きますが、挫《くじ》けずに、決してあきらめずに、みんなで力を合わせて切り抜けましょう。よろしいですか」

あきらめずに切り抜ける？　みんなで力を合わせて？　――うーむ。何だか微妙に意味が分からない。

「では……みなさんくれぐれも、クラスの決めごとは守るように。三神先生も、むずかしい立場でありながら、『できるだけのことを』とさっき云ってくださいました。ですから……よろしいですか」

三度めの「よろしいですか」で初めて、久保寺先生は生徒たちの顔に視線を下ろした。おそらくぼくを除く全員が、おそらく先生と同じような神妙な面持ちで深く頷《うなず》いていた。

ああ、やっぱり云っている意味がよく分からない。それでもしかし、たとえばここで手を挙げて「質問！」と云いだせるような雰囲気では全然なくて……。

その後しばらくして教室を出ていくまでのあいだ、久保寺先生は一度として、ぼくのほうに目を向けることがなかった。これはたぶん、気のせいではなかったと思う。

2

一限目は社会科で、この授業が終わるとぼくは、すぐに席を立って望月優矢に声をかけた。

一昨日の土曜は、高林の死を知らせる電話を受けたあと、蒼《あお》ざめた顔でそそくさと帰ってしまった望月だった。あのときの話が当然、気になっていたものだから。——ところが。

彼の反応はある意味、非常にあからさまだった。

ぼくの呼びかけは聞こえたはずなのに何とも応えず、おろおろと周囲を見まわしたかと思うと、逃げるような小走りで教室から出ていってしまったのだ。追いかけるのも少々しゃくにさわるので、そのまま放っておいた。

何だよ、あいつ。

と、このときはまだそう思ったくらいだった。土曜日にこっそりうちへ来た事実を、そんなに人に知られたくないのか、と。

けれども、話はそれだけでは済まなかったのだ。そのあと昼休みまでのあいだに、ぼくはいやでもそう悟らされることとなる。

望月に限らず、なのだった。

たとえば前の席の和久井。二限目が始まる前、また背中を小突いて「ちょっと」と呼びかけてみたのだけれど、やっぱり振り向きもしない。

何だよ、もう……と、ぼくは口を尖《とが》らせた。

和久井には喘息《ぜんそく》の持病があるみたいで、授業中なんかにもたまに携帯用の薬剤吸入器を使っている。同じ呼吸器系の病をわずらっている者同士、ぼくのほうは何となく親近感を覚えていたのに……何だよもう、そのにべもない態度は。

と、いささかむっとしたぼくだったのだが、これにしても一つの例にすぎなかったわけで。つまり――。

クラスの誰一人として、ぼくに話しかけてくる者がいないのだ。こちらから話しかけても、和久井のように何も反応しないか、望月のように黙ってその場を離れていってしまうか。風見も勅使河原も、そのほか何人かの、先週まではわりあい気やすく会話していた連中も……。

昼休みには、勅使河原の携帯に電話してみた。しかし聞こえてきたのは、「電源が入っていないか、電波の届かない場所に……」というお決まりのメッセージ。休み時間中に三度かけなおしてみたが、三度ともそうだった。望月を見つけてまた声をかけてもみたが、このときも一限目のあとと同じような対応をされた。

それやこれやで――。

結局のところこの日、ぼくはクラスの誰とも満足に言葉を交わすことがなくて……いや、それどころか、授業中に教師から指名されたりする機会さえ一度もなくて、独り言以外はほとんど声を出さない、出しても応える相手がいないという状態がえんえんと続いたのだった。

そんな中——。

いやおうなく、ぼくは改めて考えてみざるをえなかったのだ。

五月の初め、この三年三組の一員になった当初から感じつづけてきた、見崎鳴を巡る違和感＝「謎」の一つ一つ、あるいはその全体について。この一ヵ月のあいだずっと、摑《つか》めそうで摑みきれないでいたその意味について。その背景について。それらを取り囲むこの〝現実〟のありようについて……。

3

焦点となるのは、もはや云うまでもないだろう、見崎鳴はいるのか、いないのか、という問題だ。

いるのか、いないのか。

彼女はこのクラスに、この世界に存在するのか、しないのか。

転校してきてほどなく気になりはじめた、いくつもの不審点。いちいち数え上げていけば、それこそきりがないが。

クラスの中でたった一人、誰とも接触を持たない——持とうとしない様子が、彼女にはあった。彼女のほうからだけではない。こうして思い返してみても、クラスの誰かが彼女に近づいていったり話しかけたり、彼女の名を呼んだり口にしたり……といった場面を、ぼくはただの一度も見たことがない。

そんな中で、ぼくが彼女と接触したり彼女について語ったりしたとき、みんなが示した反応……。

たとえば最初の日、0号館の前のベンチに鳴を見つけて話しかけたときの、風見と勅使河原の。同じ日、体育の見学中だった桜木ゆかりとの会話でぼくが鳴の名を出したときの、桜木の。その翌日だったか、第二図書室にいる鳴を見つけてそこに入っていったときの、勅使河原と望月の。——ほかにもある。いろいろとある。

あげく、勅使河原はご丁寧にも電話で忠告までしてくれた。

——いないものの相手をするのはよせ。ヤバいんだよ、それ。

その後、水野さんが弟の猛から聞いたという言葉もある。

——「そんな生徒、うちのクラスにはいない」って、見たことがないような、すごい真剣な顔で云うの。

——その子って、本当にいるの？

鳴と接触しない、接触しようとしない、というのは何も生徒に限った話じゃない。多かれ少なかれ、三年三組にかかわる教師たちも同様に見えた。

このクラスではどの教師も、時限の初めに点呼形式で出席をとることをしない。だから彼らが「見崎鳴」の名を呼ぶことはない。授業中にはやはり、いまだに一度も、鳴が指名されてテキストを読まされたり問題を解かされたり、といった場面を見たことがない。

体育の時間、近くで見学せずに一人で屋上に昇っていても咎《とが》められない。授業に遅れてきても、授業をサボっても、試験を途中退出しても、欠席が何日も続いても……教師も生徒も誰一人、気にとめるふうもなく……。

最初に病院で遭遇したさいの状況が状況だけに——という事情も手伝ってだろう、まさかとは思いつつも、ときとしてぼくも「見崎鳴の非在」を疑ってみることがあったのだ。

——いないもの、だから。

彼女自身がいつだったか、そんなふうに云ったりもしたし。

——みんなにはわたしのこと、見えてないの。見えてるのは榊原くん、あなただけ……だとしたら?

〈夜見のたそがれの……。〉の地下のあの部屋で、彼女の突然の出現や消失、という奇怪な出来事に直面したりもしたし……。

見崎鳴は本当はいない、存在しないのではないか。

彼女は実在ではなく、ぼくの目だけにその姿が見え、ぼくの耳だけにその声が聞こえている幽霊のようなものなのではないか。

教室の中でただ一つ、彼女の机だけがひどく古びた型のものだったり、彼女が胸に付けた名札の台紙が、いやに汚れてしわだらけのものだったり、という事実が、何となくその傍証のように思えたりもして……。

……しかし。

現実的に考えれば、そう、そんな莫迦《ばか》げた話はあるはずがないわけで、するとさまざまな出来事や事実のすべてに対して別の説明をするしかないわけで……というか、このように考えるほうがずっと当たり前、といった解釈がもちろん、あるにはあったのだ。

見崎鳴はいる、確かに存在する。

けれども、まわりのみんながみんなして、見崎鳴なんていう生徒はここには存在しないかのようにふるまいつづけている。——と、そんな解釈。

もしかしてこれは、いわゆる「いじめ」の一種なのか、と疑ってもみた。クラス全員による徹底した無視、という形でのいじめ。——だが、確か水野さんにも話したことだけれど、それにしては様子が変だとも思ったのだ。

ぼく自身が去年、「サカキバラ」にまつわる例の一件で実際にいやな思いをした経験があるだけに、よけいそう感じたのかもしれない。単なる「しかといじめ」とは全然、これは違う。漠然とした云い方になってしまうが、そこに漂っている空気が何だかあまりにも違う。違いすぎる。

——むしろみんな、彼女を怖がってるっていうか。

ああ、そうだ。そんなふうに、水野さんには云った憶《おぼ》えもあるが……。

……いずれにせよ。

見崎鳴はいるのか、いないのか。

どちらが真でどちらが偽なのか、考えてみてもなかなか答えを決めづらい、これは問題だったのだ。こっちから何か、思いきった行動にでも出ない限りは。

二つの極論のあいだをぼくは、そのときどきの状況や心理状態に左右されながら、幾度も揺れ動きつづけてきた。そうならざるをえなかったようにも思う。――けれど。

きょうやっと、みずからの実感を通じて一つの答えに行き当たった気がした。すべてとは云わないが、その核心にあるものの〝形〟は分かった気がした。

それがすなわち、ぼくに対するこれだ。

これと同様のことがたぶん、鳴に対しても継続的に行なわれてきたのだ、と。

試しに、六限目の国語の授業の途中で勝手に独り席を立ち、教室を出てみた。クラス全体に一瞬、若干のざわめきは生まれたものの、ぼくの行動を咎める久保寺先生の声はなかった。ああ……やっぱり、そういう話なのか。

廊下の窓に寄りかかって、ぼくは低く雲の垂れ込めた梅雨空を見上げる。何とも憂鬱《ゆううつ》な気分だったけれど、その一方で心には、どこか少しせいせいしたような部分もあった。

「何が？」については、これである程度のところ分かってきたように思う。

次の大きな問題は、「なぜ？」だ。

4

六限目の終了と同時に、ぼくは黙って教室に戻った。久保寺先生は当然のごとく、ぼくには何も云わず、一瞥《いちべつ》もくれずに立ち去っていった。

カバンを取りに席へ向かおうとして、そこでたまたま、帰り支度をしている望月と目が合った。例によって彼は慌てて視線をそらしたが、そのさいに唇が、小さく短く動いた。

「ごめんよ」という発音を、ぼくはその動きに読み取った。

——榊原くんにしてみればとても不愉快なことがこれから、あるかもしれないの。

土曜日に会ったときの望月の言葉が、おのずと思い出された。

——今後もしも何かいやな目に遭うことがあっても……我慢してほしいの。

彼は大真面目にそう云っていた。こうべを垂れて、弱々しく吐息して。

——みんなのためだと思って、お願いだから。

みんなのため……そこにもしかしたら、「なぜ？」の答えがあるんだろうか。

席に戻って、教科書やノートをカバンに詰め込んだ。それから念のため、机の中を覗《のぞ》いてみて——。

自分では入れた憶えのないものが入っていることに、ぼくは気づいた。

二つ折りにしたＡ４サイズの紙が、二枚。

取り出して開いてみて、ぼくは思わず「ああ」と声を落とした。すぐにあたりを見まわしたが、望月の姿はもう教室にはなかった。

二枚のその紙は、三年三組のクラス名簿のコピーだったのだ。土曜日のぼくの頼みに応えて、きっと望月がこれを……。

一枚めの裏面に、緑色のペンで記された文字が並んでいた。かなりの悪筆で、なおかつ走り書きで……だが、何が書いてあるのかはかろうじて判読できた。


ごめん。

事情は見崎さんから聞いて。


ぼくはもう一度あたりを見まわし、今度は意識的に声を低くして「ああ」と呟《つぶや》いた。

ここには確かに「見崎さん」と書かれている。クラス内の第三者によって、はっきりと彼女の名が語られている。積極的に「見崎鳴」の存在が認められている。——ああ、こんなことは初めてではないか。

鳴はやはりい、る。この世界に存在する、のだ。

うっかりすると、何だか涙が滲《にじ》んできそうになるのを懸命に抑えつつ——。ぼくは紙を表に返し、名簿に並んだ生徒の名をチェックしていった。そうしてすぐに、それを見つけた。

「見崎鳴」という氏名は、まぎれもなくそこに記載されていた。ただしそれは、縦罫《たてけい》を挟んでその横に記された彼女の住所と電話番号ともども、二本線で消されてしまっている。

——これは？　どういう意味だと受け取ればいいんだろうか。

二本線があってもしかし、その住所と電話番号は充分に判読可能だった。

夜見山市御先町4—4

これが、見崎鳴の住所。

「御先町」というこの町名はむろんのこと、「4—4」というこの番地にも、ぼくは憶えがあった。おそらく間違いないだろう。

〈夜見のたそがれの、うつろなる蒼き瞳《ひとみ》の。〉——あの人形ギャラリーのあるあの建物こそがやはり、鳴の家だったのだ。

5

電話に出たのは母親らしき女性だった。

「あの、見崎……鳴さん、おられますか。あのぼく、彼女の同級生で榊原といいます」

「――はい？」

ちょっとびっくりしたような、あるいは不安そうな声音で、相手は応えた。

「さかきばら、さん」

「榊原恒一です。夜見北の三年三組の……あ、そちら見崎さんのお宅ですよね」

「――そうですが」

「鳴さんはあの、今そちらに……」

「――どうかしら」

「学校にはきょう、来ておられなかったので……ええと、もしもご在宅なら、鳴さんに代わっていただけませんか」

住所と電話番号が判明した以上、ぐずぐずしてはいられない気持ちになった。校舎を出て、ひとけの少ない校庭の片隅まで行って、そこからさっそく携帯で、名簿にあった番号に電話してみたのだ。

母親らしき相手は、少なからず迷いがあるふうに「そうねえ」と返事を濁した。ぼくが「お願いします」ともうひと押しすると、ややあって、

「――そうね。じゃあ、しばらくお待ちくださいな」

それからずいぶん長いあいだ、ひびわれた音色で奏でられる「エリーゼのために」（さすがにこの曲名はぼくにも分かった）のリピートを聴かされたあと、ようやく——。

「はい」

鳴の声が耳に返ってきた。ぼくは携帯を握り直した。

「あ、榊原だけど。いきなり電話しちゃって、ごめん」
二、三秒の微妙な間があって、
「どうしたの」

そっけなく問われた。

「会いたいんだけど」

ぼくはためらわず答えた。

「会って、話を聞きたいんだけど」

「わたしに、話を？」

「うん」

ぼくはすぐさま言葉を接《つ》いだ。

「きみんち、あそこなんだろ。御先町のあの人形ギャラリーが、つまり……」

「そんなの、とっくに分かってるんだろうと思ってた」

「うすうすは……でもさっき、クラス名簿を見て確認して。望月がコピーをくれてさ。でもってあいつが、事情は見崎から聞けって」

「――ふうん？」

無関心な――というより、あまり興味がなさそうな様子をわざと演じているような反応だった。ぼくのほうは逆に、いくぶん声高になって、

「高林郁夫が死んだの、知ってる？」

「えっ」

と、これには素直な反応があった。短い驚きの声。――高林の件は知らないでいたらしい。

「先週土曜の午後、心臓の発作で急にだって。前から悪かったそうなんだけれども」

「――そう」

ことさらのように淡々とした調子に戻り、鳴は云った。

「六月の二人めは病死、か」

六月の、二人め。――「二人め」は水野さん、ということ？

「それで、きょう――」

ぼくはひるまずに続けた。

「学校へ行ったらクラスの様子が変で。何て云うかな、みんなで示し合わせて、まるでぼくが〈いないもの〉であるかのようにふるまう、っていうか」

「榊原くんを？」

「うん。今朝、登校したときからずっと。——で、だからさ、もしかしてこれ、きみもおんなじふうに……」

いくばくかの沈黙を挟んで、やがて——。

「そういう、こ、ことにしたのか」

長い溜息《ためいき》をつくように、鳴は云ったのだった。

「それってどういう？」

ぼくは語気を強めて訊いた。

「どうして……みんなしてなぜ、こんな」

直前の沈黙と同じぶん待ってみたけれど、返ってくる答えはない。ぼくは、今度はやや声を抑え気味にして云った。

「とにかく——だからきみに会って、『事情』を聞きたくて」

「…………」

「ねえ、今から会えないかな」

「…………」

「ねえ、見崎……」

「いいよ」

ぽそりと返事があった。

「榊原くんは今、どこに」

「まだ学校。これから下校しようかっていうところ」

「なら、うちに来る？　場所、分かるよね」

「あ、うん」

「じゃあ……そうね、三十分後とか。地下のあの部屋で。いい？」

「分かった。行くよ」

「アマネのおばあちゃんには云っておくから。——待ってるね」

「アマネ」は「天根」と書く——と、これはのちに知った話。「おばあちゃん」という言葉からすぐに、ぼくは入口脇のテーブルで客を迎える例の老女を思い出した。

6

そうして三たび、ぼくは〈夜見のたそがれの、うつろなる蒼き瞳の。〉を訪れたのだ。からん、と鈍く響くドアベル。白髪の老女の「いらっしゃいませ」という声。黄昏《たそがれ》前の館内の、黄昏めいた仄暗《ほのぐら》さ……。

「地下《した》に鳴がいるよ」

　ぼくの顔を見ると、老女は云った。

「どうぞお入りなさいな。お代はいらないからね」

　一階のギャラリーに客の姿はなかった。

　——ほかにお客さんもいないし……。

　そう。これまでに二度ここを訪れたとき、老女は二度ともぼくにそう告げたのだ。ほかに客はいない、と。——なのに。

にもかかわらず、その二度とも、地下へ降りてみるとそこには鳴がいたのだった。

なぜだろう、とぼくはちょっとしたひっかかりを覚え、不思議に思い……そのせいで多少なりとも、「見崎鳴の非在」に心が傾いてしまいそうにもなったものだったが——。

けれども答えは、しごく単純なところにあったわけだ。

分かってみれば不思議でも何でもない話だった。老女は他意もなく、そのときどきのありのままを告げたにすぎない。

　——ほかにお客さんもいないし……。

　まったくこの言葉のとおりだったのだ。

　鳴は「お客さん」ではなかったのだから。このギャラリーも含めたこの建物——この家の住人だったのだから。

　陳列された人形たちのあいだを忍び足ですりぬけ、ぼくは奥の階段へと向かう。人形たちの代わりの深い呼吸を、意識的にまた繰り返しながら。

館内に流れる音楽は、きょうは絃楽の調べではなくて、はかなげな女性歌手の歌声。声と同様にはかなげな旋律に乗ったこの歌詞は、日本語でも英語でもない、たぶんフランス語だろう。

時刻は午後四時半を少しまわったところだった。一階よりもやはりひんやりとした、穴蔵めいたその地下の展示室の、ちょうど中央あたりに——。

見崎鳴は独り、立っていた。たっぷりとした黒い長袖《ながそで》シャツに黒いジーンズという、初めて見る制服以外のいでたちだった。

いやおうなく高まる緊張を抑えつつ、「やあ」と軽く手を挙げると、

「どう？」

彼女はうっすらと笑んで訊いてきた。

「〈いないもの〉になった感想は？」

「あんまりいい気分じゃない」

答えて、ぼくはわざと唇を尖《とが》らせた。

「でも——それでもちょっと、すっきりしたかも」

「すっきり？　何で」

「見崎鳴はいる、と分かったから」

——でも。

それでもなお、もしかしたら今ここにいる彼女は、本当の本当はいないものなのではないか……という疑いが、ほんのかすかにではあるが脳裡《のうり》をよぎる。

ぼくは強い瞬《まばた》きでそれを振り払い、まっすぐに鳴を見すえて一歩、近づいた。

「ここで初めて、きみと会ったとき」

ほとんど自分に云い聞かせるつもりで、ぼくは言葉を連ねた。

「確かこんなふうに云ったよね。『たまに降りてくるの。嫌いじゃないから、ここ』って。あのとき、きみは学校帰りなのにカバンを持っていなくて……だからつまりあれは、この建物の上の階に普段は住んでいて、それで『たまに降りてくる』っていう意味だったんだよね。あのときは、帰宅してカバンを置いたあと、たまたま気が向いてここに降りてきて……」

「もちろん、そうよ」

頷く鳴の顔にはまた、うっすらと笑みが滲んでいる。ぼくは続けて、

「あのときぼくが、家はこの近くなのかって訊いたら、『まあ、そう』って答えたよね。あれは……」

「だって、住居に使っているのはこのビルの三階だから。『近く』には違いないでしょ」

うん、そう。そういう話だったわけだ。

「いつも入口にいるおばあさんが、さっき云ってた『アマネのおばあちゃん』？」

「お母さんの伯母《おば》さんに当たる人……だから、わたしの大伯母さん。お母さんは早くに死んじゃったから、わたしにしてみれば本当のおばあちゃんみたいなものね」

鳴は淡々と、けれども澱《よど》みなく答えた。

「強い光が目に良くないとかで、最近はいつもあんな眼鏡をかけてるの。人の顔はちゃんと区別できるそうだから、仕事に支障はないみたいだけれど」

「電話に出たのはお母さん？」

「びっくりしてたよ。わたしに学校の友だちから電話なんて、めったにないことだし」

「そっか。――ええとね、これは勝手な想像なんだけど、きみのお母さんって、ひょっとしたら……」

「何？」

「えっとつまり、お母さんはその、ここにある人形を創った霧果っていう人？」

「そう」

鳴は悪びれるふうもなく頷いた。

「雅号っていうのかな、それが霧果ね。本名はもっとありふれた名前。日中はだいたい二階の工房に閉じこもって、人形を創ったり絵を描いたりしてるの。――変わった人」

「〈工房 m〉の『m』は、MISAKIの頭文字だったり？」

「単純な話でしょ」

二度めにここを訪れたとき、外階段の踊り場にいたあの、山吹色の服の中年女性。とっさにぼくは人形工房の関係者かと思ったものだったけれども、あれがもしかしたら、鳴の母親——人形作家の霧果その人だったのではないか。

「お父さんは?」

続けて訊くと、鳴はすっと視線をそらしながら、

「榊原くんちと同じじょ」

と答えた。

「って……海外に?」

「今ごろはドイツかな。一年のうち半分以上は日本にいなくて、残りの半分以上は東京のほうにいて」

「貿易関係の仕事とか」

「さあ。詳しくは知らないけれど……でも、お金はたくさんあるみたいで、だからこんなビルを建てて、お母さんには好きにさせてるのね」

「へえぇ」

「家族とはいっても、ほとんどつながっていない感じ。——べつにいいけど」

見崎鳴という人物のまわりにこれまで立ち込めていた、薄墨を溶かし込んだような霧。

それが少しずつ晴れていく実感に、ぼくはなぜかしら軽い戸惑いを覚えてもいた。

「三階に行く?」

と、鳴が訊いた。

「それともここで話を続ける?」

「あ、いや」

「榊原くんはここ、苦手でしょ」

「いや、そんなに苦手なわけじゃあ」

「だけど、まだまだ慣れてないよね。人形たちの〝虚《うつ》ろ〟が密集したこの場所の空気に。訊きたいこと、もっとたくさんあるんでしょう」

「ああ、うん」

「だったら……」

云って、鳴は静かに踵《きびす》を返した。そのまま部屋の奥に向かって歩きだす。彼女にそっくりな少女人形が納められた例の黒い棺《ひつぎ》の向こう側へと、そして姿を消した。ぼくは何拍か遅れて、慌ててそのあとを追った。

棺の後ろ——壁に掛かった暗赤色のカーテンが、空調の風を受けてきょうもわずかにそよいでいた。

鳴はぼくのほうをちらと振り返ってから、黙ってそのカーテンを引き開けた。すると、そこには――。

クリーム色の鉄の扉が。

扉の横の壁面には、四角いプラスティックのボタンが。

「これには気づいてた？」

ボタンを押しながら、鳴が訊いた。ぼくはしかつめ顔で頷きを返し、

「前に来たとき、ここできみが消えちゃったから。さすがにあのとき、カーテンの後ろを確かめてみたよ」

鉄の扉が、低いモーター音とともに左右に開いた。この地階と上階とを結ぶ、それはエレヴェーターの扉だった。

「どうぞ、榊原くん」

先に乗り込んで、鳴がぼくを手招いた。

「上でゆっくり話をしましょ」

7

ガラストップのローテーブルを囲んで、黒い革張りのソファが三つ置かれていた。ダブルが一つにシングルが二つ。シングルの一つにすとんと腰を下ろすと、鳴は「ふっ」と短

く息をついてからぼくのほうを見やり、

「どうぞ。適当に坐《すわ》って」

「あ……うん」

「お茶とか、飲む？」

「あ……いや、おかまいなく」

「わたしは喉《のど》、渇いた。レモンティー？　ミルクティー？」

「あ……どっちでも」

　エレヴェーターで上がった三階の、見崎家の住居。その第一印象は、何とも云えない生活感の希薄さだった。

　通されたのは広々としたリビング＆ダイニングだったが、広さのわりにはいやに家具が少ないうえ、隅々までいやに整然とかたづいている。テーブルの真ん中に放り出されたテレビのリモコン、その無造作さが不自然にさえ見えた。

　窓は閉めきられ、エアコンが作動していた。まだ六月の上旬だというのに、これでもかと云うくらい冷房が効いている。

　いったんソファから立ってキッチンのほうへ向かった鳴が、すぐに缶入りの紅茶を二本持って戻ってきた。「はい」と一本をぼくの前に置き、自分のぶんのプルトップを開けながら、ふたたびすとんとソファに腰を下ろす。

「――で？」

こくっ、とひと口、紅茶を喉に流し込んでから、鳴は涼やかなまなざしでこちらを見た。

「何から話せばいい？」

「あ……ええと、それは」

「質問、そっちからしてくれる？　そのほうが話しやすいかも」

「質問攻めは嫌いなんじゃなかったっけ」

「嫌い――だけど、きょうは特別に認めます」

教師みたいな口調で云って、鳴はおかしそうに微笑む。つられてぼくも緊張を緩めたが、すぐに気を引きしめて、「それじゃあ」と背筋を伸ばした。

「まず、改めて確認」

ぼくは云った。

「見崎鳴――きみは、いる、いるんだよね」

「幽霊かもしれない、って思ってた？」

「正直、そんなふうに思う瞬間もなかったわけじゃないけど」

「ま、それも仕方ないよね」

鳴はまたおかしそうに微笑んで、

「でももう、疑いは晴れたでしょ。存在するかしないかっていうレベルの問題なら、わたしは確かにここにいる。生きた人間として、ちゃんと。わたしが〈いないもの〉であるのは、夜見北の、三年三組のみんなにとってだけ。本当は榊原くんにとってもそうじゃなきゃいけなかったんだけれど」

「ぼくにとっても？」

「そう。だけど、それは早々に失敗しちゃって。今度はあなたまでわたしの同類になっちゃって……困った話ね」

「失敗」「同類」――気になる言葉を頭の隅にメモしながら、

「いつから、だったのかな」

ぼくは鳴に質問した。

「クラスのみんながみんなして、見崎鳴なんて生徒はいない、というふりをしている。それはいつから始まったわけ。ずっと？」

「ずっと、って？」

「たとえば、三年に上がってすぐに？　もっと前から？」

「もちろん三年三組になってから。でも、すぐにじゃない」

答える鳴の顔に、もう微笑みはなかった。

「新学期が始まった時点では、今年は〈ない年〉だって思われたの。でも、どうやらそうじゃないみたいだって分かって、四月のうちに話し合いがまとまって……始まったのは、正確に云うと五月一日から」

「五月一日？」

「榊原くんが退院して、初めて夜見北に登校したのが六日だったよね」

「うん」

「その前の週の金曜が一日。あいだに三連休があったから、実行日数でいえば、あの日は三日めだったことに」

始まりはそんなに最近だったのか——と、この点については多分に意表をつかれた。何となくこれは、もっと以前から——少なくともぼくがこの街に来るより前から——継続的に行なわれていたものだと思い込んでいたのだ。

「いろいろ変に感じたでしょう、あの最初の日から」

「そりゃあそうさ」

ここぞとばかりに、ぼくは大きく頷いた。

「ぼくがきみに話しかけたり、きみの名前を出したりするたびに、風見も勅使河原も……まわりの連中がみんな妙な反応をするんだから。何か云いたいことがあるふうなのに、誰も云おうとしないし」

「云いたいんだけれど、どうしても云えない。そんな状態になってしまってたみたい。自縄自縛、っていう感じで。榊原くんが登校してくる前に、あらかじめちゃんと事情を知らせておかなかったのが手痛いミスね」

「ミス？」

「本来なら榊原くんも一緒になって、わたしを〈いないもの〉にしなきゃいけなかったの。そうしないと成り立たないのに……でもきっと、そこまで深刻には考えていなかった部分も、みんなの中にあったんだと思う。云ったでしょ。わたしにしても心の底では半信半疑でいたのかもしれない、って。信じる気持ちは百パーセントじゃなくて……って」

確かにそう、そんな言葉を彼女の口から聞いた憶えはあるが。

「単なる『いじめ』じゃないんだよね」

と、ぼくは質問を続けた。

「そうね。そんなふうに意識している人はいないと思う」

「——にしても、どうしてきみがその標的に？」

鳴は「さあ」とわずかに首を傾げ、

「成り行きといえば成り行きみたいなものだったけれど。もともとわたし、みんなとあまりつながっていなかったし、苗字《みょうじ》がたまたまミサキだったりもしたし……だから、ちょうど良かったんじゃないかな。わたし自身もむしろ、それで楽になったようなところもあるし」

「楽にって、そんなはず……」

「そんなはずない、って?」

「そうさ。だいたいね、クラスの連中だけじゃない、先生たちまで一緒になって一人の生徒を無視するだなんて、そんなことがあっていいわけがない」

ぼくはついつい声を荒らげてしまったが、鳴はあっさりとそれを無視して、

「三組にかかわる先生たちには、生徒とは別のルートで申し送りがされてるみたいね」

あくまでも淡々とした口ぶりで語った。

「たとえば、授業の出席を点呼形式ではとらない、とか。ほかのクラスでは点呼する先生もいるのよ。それが三組ではそうしない。わたしの名前を呼ばなくてもいいように、ね。『起立』や『礼』をしないのも三組だけだったり。同じ理由でたとえば、三組ではどの授業でも、席順に全員が当てられていくようなことはないでしょ。わたしは決して指名されないし、欠席しても途中で退出してもいっさいお咎めはなし。掃除当番だとか何だとかもぜんぶ免除。——そういう了解が、先生たちのあいだでできてるの。さすがに定期試験なんかになると、免除っていうわけにはいかないみたいだけど、いくら適当に済ませてさっさと出ちゃっても、ね、あのとおり……」

「じゃあもしかして、体育の授業も?」

「体育が、何か」

「変だなと思ったんだ。男女別習だから、一組と二組、四組と五組が二クラス合同でやる

ことになってるのに、三組だけが単独だって聞いて。全体のクラス数が奇数だから、あぶれる組が出るのは当たり前としても、どうしてそれが三組なんだろうって」

「ほかのクラスを巻き込まないため、かかわりあいを持つ生徒の数を増やさないため。そういう配慮なのかもね。そもそも体育の授業については、〈いないもの〉はなるべく参加せずに見学を、っていう〈決めごと〉があるんだけれど」

「決めごと、か」

その言葉でおのずと思い出されるのは、

——クラスの決めごとは絶対に守るように。

怜子さんに教えられた例の、「夜見北での心構え、その三」。それから先週の木曜日、誰もいない教室で久保寺先生に云われた、あの……。

——クラスの決めごとには必ず従うようにしてください。いいですね。

何だかやりきれない心地で深々と溜息をついて、鳴が持ってきてくれた缶紅茶に手を伸ばした。きんきんに冷えたレモンティー。プルトップを開けると、一気に半分くらい中身を飲んでしまう。

「細かいあれこれを挙げていくと、きりがない感じだけど」

ぼくは鳴の顔を見直した。

「要は、五月の初めからきみに対して行なわれていた、それと同じことが、今朝からぼくに対しても行なわれはじめたわけで……だからね、きょう一日の経験を通じて、何が行なわれているのかについてはだいたい分かった気がしたんだ。だけど、いまだにさっぱり分からないのは、なぜそれが行なわれているのか、ということで……」

そうだ。問題は「なぜ？」なのだ。

単なる「いじめ」ではない。当事者の鳴もそう云うし、ぼくもそうだとは思う。けれども一方で――。

生徒たちと教師たちが結託して、ある一人の生徒を〈いないもの〉として扱う。普通に考えればこれは「単なる」どころか、とんでもなく悪質な「いじめ」なんじゃないか。だからさっきはつい、「そんなことがあっていいわけがない」と声を荒らげてしまったのだったが、しかし――。

しかしそれでもやはり、少なくともここに「いじめ」という言葉や概念を当てはめて考えるのは違う、ふさわしくない。そう思えてならないのだ。

生徒にしても教師にしても、彼らの行為にはたぶん、いわゆる「いじめ」のような悪意は含まれていない。標的への軽蔑《けいべつ》も嘲笑《ちょうしょう》もなければ、差別によって集団の結びつきを強化しようというふうな意図もない。――ように思える。

そこにあるのは、むしろ恐れと怯《おび》え。――のようにも思える。

鳴を恐れているのか、と感じたこともあったけれど、そうじゃなくてそれはむしろ、鳴そのものではない、見えない何かに対する恐れであり怯えであるようにも……。

「みんなもう、必死なのね」

と、鳴が云った。

「必死？」

「五月に桜木さんと桜木さんのお母さんがあんな事故で亡くなって、だからもう半信半疑なんて云っていられなくなって……で、六月に入ってさらにまた二人、でしょ。始まってしまったのはもはや確実だから」

――と云われても。

「それで……いや、だからさ、なぜなの」

酸欠に喘《あえ》ぐ気分で、ぼくは訊いた。

「何がどんなふうに関係して、そうなるわけ？　みんなで寄ってたかって誰かを〈いないもの〉にしてしまおうなんて、そんな莫迦なまねを……」

「なぜ、って？　そう思うよね」

「思うさ」

夏服の半袖から出た両腕に、さっきから鳥肌が立っていてひかない。効きすぎている冷房のせいだけではなかった。

「二十六年前のミサキの話、憶えてる？」

左目の眼帯に、それを覆い隠すようにして左の掌を当てながら、おもむろに鳴が云った。

二十六年前の……ああ、やっぱりその話がかかわってくるのか。

「もちろん」と答えて、ぼくはソファから身を乗り出した。眼帯に掌を当てたまま、鳴は静かに語った。

「三年三組の人気者だったミサキが死んで、みんなが『それでもミサキは生きている』っていうふりをしつづけて……卒業の日の集合写真に、実際にはいるはずのないミサキの姿が写っていて。——って、そこまで話したと思うけれど」

「うん」

「続きはまだ知らない？」

「誰も教えてくれないから」

「じゃあ今、教えてあげる」

云って、鳴は淡いピンク色の唇をちろりと舌先で湿した。

「二十六年前のその出来事が引き金になって、以来、夜見北の三年三組は〝死〟に近づいてしまったの」

「〝死〟に近づいて……？」

そういえば鳴は、登校初日にC号館の屋上で会話をしたあのときにも、似たようなことを云っていた。今でも鮮明に憶えている。

――三年三組っていうクラスは、〝死〟に近いところにあるの。ほかのどの学校のどのクラスよりも、ずっと。

「どういう意味なのかな」

首を傾げながら、ぼくはしきりに両腕をさすりつづけていた。

「最初にそれが起こったのは、二十五年前――ミサキの同級生たちが卒業した次の年度の三年三組だった。以来ずっと、毎年っていうわけじゃないらしいんだけれど、だいたい二年に一度かそれ以上の割合で、同じことが起こるようになったっていうの」

「『それ』って、いったい……」

「見てきたような云い方をするけど、誤解しないでね。これは全部、人から聞いた話だから。しかも何年もの時間をかけて、何人もの人間を通して伝えられてきた話で……」

要するにやはり伝説のたぐいか――と軽く見なすわけには、よもやいかない状況だった。鳴の口もとを見すえて、ぼくは神妙に頷いてみせた。

「先生たちのルートとは別に、生徒のあいだでも申し送りのルートがあるの。前の年の三年三組から次の三年三組へ、っていうふうに。わたしもそれで初めて、詳しい事情を知ったわけ。よそのクラスや学年の生徒にもこれ、噂の形で流れてはいるみたいだけれど、基本的には三年三組の関係者だけしか知らない、決して他言しちゃいけない秘密っていうことになってて、だから……」

「ねえ、いったい何が」

腕をさする手を止められなかった。鳥肌がなかなかひいてくれないのだ。

「二十五年前の三年三組で初めて起こった、ある不思議な出来事」

放り出すようにそう云って、鳴はちょっと言葉を切った。ぼくは息を呑《の》んだ。

「それが起こってしまうと——始まってしまうとね、その年の三年三組では毎月、必ず一人以上の死者が出るの。生徒自身の場合もあれば、その家族の場合もあったり。事故死だったり病死だったり、ときには自殺だったり、何かの事件に巻き込まれてしまったり……で、これはきっと呪いだ、なんて云われたりもして」

呪い……「呪われた三年三組」、か。

「『それ』っていうのは？」

ぼくは繰り返し訊いた。

「その『ある不思議な出来事』っていうのは？」

「それはね——」

眼帯に当てていた掌をやっと離して、鳴は答えた。

「クラスの人数が一人、増えるの。誰も気づかないうちに増えているの。誰がそうなのかどうしても分からない〈もう一人〉が」

8

「一人、増える？」

わけが分からず、ぼくは訊き直した。

「増えるって、誰がどう……」

「だから、誰なのかは分からないの」

鳴は表情を動かさずに答えた。

「最初に起こったのは二十五年前——一九七三年の四月だった。新学期が始まってすぐ、教室の机と椅子が一つ足りないことが分かったの。机の数はあらかじめ、その年度のクラスの人数に合わせて人数ぶん用意してあったはず。なのに、始まってみるとなぜか一つ足りなくて」

「それで、生徒のほうが一人増えていた、って？」

「そう。だけど、増えたのが誰なのかはどうしても分からないのね。訊いてみても、誰も自分がそうだとは云わないし、ほかのみんなにも分からないの」

「——といっても」

事情がよく呑み込めないまま、ぼくはごく常識的な疑問を差し挟んだ。

「そんなの、それこそクラス名簿とか学校の記録とかで調べたら」

「だめなの、いくら調べてみても。名簿もいろんな記録も、すべて辻褄《つじつま》の合うように……っていうか、辻褄の合わないことが分からないように、それを証明できないように変わって……っていうか、改竄《かいざん》されてしまってて。ただ、机と椅子は一つ足りない」

「改竄って、誰かがこっそり細工を？」

「『改竄』は比喩《ひゆ》よ。だってね、記録だけじゃなくて、みんなの記憶まで調整されちゃうっていうんだから」

「はあぁ？」

「ありえない、って思うでしょ」

「そりゃあ……うん」

「でもね、本当のことみたい」

応じる鳴のほうも、何をどう云い表わしたらいいのか、多分に迷いがあるように見えた。

「これは誰かの作為じゃなくて、そういう『現象』なんだ。――って、ある人がそんなふうに説明してくれたんだけれど」

「現象……」

ああもう、何だかうまく理解できない。

記録の改竄？　記憶の調整？　そんなことが、いったい……。

――人が死ぬと葬式だなあ。

どういうわけかふいに、祖父のしわがれ声が耳の底を流れた。するとやおら、ずうぅ、ぅ、ぅ、ーんという妙な重低音が、

――葬式はもう堪忍、堪忍してほしいなあ。

それに覆いかぶさるようにして……。

「初めはみんな、何かの手違いだろうと思って足りない机と椅子を補充して、それ以上は気にしなかったの。まあ、当然よね。知らないうちに生徒が一人増えただなんて、ふつう考えられない話だし。そんな可能性が真面目に取沙汰《とりざた》されることなんてなかった。ところが――」

眼帯で隠されていない右の目を、鳴はゆっくりと閉じて開いた。

「さっき云ったようにその四月から、クラスの関係者が毎月、死にはじめたの。このことはまぎれもない事実」

「毎月……それが一年間？」

「一九七三年度は確か、生徒が六人、生徒の家族が十人、とか。尋常じゃないでしょう、これって」

「――ああ」

ぼくは頷かざるをえなかった。

「もしも本当に事実なんだとしたら……」

一年間に十六人。確かに当たり前な数ではない気がする。

鳴はゆっくりとまた右目を閉じて開き、「そしてね」と続けた。

「その次の年もやっぱり、同じことが起こったの。新学期が始まったときに机が一つ足りなくて、毎月誰かが死んでいって……で、実際にかかわった人たちはもう、これはただごとじゃないって。これはきっと呪いなんだっていう声も出てきて……」

呪い……「呪われた三年三組」。

「呪いって、何の呪いだと？」

問うと、鳴は平然とこう答えた。

「二十六年前に死んだミサキの、ね」

「何でミサキが呪うわけ」

ぼくは問いを重ねた。

「べつにミサキは、クラスでひどい目に遭ったんじゃないんだろう。人気者の突然の死をみんなが悲しんで……じゃなかったっけ。なのに、呪うなんて」

「おかしい、よね。わたしもそう思う。だからこれは、いわゆる『呪い』とは違うものなんだって、ある人は云ってたけれど」

「『ある人』って？」

気になって訊いてみたが、鳴は何とも答えず、「それで――」と話を先へ進めようとする。

「待って」

と制して、ぼくは左のこめかみに親指を押し当てた。

「ちょっと、整理させてくれる？　二十六年前、三年三組のミサキが死んだ。翌年度から三年三組では、誰なのか分からない〈もう一人〉が増えるようになった。そうしたら毎月、クラスの生徒や家族が死にはじめた。――ねえ、これがいったい、どういう理屈でつながってくるわけ。どうして誰かが増えると人が死ぬわけ？　どうして……」

「ちゃんとした理屈なんて分からない」

鳴は小さくかぶりを振って、

「わたし、べつにこの問題の専門家でもないし。――ただね、これまでのいろいろな出来事から、何て云うのかな、経験的に導き出された図式っていうのがあるの。毎年の申し送りでも伝えられるから、関係者はみんな知っている話で……」

いくらか声をひそめるようにして、そして彼女はこう云ったのだ。

「一人増える誰かっていうのはね、〈死者〉なの」

9

「――って」

こめかみに当てていた親指の先に、ぼくはぐいと力を込めた。

「ええと、それってええと……二十六年前に死んだミサキのこと、なのかな」

「ううん、そうじゃない」

鳴はまた小さくかぶりを振った。

「ミサキじゃない、もっとほかの〈死者〉」

「死者……」

教室の、鳴の机にあったあの落書きの文字が、

〈死者〉は、誰――？


脳裡で妖《あや》しくフラッシュした。

「きっかけは二十六年前の、三年三組のみんなの例の行ないだった。死んでしまったクラスメイトのミサキを、『それでも死んでいないもの』『本当は生きていて、ここにいるもの』だって決めて、みんなで一年間そういうふりをしつづけた。その結果、卒業式の日に

教室で撮った写真に、この世にいるはずのないミサキの姿が写ってしまった。——ね？　云ってみればこれって、〈死者〉がそこに呼び戻されちゃったわけよね」

相変わらず表情を動かすことなく、鳴は続ける。

「つまり……だから、このことが引き金になって、夜見北の三年三組っていうクラスが〝死〟に近づいちゃったんじゃないかって。〈死者〉を招き入れる器、みたいな〝場〟になってしまったんじゃないかって。そういう話なの」

「死者を、招き入れる？」

「そう。当たり前な理屈じゃあもちろん説明できないけれど、とにかくそんなふうになっていってしまったんだ、っていう話」

地下の人形たちに囲まれて語るときと同じ、何だかこの世の秘密を見透かしたような口ぶりに、いつしか鳴はなっていた。

「クラスに〈死者〉がまじるのは、クラス全体が〝死〟に近づいた結果。逆の見方もできるのかな。〈死者〉がまじるようになったから〝死〟に近づいてしまった。——いずれにせよ、ねえ榊原くん、〝死〟は虚ろなの。人形たちとおんなじ。近づきすぎると吸い込まれてしまう。だから……」

「だから毎月、死人が出るって？」

「こんな考え方はどうかな。勝手に考えてみたんだけれど」

鳴は云った。

「〝死〟に近づいちゃうぶん、そうじゃない〝場〟よりも人が死にやすい状態になってしまう、とか」

「死にやすい？」

「たとえば同じ日常生活を送っていても、事故に遭いやすい。同じ事故に遭っても、大きな怪我をしやすい。同じ怪我をしても、それが死につながりやすい。——っていうふうに」

「ああ……」

さまざまな局面でそんな、リスクの偏りみたいなものが発生して、積み重なっていって……どこかで決定的に〝死〟に引き込まれてしまう？　そういう解釈をしろというのだろうか。

だから桜木ゆかりは、あんなにも不運な偶然の重なりのあげくに命を落としたと？　水野さんが、あんなエレヴェーターの事故で死んでしまったのも……。

「……でも、そんな」

信じられない、と思った。

信じられるはずがない。常識的な思考のもとでは、とうてい受け入れられない話だ。とうてい、ぼくには……。

――榊原ってあれか？　レイとかタタリとか、信じるほう？

激しい当惑の中で、思い出される場面がいくつもあった。

――いわゆる超常現象一般については？

これは登校初日の昼休み、勅使河原と風見の口から発せられた唐突な問いかけ。――ああやって、彼らは探りを入れていたのか。この問題を転校生のぼくに打ち明ける、そのとっかかりを摑むために？

なのに、あのあと彼らがそれ以上、突っ込んだ話をしなかったのは……。

……そうだ。

0号館の前の、花壇の向こうのベンチに鳴がいるのを、あのときぼくが見つけたから。狼狽《ろうばい》する二人を無視して、ぼくが彼女のほうへ向かっていったから……だから？

「ええとその、よく分からないことをいくつか、質問してもいい？」

こめかみから指を離して、ぼくは訊いた。「どうぞ」と答えて、鳴は左目の眼帯を撫《な》でた。

「でも、わたしは専門家じゃないからね。よく分かってないこともいっぱいあるし」

「――うん」

頷いて、ぼくは背筋を伸ばした。

「ええとまず……一人増えるその誰かは〈死者〉だっていうけど、それって幽霊みたいなものなの？」

　鳴は「さあ」と首を斜めに倒して、

「たぶん、世間一般の『幽霊』のイメージとは違うもの。霊だけの存在じゃなくて、実体があるそうだから」

「実体が……」

「変な云い方になるけれど、ちゃんと肉体のある、生きている者と寸分変わらない〈死者〉、なんだって」

「じゃあ、ゾンビみたいな？」

「さあ……」

　鳴はまた首を斜めに倒しながら、ぼくの顔を見返す。

「違う、と思う。人を襲ったり食べたりはしないし」

「だろうね」

「毎月人が死ぬのも、〈死者〉が自分で手を下して死なせるわけじゃないし。何でも、〈死者〉にはちゃんと心もあって、状況に整合するような記憶も持っていて、そしてきっと、自分が〈死者〉だっていうことにもぜんぜん気づいてないんだって。だから見分けがつかないんだ、とか」

「うーん。それじゃあ――」

　ぼくはそろりと質問をつなげた。

「その年のクラスにまじった〈もう一人〉が誰だったのかってことは、どこかの時点で判明するわけ？　だよね？」

「それは、そう、卒業式が終わったときに分かるっていう話」

「どうやって分かるの」

「〈もう一人〉が消えちゃうから。そうしたら関係する記録や記憶も、もとどおりになるっていうけど」

「具体的にはいったい、どんな〈死者〉がまじるのかな。学校やクラスと縁もゆかりもない人間が、なんてことも？」

「さあ……あ、でも、原則みたいなものはあるんだとか」

「原則？」

「それまでにこの〈現象〉の中で死んだ人。三年三組の生徒本人だったり、その弟や妹だったり……」

「なら、二十五年前の最初のときは誰だったんだろう。前の年に死んだミサキ本人が？　だけど、それだとさすがに……」

　さすがに誰かが、「ミサキがいる」と気づいたんじゃないか。――そう思ってしまうのはおそらく、ぼくがどうしても「常識的な思考」から離れられずにいる証拠なのだろう。

「いろんな改変や改竄が勝手に起こるんだから、仮にミサキ本人だったとしてもおかしくないのかも」

鳴が答えた。

「でもね、その年はそうじゃなかったって聞いてる」

「じゃあ、いったい誰が」

「ミサキの弟か妹だって。ミサキが死んだのと同じときにその子も死んでて……ミサキとは一歳違いで、ちょうどその年に三年生になるはずだったって」

「弟か妹……そっか」

ぼくはそこで、みずから言葉にして確認せずにはいられなかった。

「前の年に死んだはずのその子がクラスにいるのを、一年のあいだみんな——生徒も先生も、誰も気がつかないで、現実として受け入れていたと？」

「そういうこと、ね」

頷いて長い息を落として、鳴は「くたびれた」とでも云いたげに瞑目《めいもく》する。二秒、三秒……と過ぎたところで、「ああ、でも」と呟いて右目を細く開き、

「こんなふうにいくら説明してみても、考えてみたらこれって、あんまり確かな話じゃないよね」

「どうして？」

「だって――」

鳴は少し口ごもったが、そのあとはほとんど澱みなくこう語った。

「それが起こった年のあとは、もちろん人がたくさん死んだ事実は事実として残るんだけど、それそのものについては――特に誰が〈もう一人〉としてクラスにまぎれこんでいたのかっていうことについては、みんなの記憶から消えていくんだって。これは個人差があって、中にはすぐにそうなる人もいるらしいけれど、多くの場合はだんだんと記憶が曖昧《あいまい》になっていって、いずれ……」

「忘れてしまう？」

「ある人から、こんな喩《たと》え話を聞いた」

と、鳴は続けた。

「堤防が決壊して、川の水が街に溢《あふ》れたとするでしょう。その水がやがて退《ひ》いていくみたいに……。洪水があった事実は確かに残るけど、水が退いてしまったあとは、どこがどう水びたしになっていたのかは曖昧になってしまう。そんな感じ。無理に忘れさせられるっていうよりもね、おのずと忘れざるをえないのかもしれない、って」

「…………」

「二十五年前って、わたしたちにとっては生まれる前の昔話だけれど、世間的にはそんなに大昔でもない。でも、そうやって関係者の記憶が曖昧になってしまうんだったら、前に榊原くんが云ったように、これってもう立派な『伝説』のたぐいよね」

そう云って鳴はわずかに口もとを緩めたが、すぐにまた表情を止めて、

「わたしも二年の終わりまでは、断片的な噂をちらっと耳にしたことがあるくらいだったの。それがこの春休み、三年のクラス編成が決まったあと、すぐに呼び出しがかかって、昨年度の三組だった卒業生も何人かまじえてね、この問題に関する『申し送りの会』みたいなのがあって。そこで初めて『伝説』の実態を知らされて……」

感情を殺したような口調は崩さないが、彼女にしてみてもやはり、心中にはさまざまな葛藤《かっとう》があるんだろう。そう思えた。

「説明を聞いて、これは嘘や冗談なんかじゃない、真面目に受け止めなきゃいけないのかもって直感した。それでもやっぱり、心の底では半信半疑でいたんだけれど。ほかのみんなにしても、すっかり信じちゃう子もいれば、あまり信じようとしない子もいて……」

テレビの上方に掛けられた楕円《だえん》形の時計が、場違いとも思えるような軽やかなメロディで時刻を告げた。——午後六時。ああ、もうこんな時間か。

「どこにいるんだい」「大丈夫かい」——と、そろそろ祖母から心配の電話がかかってきてもおかしくない。

——いやな機械。

いつだったかの鳴の物云いを思い出して、

——どこにいてもつながって、つかまっちゃうのね。

ぼくはズボンのポケットに入れてあった携帯の電源を切った。

「だいたいの輪郭みたいなところは、これで話したことになるけれど」

と云って、鳴はほっそりとした顎《あご》に両手を当てた。

「続き、聞く？」

「あ、うん。そりゃあ……」

聞かずに済ませられるものか、もちろん。

「話してくれる？」

と云って、ぼくは改めて背筋を伸ばした。

10

「二十五年前からずっと、毎年ではないにせよ、そういった〝異常現象〟が起こりつづけてきたわけ。当然のこととして、みんなは何らかの対策を講じようとしたの」

鳴は「続き」を語りはじめた。変わらず淡々とした、けれどもその実、彼女自身も手探りで言葉を選んでいるのだろうと思える口ぶりで。

「だけどね、こんなとんでもない、あまりにも世間の常識とは相容《あいい》れないような……超常的なっていうのかな、そんな話を、正式な学校運営の場で論議できるはずもないでしょ」

「——確かに、まあ」

「だからね、とにかくまず『呪われた三年三組』の現場レベル、その当事者レベルの話し合いが中心になって、あれこれ対策が検討されたらしいんだけれど」

「お祓《はら》い、とか?」

とっさに思いついた最も安易な「対策」、だった。

「っていうのもあったかもね」

鳴はにこりともせずにそう応じてから、

「たとえば、教室を変えてみたり。旧校舎——0号館の、それまで毎年、三年三組の教室として使われていた部屋を、別の部屋に変えてみたらしいの。呪いは教室という場所にかかっているのかもしれない、って考えて」

「ははあ」

「でも、効果はなかったって」

「…………」

「新しい校舎ができて、三年生の教室が0号館からC号館に移ったのが今から十三年前で……このときには、これでもう終わるんじゃないかって期待されたそうよ。でも、やっぱり終わらなかったの」

「要するにそれって、教室や校舎じゃなくて、あくまでも三年三組というクラスが問題なんだという?」

「そういうこと、ね」

さっきと同じように答えると、鳴はまた長い息を落とし、瞑目する。

エアコンの効きすぎた部屋の冷気が、彼女の呼気をすべて白く凍らせてしまいそうな気が一瞬、した。知らず、ぼくはふたたび腕をさすりはじめていた。

「——で、ここからがやっと本題、になるのかな」

静かに右目を開いて、鳴は云った。

「十年ほど前のことらしい。誰が思いついて云いだしたのか、その辺はよく分からないんだけど、この事態に対するある有効な対処法が見つかったの。それを実行すれば災いから逃れられる——毎月の死人が出ないようになる、っていう対処法が」

「ああ……」

ここに至ってさすがに、鳴の云う「対処法」がどういうものなのか、ある形の想像が頭に浮かんできていた。——だから。それは。つまり……。

「増えた〈もう一人〉の代わりに、誰か一人を〈いないもの〉にしてしまう」

想像したとおりのせりふが、そして鳴の唇から流れ出したのだった。

「そうやって、クラスを本来あるべき人数に戻してやればいい。数の帳尻《ちょうじり》を合わせてやればいい。それでその年の〈災厄〉は防げるっていう……そんなおまじない」

Interlude Ⅱ

今年は〈ない年〉だったみたいよね。良かったよねぇ。

始業式の日、机の数はぴったり三十人ぶんで足りてたし……。

誰も増えていなかった。

ホッとしたよね、やっぱり。

去年も〈ない年〉だったんでしょ。二年続けてないっていうこともあるわけ？

あってもいいじゃない。

そうそう。だんだん効力が弱まってきてるのかもよ。

でも……本当なのかなあ。**それが起こってしまったら毎月、クラスの関係者が死んじゃ**

うだなんて。どうもあたし、信じられない気持ちのほうが強いんだけど。

だって、あんな「申し送りの会」まであるくらいだから、根も葉もない話じゃないんじゃなあい？

それにほら、おととしは確かに、三年生で何人か生徒が死んだよね。事故とか自殺とかで。生徒の家族も何人か……。

それはそうだけど。

家族まで巻き込まれちゃうのって、怖いよねぇ。

危ないのは親兄弟。血のつながってる二親等以内が範囲に含まれるって、そんな法則があるんだって。

二親等って、じゃあ、おじいちゃんやおばあちゃんも？

っていう話。

伯父《おじ》さん伯母《おば》さんとか、いとことか、そこまで離れると安全なんだって。

この街に住んでいなければ大丈夫、っていうのは？

あ、それも聞いたことある。

あたしも聞いた。だからね、いざとなったら街から脱出だって……。

でもねえ。

中学生の身分じゃあ、なかなかそういうわけにもいかないか。

親に云っても、うちなんか絶対に信じてくれないと思うし。

でもまあ、今年はなかったんだから心配する必要なし、ということで。

ほんと、良かったよね。

もしも一人増えてたら、誰かを〈いないもの〉にしなきゃならなかったんでしょ。

それも大変な話よねえ。

その場合は、先生たちまで協力してくれるっていうんだから……。

——何かフクザツ。

誰が〈いないもの〉にされたのかなあ。

対策係の人たちが「候補」を決めるんでしょ。〈ある年〉だった場合に備えてきっと、春休みのうちには決まってたはず……。

……よね。

たぶんそれ、見崎さんだったんじゃないかなぁ。

あ、やっぱり？

よりによって苗字《みょうじ》がミサキだし、家も御先町にあるんだって、あの子。

知ってる。何だか気味の悪い、人形の館みたいなところ。

変わってるよね、見崎さんって。

友だち、少なそうだし。

話しかけても、何だか冷たいっていうか、醒《さ》めてるっていうか……。
ずっと眼帯、してるでしょ。左目は義眼なんだって、蒼《あお》い色の。
へぇ、そうなんだぁ。
ああいうタイプってわたし、苦手。
あたしも。
わたしも、ちょっとね……。

*

転校生のこと、聞いたか。
ああ。来週から来るっていう話だね。
もう四月も後半だろ。何か中途半端な時期だよなあ。
確かに……それで何だか、問題になってるみたいだけど。
問題？
これはもしかして、ヤバいんじゃないかって。
って？
ほら、**例の件**だよ。
って……まさか。

転校生が来ることで、来週からクラスの人数が増えて、机が一つ足りなくなるわけだろう。だから、その……。

実は今年は〈ある年〉だった、ってか？

もしかしたらそうなんじゃないかって、そんな噂が……。

ちょい待てよ。転校生が来て増えるんだろ？　四月の最初っから、誰かが増えてたわけじゃないんだし。

そりゃあそうだけど、でも、**これまでとは違うパターンが、**っていうこともありうるんじゃないか。

うーん。何でわざわざ、そんな転校生を三組に入れるかなあ。

学校の都合、だろ。

しかしなあ……。

しょせん例の件は、表立っては認められていない問題だから。今の校長なんて、ほとんど事情を分かってないっていうし。

うーん。

それで……さっき聞いたんだけど、その転校生、サカキバラっていうんだってさ。

おやぁ。そりゃあまた不穏な名前だな。しかし、だからといって……。

でもってね、そいつって実は……。

*

風見くんと桜木さんがきのう、病院へ行ってきたって。

サカキバラくんのお見舞い？

そ。お見舞いと、それから偵察ね。

どうだったって？

家の事情で急にこっちへ来ることになったそうなんだけど、**夜見山に住むのはこれが初めてだって。**

じゃあ……。

それじゃあ……。

長期滞在したこともないって。

だから少なくとも、**あいつは違うだろうって。**

彼は〈死者〉じゃない、ってこと？

そういうこと。**念のために風見くんが、握手もしてみたって。**

握手……何か意味があったっけ。

〈死者〉は初対面で握手をしたら分かる、っていう説があるらしくて。びっくりするほど手が冷たいの。

ほんとかなあ。

サカキバラくんは冷たくなかったって。

ふうん。だったら……どうなるの。

彼じゃない誰か。

ああ……やっぱり。

彼じゃない誰かが、増えているのかもしれない。その可能性を考えなきゃいけないって。

対策係が検討中？

そのうち、みんなで話し合うことにもなりそうね。そこできっと……。

ああん。どこまで信じたらいいのか、正直云ってわたし、よく分かんないな。

みんな同じようなものでしょ。あたしだって……でも、もしも本当に始まっちゃったら大変なことになるから。

あ……。

毎月毎月、誰かが死んじゃうっていうんだから。他人《ひと》事《ごと》じゃなしに。

——うん。そうだよね。

そう。だからね、やっぱり……。

＊

転校生の榊原恒一くんは来週、五月六日から学校に出てくるそうです。

今年は彼の転入という要因もあいまって、**時期が一ヵ月ずれて始まる、始まろうとしているのではないか**。かつて例のないケースですが、ここはとりあえず、そのように見なすのが妥当……いえ、安全でしょう。私はそう思います。

ただし、とにかくこれは異例の事態ですので、もしかすると今年はやはり〈ない年〉なのかもしれません。が、万が一にもそうではなかった場合、取り返しのつかないことになりかねないのです。ですから……。

…………

……さっきも云いましたように、おととしは〈対策〉に大きな不備があったそうです。そのため、三組の生徒と家族の方々、合わせて七名が亡くなってしまい……。

…………

……では、よろしいですか、みなさん。

先ほど決まったとおり、**五月に入ったその日から私たちは、見崎さんがこのクラスには存在しないものとしてふるまわねばなりません**。少なくとも登校から下校までのあいだはずっと、それが徹底される必要があります。――よろしいですね。

あのう、先生。

何ですか、桜木さん。

先生と三神先生以外の先生がたも、このことは承知して……？

可能な協力はしてくださるはず……ですが、私たち以外の教師には決して、この件についての相談などはしないように。

先生に限らず、クラス外の人に話してはいけないんですね。

そうです。くれぐれもみなさん、**他言は慎むようにしてください。さもないと、よけいな災いを招く結果になる、とも伝えられています。云ってみればこれは、三年三組というこのクラスのみで隠し持たねばならない秘密であり、〈裏の決めごと〉**なのです。むやみに表に出すことはできないのです。

あの、先生。

はい、米村《よねむら》くん。

家族にも、ですか。親や兄弟にも？

話してはならない決まりです。

でも……。

よろしいですか。〈呪い〉のような非現実的なものの存在を前提にして、**それを防ぐためにこのような非常識な〈対策〉を講じる**など、学校という公的な教育組織としては絶対に表立って認めるわけにはいかない。たとえ過去に実際、多くの死人が出ていても……。

ですからつまり、これはあくまでも、**現場でのひそかな慣行という位置づけで、長年のあいだ受け継がれてきたシステムだということです。**それもあって、秘密は部外者の誰に対しても守られなければならないのです。――分かりますね。

…………

…………

…………

見崎さん。あなたにしてみればある意味、大変に理不尽な話になります。つらく感じることも多いでしょうが……大丈夫ですか。

…………

協力してくれますか。

ここでわたしが「いやです」と云ったら、やめてもらえるんですか。

それは……いえ、むろん無理じいはできないことです。拒否する権利はあります。ですが、もしも〈対策〉がなされないまま、今年の〈災厄〉が始まってしまったなら……。

ああ……分かってます。――分かりました。

協力してくれるのですね。

――はい。

ではみなさん、五月からはこれをクラスの〈決めごと〉として、みんなでせいいっぱい頑張りましょう。不安や苦難を乗り越えて、来年の三月にはきっと全員が元気に卒業できるように……。

＊

ヤバいんじゃないのか、榊原のあれ。

ああ、うん。ヤバい――と思う。

先生たちが事前に説明しておいてくれるはずだったんじゃあ？

と思っていたんだけど、先生は先生で、生徒同士のほうが、と考えたのかも……。

赤沢も学校、来てないしなあ。風邪ひいたんだって？　あいつがいたら、もっとてきぱきと対処しただろうに。

そうかもしれないね。

しっかりしてくれよ。おまえもいちおう、対策係なんだろ。

だけどね、まさか榊原くんが、こんなに早く……。

いずれにせよあいつ、もうしっかり話をしちまったぞ。〈いないもの〉のはずのあの子と。これってやっぱ、アウトだよな。

もたもたしないで、早くに切り出しておくべきだった。

まったくだよ。こうなるんだったら、おまえが桜木と見舞いにいったときにでも、さっさと説明しとけば良かったんだ。

いや、あのときはさすがに……いきなりそんな話をできる空気じゃなかったから。

じゃあさ、とにかく今からでも。

いや、待って。それは……。

何だよ。

考えてみたら、それはそれで問題あり、なんじゃないかな。

何でだよ。

だってね、今から事情を説明しようと思ったら、**どうしたってぼくたちもそこで、あの子を〈いるもの〉として認めながら話さなきゃならないから**……まずくない？　これ。

うーん。

かなりまずいように思うんだけど。

学校の外で話すぶんには、大丈夫なんじゃないか。

かもしれないけど……でも、もしそれも厳密にはアウトだったら？

疑いだしたら何もできないな。

それでもやっぱり、榊原くんには釘《くぎ》を刺さないと。**これ以上は接触しないようにって、何とかしてそれとなく**……。

おれがやってみようか。

どんなふうに？

――考えてみる。

当てにできないなあ。

しかしアレだろ。**あいつが〈決めごと〉を破っちまったこの状態で、もしも五月中に誰も死ななかったら、それで問題は解決なんだよな。**いろいろ疑ってみたものの、今年はやはり〈ない年〉でした、ってことでメデタシメデタシ。

だね。

大丈夫なんじゃないか、って気がするんだがな。

だったらいいんだけど。

でもまあ、とにかくそれまでのあいだ、あいつにはなるべくおとなしくしてもらうように越したことはない、か。

何ごともなくこの月が終わりますように、だね。

まったくだよなあ。

Chapter 9

June Ⅳ

1

この日、ぼくが古池町の祖父母宅に帰り着いたのは、もう午後九時になろうかというころで――。

夕飯どきはとうに過ぎていた。

帰りは遅い、携帯電話は通じない、で祖母の心配は限界近くにまで膨らんでいて、もしもあと何十分か帰宅が遅れたら警察に相談していたかもしれない、といった感じで……さんざんお小言をいただいたけれど、「ごめんなさい、おばあちゃん」という孫の殊勝なひと言で、存外にすんなりと機嫌を持ち直してくれた。

「どこに寄り道してたんだい、こんな時間まで」

そんな質問も当然されたが、ぼくはなるべくあっけらかんとした調子で、

「仲良くなった友だちんちに」

とだけ答えた。それ以上は、訊《き》かれてもうやむやにしてしまうつもりだった。

ぼくより早くに帰っていた怜子さんも、当然と云うべきか何と云うべきか、たいそう気づかわしげなそぶりだった。向こうから何か、改まって話しかけてきそうな気配もあったのだが、この夜は結局、満足に言葉を交わすこともなかった。ぼくのほうがどうしても、そういう気分にはなれなかったのだ。

黙々と独り食事を済ませて、さっさと二階に上がってしまうと、ぼくは勉強部屋兼寝室にのべられた布団の上に寝転がった。

身体はひどく疲れていたけれども、裏腹に頭は奇妙に冴《さ》えていた。片腕を額にのせて、無理やり目を閉じた。するとほとんど自動的に、つい何時間か前の見崎鳴とのやりとりが脳裡《のうり》に再生されはじめ……。

2

……クラスの誰か一人を〈いないもの〉にしてしまう。そうやって人数の帳尻《ちょうじり》を合わせ

ることによって、まぎれこんだ〈もう一人〉＝〈死者〉が招き寄せるその年の〈災厄〉を防げる。少なくとも軽減できる。——十年ほど前から云いだされ、実行され、効果を上げてきたという、そんな「おまじない」。

当初、今年度はないと思われていたのが、ぼくという転校生が新学期の開始より遅れてやってきて「一人増える」と分かった時点で、今年はそれがイレギュラーな起こり方をするのかもしれないとの不安がクラスに広がり……結果、見崎鳴が〈いないもの〉の役割を担わされることになった。例年よりも一ヵ月遅れて、五月の初めから。そして……。

話の筋道はだんだんと頭に入ってきたけれど、どうしてもそれをリアルなものとして受け入れられない。——鳴からおおよその説明を聞きおえたあとも、ぼくは依然として当惑を抑えきれなかった。

ここに来て、彼女の言葉を疑うつもりは毛頭なかったのだ。でも——それでもやっぱり、すべてを手放しで信じてしまうには抵抗があって……。

「だからね、本当は榊原くんも、学校に出てきたあの最初の日から加わらなくちゃいけなかった。みんなと一緒になって、わたしを〈いないもの〉として扱わなきゃいけなかったの。でないと、おまじないの効果が薄れてしまうから。なのに、あの日の昼休み、いきなり榊原くん、わたしに話しかけてきちゃったでしょう」

鳴に云われて、ぼくはまたぞろ、あの日のあの場面を思い出す。

——お、おい、榊原。

——どうしたんだよ、榊原くん。

勅使河原と風見の、狼狽《ろうばい》気味の声。——二人はあのとき、「まずい」と思ったのだ。木陰のベンチにいた鳴のほうへ、ぼくが足速に向かっていくのを見て。「まずい」と思い、ぼくの行動を止めなければと焦ったに違いない。けれどきっと、突然のことでもあったから、彼らにはどうにもしようがなくて……。

——どうして？

と、あのとき鳴はぼくに訊いた。

——大丈夫なの？　これ。

とも。

その意味も、そのあと彼女が続けて口にした言葉の意味も、今となっては分かるような気がした。

——気をつけたほうがいい。

——気をつけたほうが、いいよ。もう始まってるかもしれない。

「そこまで大事な〈決めごと〉なんだったら、何でもっと早くに教えておいてくれなかったんだよ」

なかば独り言めかしてぼくが云うのに、鳴が答えた。

「うまいタイミングが掴《つか》めなくて、だったんでしょ。何となく切り出しづらかったのかもしれないし。さっきも云ったけれど、実のところはみんな、そこまで深刻には考えていなかったんじゃないかとも思うし……」

「きみとはあれよりも前に、病院でたまたま会っていたから……だから、教室できみを見つけてびっくりして。だからあのときも、いきなりぼくのほうから話しかけていったり。みんなはそういう事情は知らないから、まさかあんなに早く、ぼくがきみに接触するなんて予想してなかったんだろうね」

「――そう」

「その後も結局、クラスの中でぼくだけが事情を知らないまま、〈いるもの〉としてきみに接しつづけることになった。それがいちいち、みんなの不安を掻《か》き立てていったという……」

「そういうことね」

あの日の体育の時間、桜木ゆかりが示した妙な反応も、これで説明がつく。そういえば、あのとき彼女は、ぼくが風見と勅使河原から「何か」を聞いたかどうか、しきりに気にしていたっけ。

実際、昼休みに勅使河原は「何か」を云おうとしたのだろう。確かそう、三人で0号館のほうへ向かいながらあれこれ話をしたあと、「ところでさ、実はおまえに……」と彼が切り出したところでちょうど、ぼくが鳴の姿を見つけてしまって……。

……それから。

あの次の日の、あれは美術の授業のあと。

——これ、きのうから話そう話そうと思ってたんだが……。

勅使河原がぼくに向かってそう云いだしたのを、一緒にいた望月が、

——それはもう、まずいんじゃないの。

と制したのだった。

あのときの「もう」のニュアンスも、今は分かる気がする。

すでに鳴と接触を持ってしまったぼくに対して、不用意に「見崎鳴という生徒の実在」をみずから認めるような話をするのは、もうまずいんじゃないか。——そんな危惧《きぐ》を、望月は抱いたのだろう。

そしてその直後、鳴がいる第二図書室にぼくが入っていったときの、あの二人の反応。

——お、おい、サカキ。やっぱさ、おまえそれ……。

——さ、榊原くん。何をそんな……。

彼らに限った話じゃない。

転校してきて以来、さまざまな局面でクラスの連中が一様に示した、あのような困惑・狼狽の底には、常に不安が、さらにはやはり、恐れと怯《おび》えがあったのだろう。見崎鳴に対

してはない。ぼくが鳴と接触することによって始まってしまうかもしれない、この年の〈災厄〉に対してはの。

3

「勅使河原からいきなり携帯に電話がかかってきて、忠告されたことがあるんだ。『いないものの相手をするのはよせ』って。『ヤバいんだよ、それ』って」

中間試験の前の週だった。鳴を探してC号館の屋上へ駆けのぼった、あのとき……。

「これ以上おまじないの邪魔をさせないために、あいつにしてみれば思いきった手に出たつもりだったのかな」

「たぶんね」

と、鳴は小さく頷《うなず》いた。

「あいつ、あのときはこんなふうにも云ったんだよ。二十六年前の件については来月になったら教えてやる、ってね。なのに六月に入っても、何にも教えてくれようとはしなかった。状況が変わってしまったとか何とか云って」

「それは、そのあと桜木さんが死んじゃったから」

「——どうして?」

「あなたがわたしに接触して、せっかくの〈決めごと〉が破られてしまった。このおまじないはもう効かないんじゃないかって、みんなは不安で仕方なかったと思うの。だけどね、もしもそれでも、五月中に何も起こらなかったとしたら？」

「何もって……人死にが出なかったら、っていう意味？」

「そうよ。もしもそうだったら、今年はやっぱり〈ない年〉だったんだっていう話になるでしょ。だったらもう、おまじないを続ける必要もなくなるから……だから」

「――そうか」

　だったらもう、ぼくに対して不自然な隠し立てをする必要もなくなるわけだ。安心してありのままの事情を説明できる。クラスメイトの一人を〈いないもの〉にしてしまうというおかしな〈対策〉も、そこで打ち切りにできる。――ところが。

「桜木と桜木のお母さんがあんな死に方をして、その見通しが狂ったってわけか。今年は〈ある年〉なんだと、〈災厄〉はすでに始まってしまったんだと明らかになって、それで……」

　それで勅使河原は、「あのときと今とじゃあ、状況が変わっちまった」と……。

……………

……………

……こんなふうにして少しずつ、ぼくの心にわだかまりつづけていた違和感や疑問は解消されていったのだったが。

「あのさ、一つ訊きたいんだけど」

学校で鳴と初めて話をしたときからずっとひっかかっていた、ささやかな問題。

「あのさ、きみの名札」

「――はい？」

「何だかずいぶん汚れて、しわだらけになってるだろう。あれはなぜ、あんな？」

「ああ……ひょっとして、古い名札を付けてる幽霊、みたいに見えた？」

ちょっとおかしそうに頰を緩めながら、

「不幸な事故があったの」

と、鳴は答えた。

「洗濯機に名札を落として、気がつかないまま洗っちゃって。新しい台紙に取り換えるのも面倒《めんどう》だし……」

うう。たったそれだけのことだったか。

ぼくは気を取り直し、続けてもう一つ質問をしてみた。

「教室できみの机だけが古いのは？　何か意味があるわけ」

「あれはね、そういう決まりなの」

と、これは真顔で鳴は答えた。

「〈いないもの〉にされた生徒には、ああいう机があてがわれることになってるのね。0号館の二階の、今は使われていない教室に昔の机と椅子が残っていて、そこから運んできて。おまじないをするうえで、何かそれなりの意味づけがあるのかもしれない」

「なるほどね。——あの机の落書き、見つけたよ」

「えっ」

「『〈死者〉は、誰——?』って。あれ書いたの、きみだろう」

「——そう」

目を伏せて、鳴は頷いた。

「わたしはわたしが〈死者〉じゃないと分かってる。じゃあいったい、クラスの中で誰が今年の〈死者〉なんだろう、って」

「そっか。——ああ、でも」

おのずとそこで頭に浮かんだ、少しばかり意地の悪い疑問。ぼくは思わず、それを口に出していた。

「自分が〈死者〉じゃないことを、自分で確認できるものなの?」

「…………」

「さっきの話によれば、〝記憶の調整〟は〈死者〉自身にまで及んでるんじゃなかったっけ。だったら、自分がそうじゃないっていう確信なんて、誰にも持てないはずじゃないのかな」

答えに詰まって口をつぐみ、戸惑いを隠すように右の目をしばたたく鳴。——彼女のそういう反応を見るのは、もしかしたらこれが初めてだったかもしれない。

「だって……」

と、やがて云いかけて、鳴はふたたび口をつぐんでしまう。

そんなとき、部屋のドアが開いたのだ。入ってきたのは鳴の母親だった。——〈工房m〉の人形作家、霧果。

4

今の今まで、二階の工房で作業をしていたんだろうか。霧果さんは鳴と同じ黒いジーンズに黒いシャツというラフないでたちで、頭には山吹色のバンダナを巻いていた。

女性にしては背が高くて、化粧っけのないぶん、そもそもの面立ちの端整さがよく分かる。鳴に似ているかといえばそういう気もするけれど、何と云うんだろう、鳴よりもいっそう冷然とした空気をまとっているふうにも思えた。電話で話したときの、どことなく不安そうにも聞こえた受け答えのイメージとはまた違う。

彼女は最初、奇妙な動物でも見つけたようなまなざしでぼくのほうを見たが、

「友だちの榊原くんです。電話をかけてきてくれた」

鳴が紹介すると、「ああ」と声をもらして表情を変えた。それまで、それこそ人形めいて無表情だったのが、ほとんど一瞬で不自然なくらいの笑みを広げて、

「いらっしゃい。こんな恰好《かっこう》でごめんなさいね」

云いながら、頭のバンダナを取った。

「すごく珍しいことなのよ、この子がお友だちを連れてくるなんて。榊原くんね」

「あ、はい」

「学校の話はほとんどしてくれないから。クラスのお友だち？ それとも美術部の？」

美術部？ ——鳴は美術部に入っているのか。じゃあ、望月とはそもそも……。

「榊原くんは下のギャラリーのお客さんでもあるんです。たまたま見つけて入ってみて、とても気に入ってくれたみたいで……きょうもずっと、人形の話とかを」

鳴は自分の母親に対して、「ですます調」を使って話した。今が特別というふうでもなく、ごく自然に。

「まあ、そうなの」

霧果さんはさらにフレンドリーな笑顔になって、

「男の子なのに、珍しいわね。もともと人形がお好きなの？」

ぼくは激しく緊張しつつ、「ええ、まあ」と答えた。

「あ、でもその、ここにあるような人形を間近に見るのは初めてで……だからその、とてもびっくりして」

「びっくり?」

「ええとあの、うまく云えないんですけど……」

効きすぎたエアコンの冷気の中で、さっきまでとは一転、全身に汗が噴き出してきそうだった。

「あの、ここの人形って、霧果……いえ、お母さんが二階の工房で創られたんですか」

「ええ、そうよ。——榊原くんはどの子がお気に入りかしら」

問われて真っ先に心に浮かんだのは、地下展示室の奥に据えられたあの、棺《ひつぎ》の中の少女人形だったのだけれど。

「あ、ええとあの……」

素直にそう答えるのがどうにも気恥ずかしくて、ぼくは声をフェイドアウトさせた。傍《はた》目《め》にはずいぶん滑稽《こっけい》に映っただろう。

「そろそろ帰らないとね、榊原くん」

と、鳴がそこで口を挟んでくれた。

「ああ……うん」

「じゃあわたし、ちょっとその辺まで見送ってきます」

母親に向かってそう云うと、鳴はソファから立ち上がった。

「榊原くん、この四月に東京から引っ越してきたばかりなんです。道もまだ不案内みたいですから……」

「あら、そう」

と応《こた》えた霧果さんの顔からは、直前までの笑みがすっかり消えていた。部屋に入ってきたときと同じ、人形めいた無表情。それでも声音だけはフレンドリーな柔らかさを保って、

「いつでもまた、遊びにいらしてね」

と云った。

5

すっかり暗くなった夜の道を、鳴と肩を並べて歩いた。鳴が左側でぼくが右側。この並び方だと、〈人形の目〉じゃないほうの彼女の目がすぐに窺《うかが》える。

いかにも梅雨どきっぽい、生ぬるい風が吹いていた。じっとりと湿りけを含んでいてうっとうしいはずが、このときは何だか不思議と気持ち良かった。

「いつもあんななの？」

微妙な緊張感とともに続いていた沈黙を破って、ぼくがそう問いかけると、鳴は「何

が」とそっけなく問い返した。

「お母さんとのやりとり。きみは『ですます』で……何か他人行儀っていうか」

「変？」

「べつに変とまでは云わないけど。母親と娘っていうのはあんなものなのかなあ、とか」

「普通は違うかもね」

と、彼女の反応はいよいよそっけなくて。

「わたしとあの人はまあ、ずっとあんな感じ。——榊原くんちはどうなの。母親と息子の会話って」

「うちは母親、いないから」

母対子の普通のありよう、というのは、だから外から得た情報でしか知らない。

「えっ。そうなんだ」

「ぼくを産んでまもなく死んじゃったんだってさ。だから、ずっと父親と二人暮らしで……その父親がこの春から一年間、海外へ行かなきゃならなくなって、それで急遽《きゅうきょ》、こっちに——古池町にある母方の実家に居候することになったわけ。でもって、一気に家の中にいる人間の数が倍増」

「——そっか」

鳴は何歩か進むぶん口を閉ざしてから、

「わたしとお母さんはね、仕方ないの」

と云った。

「わたしはあの人のお人形だから。ギャラリーにいる子たちとおんなじようなものね」

とりたてて悲しそうだったり寂しそうだったり、という口ぶりでもなかった。相も変わらず淡々としている。それでもぼくはちょっと驚いてしまって、「そんな……」と声をもらした。

「そんな……きみは娘で、生身なんだし」

人形とはぜんぜん違うだろう、と云おうとしたのだが、その前に鳴が応えた。

「生身だけど、本物じゃないし」

当然のように、ぼくは戸惑わざるをえなかった。

本物じゃないって？　それは——。

いったいどういう意味なのか、訊きたいと思ったけれど、喉《のど》まで出かかった言葉をぐっと呑《の》み込んだ。今ここで、そこまで踏み込んではいけない気がしたからだ。——で、ぼくは話題を少しだけ、〝ぼくたちの問題〟のほうへ引き戻した。

「お母さんは知ってるのかな、きょう話してくれた件。五月からクラスで行なわれていることについて」

「何にも知らない」

すかさず鳴は答えた。

「家族にも知らせちゃいけないっていう決まりだしね。そうじゃなかったとしても、云えるはずがない」

「もしも知らせたら、お母さんは怒る？　クラスのその、きみに対する非常識な……」

「どうだろう。いちおう気にはするかもね。でも、怒って学校に抗議したりっていう人でもないし」

「よく学校を休んでることは？　きょうも来てなかったし……で、家にいたわけだよね。それについては何か云われないの」

「その辺は基本、放任主義なの。放任っていうか、無頓着《むとんじやく》っていうか。そもそもあの人、昼間はほとんど工房に閉じこもってるし。人形や絵に向かい合うとほかのことは忘れちゃう、みたいな感じ」

「心配とか、しないんだ」

ぼくは鳴の横顔をちらりと見やって、

「たとえば今にしても……」

「今？　どうして？」

「つまりさ、初めて遊びにきた男子を見送りに出て、もう夜なのに……とか」

「さあ。そういうのも、あんまり。『あなたを信用してるから』みたいに云われたことがあるけれど、本当はどうなのかな。そうありたいだけ、なのかもね」

そこで彼女もぼくのほうをちらりと見たが、すぐに視線をまっすぐ前方に向け直して
「ただ——」と続けた。

「あることを除いては、だけど」

「あることと？」

……何だろう。

ぼくはまた鳴の横顔を見やる。彼女は「そう」と頷いてから、これは話したくない、というふうにゆっくり瞬《まばた》きをして、急に歩みを速めた。それを呼び止めるような形で、

「あのさ、見崎」

ぼくはいくぶん声高になって云った。

「説明を聞いてだいたい、〝三年三組の秘密〟については理解できた気がするけど……でもきみ、それでいいの？」

「何が」

とまた、鳴はそっけなく問い返す。

「だってさ、きみはその、そんなおまじないのために……」

「仕方ないでしょ」

鳴の歩みが、今度は急に遅くなった。

「誰かが〈いないもの〉にならなきゃいけないわけだし。それがたまたま、わたしだったっていう話なんだから」

彼女は変わらぬ口ぶりでそう答えたが、ぼくにはどうにも納得がいかなかった。「仕方ない」と云うけれども、たとえばそこに「みんなのために」という気持ちが強くあるふうには見えない。「自己犠牲」とか「献身」とかいうのは、何だかまるで彼女のそぶりにはそぐわないような気もするし……。

「もともとどうでも良かった、とか?」

と、ぼくは訊いてみた。

「クラスのみんなとのつきあいっていうか、つながりっていうか、もともとそういうものに大した執着がない、とか」

だから、クラスで一人〈いないもの〉にされるなんていう扱いを受けても、こんなに淡々としていられるんだろうか。

「人とのつながりとか、人とつながるとかって……確かにわたし、苦手だけれど」

そう云ってから、鳴はほんの少しだけ口をつぐんだ。

「何て云うかな、みんなが求めてるみたいなそれ<ruby>が、そんなに大事なことなのかなって思えたり。ときどき何だか気持ち悪く見えたりも……ああ、でもたぶんね、それよりも今回の場合、一番の問題は……」

「何？」

「仮にわたしが〈いないもの〉に選ばれなかったとしたら、別の誰かが選ばれていた。そのときは、わたしはみんなの側に入って、みんなと一緒になってその子を〈いないもの〉にしなきゃいけなかったわけでしょ。そうなるよりも、自分がみんなから切り離されちゃったほうがずっとましじゃない。——ね？」

「うーん……」

曖昧《あいまい》な頷きしか返せないぼくの横から、ふいに鳴は離れていった。慌てて姿を追うと、左手前方の道沿いに小さな児童公園があって、彼女は滑るような足どりで独り、その中に入っていくのだった。

6

誰もいない公園の片隅にはささやかな砂場があって、そばに高さ違いの鉄棒が二つ並んでいた。鳴はそのうちの高いほう——といっても子供用の低鉄棒だが——を握って軽やかに逆上がりをし、そのまま身体の向きを変えて、すたんと着地した。仄白《ほのじろ》い外灯の下で、黒いシャツに黒いジーンズのシルエットがひらひらと踊ったようにも見えた。

ぼくはいささか呆気《あっけ》にとられつつ、鳴を追いかけて公園に入った。

鉄棒にもたれかかって背を反らしながら、彼女は「あーあ」と声をもらした。これまで一度も聞いたことがないような、やりきれなそうな溜息《ためいき》。——そんな気がした。

ぼくは黙ってもう一つの鉄棒に歩み寄り、鳴と同じ体勢を取った。彼女はそれを待っていたかのように、

「そういえば、榊原くん」

と、眼帯で隠されていない右目の視線でぼくを捉《とら》えた。

「まだ大事なこと、話してなかったよね」

「って?」

「ほら。きょうから榊原くんも、わたしの同類になっちゃったっていう」

「ああ……」

そうだ。それがあった。

鳴に対してクラスで「何が」行なわれていたのかを身をもって経験させてくれた、きょうの学校での出来事。ぼくにしてみればもちろん、それは大問題なのだ。

「なぜそんなことになったのかは、だいたい想像がつくでしょう」

——と云われても。

不甲斐《ふがい》なくも、まだそこまで頭の整理が追いついていない、というのが正直なところだったのだ。それを察してかどうか、呑み込みの悪い教え子に説いて聞かせるような調子で、

鳴は語りはじめた。

「水野くんのお姉さんが亡くなって高林くんが亡くなって、〈六月の死者〉がもう二人も出てしまった。だからこれはいよいよ、今年は〈ある年〉に間違いないと。——あなたがわたしに接触したせいで、おまじないが効かなかったんだって、当然みんな、そう思ったに違いないわけ。これまで半信半疑でいた人たちも、もう半信半疑ではいられなくなって……」

「………」

「じゃあいったい、どうしたらいいか。——このまま放っておけば、まだまだ〈災厄〉は続いてしまう。まだまだ何人も関係者が死んでしまう。いったん始まってしまったら止まらない、というふうにも云われてるけれど、それでもどうにかして止める方法はないか。止められないまでも、〈災厄〉を軽減させる方法はないか。やっぱり普通、そう考えるものだよね」

　ぼくはもたれかかっていた鉄棒を、両腕を広げて握った。掌にやたら汗が滲《にじ》んでいて、ぬらりと滑る。鳴は続けてこう云った。

「たぶんそこで、二つの方法が検討されたんだと思うの」

「二つ？」

「そう。一つは、今からでも榊原くんの協力をきちんと取り付けて、徹底してわたしを

〈いないもの〉にしつづける。――でも、これじゃあ弱いかもしれない。たとえ多少の効果はあったとしても、決定打とはとても云えないんじゃないか」

そうか――と、ぼくは今さらながらに得心する。

水野さんの死が明らかになった時点で、鳴が云うような、そういった話し合いが持たれたのだ。それが先週の木曜日。夜見山署の刑事たちから解放されたあと、教室に戻ったのに誰もいなかった、あのLHR《ロングホームルーム》の時間。望月が云っていたように、ぼくには知られないようその話し合いを行なうため、場所をT棟の会議室に移して。

「二つのうちの、もう一つの方法っていうのが、それじゃあ……」

ぼくが云うと、鳴は静かに頷いてその先を引き継いだ。

「〈いないもの〉を二人に増やしてしまう」

「――はあぁ」

「そうすることで、おまじないの効果を強化できるんじゃないか、っていう発想ね。誰が云いだしたんだか……ひょっとしたら対策係の赤沢さんかもね。この問題については彼女、何て云うかな、最初から強硬派っぽい感じだったし……」

その赤沢泉美があの日、女子の新しいクラス委員長に選ばれたことが、クラスの動静に何かしらの影響を及ぼしたとも考えられる。

「とにかくまあ、今後の〈対策〉を話し合ってそういうことに決まったわけね。それできょうから、榊原くんはわたしの同類に……」

今朝のあの集まりは、きょうからその〝追加対策〟を実行しようという確認のため、ぼくには内緒で開かれたのだ。先週末の、高林郁夫の死の報を受けて——。

「でもさ」

と、ぼくはそれでもやはり充分には納得できなくて、

「そんな……必ず効果があるっていう保証もないのに、そこまでする？」

「だから、みんな必死なんだってば」

鳴は口気を強めた。

「五月と六月で、実際に四人も死んだ。このままこれが続いたら、次は自分や自分の親兄弟かも、ってね、具体的に考えてみたら洒落《しゃれ》にならないでしょ」

「ああ……」

……確かに、それは。

毎月のように必ず、三年三組の関係者の中からランダムに〝犠牲者〟が出るのだとしたら、次はそれこそ鳴かもしれないし、このぼくかもしれないのだ。さっき会った鳴の母親——霧果さんかもしれないし、ぼくの祖父母かもしれない。まさかとは思うが、インドに遠征中の父親も？　——と、頭では考えられるのだけれど、ぼくにはどうもまだ、鳴が云うほどの実感が持てないのだった。

「理不尽、だと思う?」

訊かれて、ぼくはすぐさま、

「思うさ」

と答えた。

「けどね、こんなふうに考えたらどう?」

そう云って鳴は鉄棒から背中を離し、ぼくのほうに身を向ける。風に散る髪を押さえようともせず、

「保証はないかもしれないけど……でも、もしもその方法で〈災厄〉が止まる可能性が少しでもあるのなら、それでいいじゃない。そもそもわたし、そう思ったから〈いないもの〉の役を引き受けたところ、あるの」

「…………」

「今のクラスに、みんながよく云う『親友』みたいな友だちがいるわけでもないし、久保寺先生が『みんなで苦難を乗り越えて、みんな一緒に卒業を』なんて云うのも正直、すごく居心地が悪いっていうか、胡散《うさん》くさく聞こえるっていうか……だけど、やっぱり人が死ぬのは悲しいことだから。わたし自身が直接、悲しいとは感じなくても、ほかに悲しむ人がいっぱいいいるから……」

ぼくは何とも応じられず、鳴の唇の動きを見つめていた。

「今度の〝追加対策〟が功を奏するかどうかは、まだ分からない。でもね、わたしたち二人が〈いないもの〉になってしまいさえすれば、ひょっとしたらこれ以上の災いを喰《く》い止められるのかもしれない。誰かが死んで悲しむ人が、出なくても済むかもしれない。——可能性がほんの少しでもあるのなら、それはそれでいいんじゃないかな」

鳴が話すのを聞くうち、

——みんなのためだと思って、お願いだから。

先週の土曜日、望月から云われた言葉がおのずと思い出されたけれど、そんなきれいごとはむしろ、ぼくにはどうでもいい気がした。今の鳴の話も、そこには「みんなのため」というひと言とはまた違うニュアンスが含まれている。そういう気もしたし、それに——。

ここでぼくが、甘んじて〈いないもの〉にされるのを引き受けたとしたら。

そうしたら、ぼくたち——ぼくと鳴の関係はどうなるだろう、と考えていた。

クラスで二人の〈いないもの〉同士として、誰に遠慮する必要もなく彼女と接することができるんじゃないか。

何しろぼくたちは、みんなにとってあくまでも〈いないもの〉であらねばならないのだ。これはすなわち、ぼくたちの側からすれば、ぼくたち以外のクラスの全員が〈いないもの〉になるということで……。

それもいいか。——と、このときぼくは思ったのだ。

若干の困惑と、若干の後ろめたさと、それから若干の、自分でもうまく正体を掴めないそわそわしたような感覚とともに。

公園を出て、夜見山川の堤防沿いの道に上がって、夜空には雲間に滲むような円い月があって……やがて川に架かった橋のたもとで、ぼくたちは別れた。

「ありがとう。帰り、気をつけて」

と、ぼくは云った。

「きょうの話を信じるとしたら、きみだって桜木や水野さんと同じように、〝死〟に近いところにいるわけだろう。だから……」

「榊原くんこそ、気をつけてね」

動ずるふうもなく応えて、鳴は左目を覆った眼帯を、右手の中指の先で斜めに撫《な》でた。

「わたしは大丈夫」

どうしてそんなにきっぱりと云えるんだろう。――何となく不思議に思って目をすがめるぼくに向かって、すると鳴は、眼帯から離した右手をすっと差し延べてきたのだった。

「あしたからよろしくね、同類として。サ・カ・キ・バ・ラ、くん」

そうして軽く握手をしたときに触れた彼女の手は、ちょっとびっくりするくらいに冷たくて……だけど、ぼくは自分の身体が、まるでその感触にあぶられたかのように熱くなるのを感じていた。

ひらりと背を向けて、やってきた道を歩きだす鳴。後ろ姿なので確かなこととは云えないのだが、彼女の手がそのとき、左目の眼帯を外したように見えた。

7

いつのまにか落ち込んでいた微睡《まどろ》みの中から、ぞろりと引き上げられた。

布団の脇に放り出してあった携帯電話が、小さな緑色の光を発しながら振動している。

――誰だろう。もう夜もけっこう遅い。まさか勅使河原が、何か？　それとも……。

ぼくは腹這《はらば》いになって、携帯に手を伸ばした。

「おう」

という第一声で、すぐに相手の正体は分かった。思わず「何だ」と呟《つぶや》いたのを聞きとめて、

「おいおい。『何だ』はないだろう」

遠い灼熱《しゃくねつ》の異国より父、陽介からの電話。久しぶりにかかってきたと思ったら、こういうタイミングか。

「インドは暑いんだよね。今はもう夜？」

「夕飯のカレーを喰ったところだ。どうだ、調子は」

「体調なら良好だけど」

クラスメイトやその家族が相次いで死んだことを、父はまだ知らないはずだ。——知らせておくべきだろうか。でもっていっそ、きょう鳴から聞いた話も……。

考えて結局、やめにした。

簡略に伝えようとしてもうまく伝わらないだろうし、ちゃんと説明しようと思ったら時間がかかりすぎる。それにそう、「家族にも知らせてはいけない」という決まりもあるらしいし。

——だったらいっそ、このまま知らないでいるべきなのかもね。

〈夜見のたそがれの……。〉の地下展示室で前回、鳴と遭遇したあのとき、彼女はそんなふうに云っていた。

——知ってしまったら、もしかしたら……。

あれはどういう意味だったのか。

たとえば、「知らないままでいる」ほうが、少しなりとも〝死のリスク〟が低くなるとか、そういう？　——ともあれ。

この国際電話であまりややこしい話をするのはよそうと決めて、ぼくは一つだけ、父に対して別の角度からのアプローチをしてみることにした。

「あのさ、変な話になるけど」

「何だ？　恋愛でもしたか」

「やめてよ、もう。そういうつまんない軽口」

「う。すまんすまん」

「あのさ、お母さんから昔、中学時代の思い出とか聞いたことある？」

「ああん？」

電話の向こうで、父は相当に意表をつかれたふうだった。

「何だおまえ、急にまた」

「お母さんって、ぼくがこっちで通ってるのと同じ中学だったんだよね。夜見山北中学。その三年三組って聞いて、何かお父さん、思い当たることとかある？」

「ううむ……」

父はしかつめらしく唸《うな》って、何秒かのあいだ沈黙した。——のだが、そのあと返ってきた答えはひと言、

「ない」

「ないの？　何も？」

「まあそりゃあ、それなりに中学の話も聞いたとは思うが、改まってそう尋ねられてもなあ。三年三組だったのか、理津子は」

うーん……ま、五十を過ぎた男の記憶力なんて、こんなものか。

「ところで恒一」

と、今度は父のほうから尋ねてきた。

「そっちに行ってもう二ヵ月めだが、どんな感じかな、一年半ぶりの夜見山は。あまり変わりもないか」

「んっと……」

電話機を耳に当てたまま、ぼくは首を傾げた。

「一年半ぶりって？　中学に上がってからはぼく、こっちに来たの初めてだけど」

「うん？　いや、そんなはずは……」

ざっ、という雑音とともに、聞こえてくる父の声がひびわれた。

この部屋はそう、もともと電波状況が良くないから——と思い出して、ぼくは身を起こしながらいったん携帯を耳から離す。画面端のアンテナマークを確かめる。かろうじて一本、立っているけれど、ざざっ、ざざざざざ……と、いよいよ雑音は激しくなってくる。

「……ん？」

と、父のひびわれた声が聞き取れた。

「ああ……そうか。そうだな。うん。そいつは私の記憶違い……」

たった今いきなり思い出した、というような口ぶりだった。その先はしかし、雑音に掻き消されてどんどん不明瞭《めいりょう》になっていき……ついには、通話自体が完全に切れてしまった。

アンテナマークゼロの液晶画面をしばし見下ろしてから、そろりと携帯を枕もとに置いたところで——。

ふいに、ぞぞっ、と強い寒気のような震えが走った。全身に……いや、身体だけではない。心にも同じような震えが。

……怖い。

ワンテンポ遅れて、言葉が出てきた。

怖い。恐ろしい。——そう感じたがゆえの、それは震えだったのだ。

きょう見崎鳴から聞かされた一連の、三年三組にまつわる話。——そのせいだった。聞いているあいだやそのあとしばらくはさほどでもなかったのが、まるで運動後の筋肉痛みたいな時間差をもって、今になって急に……。

出来事のリアリティを何だか希薄なものにしつづけていた半透明な紗《しゃ》が、とつぜん消え去ってしまったような感じだった。剝《む》き出しになり、すこぶる現実的な色を帯びて襲いかかってきた恐怖……。

——三年三組っていうクラスは、〝死〟に近いところにあるの。

——〝死〟に近づいてしまったの。

——このまま放っておけば、まだまだ〈災厄〉は続いてしまう。

——いったん始まってしまったら止まらない、というふうにも云われてるけれど……。

鳴の話がすべて事実だとして、なおかつ、きょうから始められた〝追加対策〟が功を奏さなかったとしたら——。

果たして誰が、この次に〝死〟に引き込まれることになるのか。

ぼく自身が、という可能性も、むろんそこにはあるのだ(……ああ、今さら何を)。

三年三組の生徒数は三十人。桜木と高林が減って二十八人。便宜上、対象をクラスの生徒だけに限定するとしたら、単純に考えて二十八分の一の確率で、もしかしたら今夜すぐにでも、このぼくが……。

目の当たりにした桜木ゆかりの悲運と、電話越しに現在進行形で聞いてしまった水野さんのエレヴェーター事故……それらが絡み合い、溶け合いながら、何やら黒々とした、いびつな形の蜘蛛《くも》の巣めいた網目となって心に広がってくる。

そんな中——。

教室の鳴の机にあった例の落書きがふと、大写しになって脳裡に浮かんだ。

〈死者〉は、誰——?

(下巻へ続く)

Another《アナザー》(上)

綾辻行人《あやつじゆきと》

角川文庫 17112

平成二十三年十一月二十五日　初版発行
平成二十四年　一月二十日　三版発行

発行者―井上伸一郎
発行所―株式会社角川書店
東京都千代田区富士見二―十三―三
電話・編集　(〇三)三二三八―八五五五
〒一〇二―八〇七八
発売元―株式会社角川グループパブリッシング
東京都千代田区富士見二―十三―三
電話・営業　(〇三)三二三八―八五二一
〒一〇二―八一七七
http://www.kadokawa.co.jp

印刷所―暁印刷　製本所―BBC
装幀者―杉浦康平

定価はカバーに明記してあります。

あ 45-8　ISBN978-4-04-100001-4　C0193

角川文庫発刊に際して

角川源義

第二次世界大戦の敗北は、軍事力の敗北であった以上に、私たちの若い文化力の敗退であった。私たちの文化が戦争に対して如何に無力であり、単なるあだ花に過ぎなかったかを、私たちは身を以て体験し痛感した。西洋近代文化の摂取にとって、明治以後八十年の歳月は決して短かすぎたとは言えない。にもかかわらず、近代文化の伝統を確立し、自由な批判と柔軟な良識に富む文化層として自らを形成することに私たちは失敗して来た。そしてこれは、各層への文化の普及滲透を任務とする出版人の責任でもあった。

一九四五年以来、私たちは再び振出しに戻り、第一歩から踏み出すことを余儀なくされた。これは大きな不幸ではあるが、反面、これまでの混沌・未熟・歪曲の中にあった我が国の文化に秩序と確たる基礎を齎らすためには絶好の機会でもある。角川書店は、このような祖国の文化的危機にあたり、微力をも顧みず再建の礎石たるべき抱負と決意とをもって出発したが、ここに創立以来の念願を果すべく角川文庫を発刊する。これまで刊行されたあらゆる全集叢書文庫類の長所と短所とを検討し、古今東西の不朽の典籍を、良心的編集のもとに、廉価に、そして書架にふさわしい美本として、多くのひとびとに提供しようとする。しかし私たちは徒らに百科全書的な知識のジレッタントを作ることを目的とせず、あくまで祖国の文化に秩序と再建への道を示し、この文庫を角川書店の栄ある事業として、今後永久に継続発展せしめ、学芸と教養との殿堂として大成せんことを期したい。多くの読書子の愛情ある忠言と支持とによって、この希望と抱負とを完遂せしめられんことを願う。

一九四九年五月三日

角川文庫ベストセラー

最後の記憶
綾辻行人

バッタの飛翔、白い閃光、子供たちの悲鳴——死を前にした母の「最後の記憶」とは？　奇蹟的な美しさで紡ぎ出される、切なく幻想的な物語の迷宮。

眼球綺譚
綾辻行人

「読んでください。夜中に、一人で」……突然届いた原稿。それはある町で起こった奇怪な事件を題材にした小説だったが……珠玉のホラー短編集。

フリークス
綾辻行人

狂気の科学者は、五人の子供に人体改造を施し責め苛む。ある日彼は惨殺体となって発見されたが!?——謎と恐怖、異形への愛に満ちた三つの物語。

殺人鬼　——覚醒篇
綾辻行人

双葉山に集った一行は突如出現した殺人鬼の手により、一人、また一人と惨殺されてゆく……惨劇の奥底に仕込まれた驚愕の仕掛けとは？

きみが見つける物語　十代のための新名作　スクール編
角川文庫編集部＝編

読者と選んだ好評アンソロジー。スクール編にはあさのあつこ、恩田陸、加納朋子、北村薫、豊島ミホ、はやみねかおる、村上春樹の短編を収録。

きみが見つける物語　十代のための新名作　放課後編
角川文庫編集部＝編

読者と選んだ好評アンソロジーシリーズ。放課後編には、浅田次郎、石田衣良、橋本紡、星新一、宮部みゆきの短編小説を収録。

きみが見つける物語　十代のための新名作　休日編
角川文庫編集部＝編

読者と選んだ好評アンソロジーシリーズ。休日編には、角田光代、恒川光太郎、万城目学、森絵都、米澤穂信の短編小説を収録。

角川文庫ベストセラー

ばいばい、アースⅠ～Ⅳ 冲方丁

天には聖星、地には花、人々は獣のかたちを纏う異世界で、唯一人の少女ラブラック＝ベルの冒険が始まる——本屋大賞作家最初期の傑作!!

黒い季節 冲方丁

未来を望まぬ男と謎の少年、各々に未来を望む2組の男女…全ての役者が揃ったとき世界は新しい貌を見せる。渾身のハードボイルドファンタジー!!

ドミノ 恩田陸

一億の契約書を待つ生保会社のオフィス。下剤を盛られた子役……。東京駅で見知らぬ者同士がすれ違うその一瞬、運命のドミノが倒れていく！

ユージニア 恩田陸

あの夏、青澤家で催された米寿を祝う席で、十七人が毒殺された。街の記憶に埋もれた大量殺人事件が、年月を経てさまざまな視点から再構成される。

ＧＯＴＨ《ゴス》 夜の章 乙一

連続殺人犯の日記帳を拾った森野夜は、死体を見物に行こうと「僕」を誘う…。本格ミステリ大賞に輝いた出世作。「夜」を巡る短篇3作収録。

ＧＯＴＨ《ゴス》 僕の章 乙一

世界に殺す者と殺される者がいるとしたら、自分は殺す側だと自覚する「僕」は森野夜に出会い変化していく。「僕」に焦点をあてた3篇収録。

覆面作家は二人いる 北村薫

姓は《覆面》、名は《作家》。二つの顔を持つ新人作家が日常に潜む謎を鮮やかに解き明かす——弱冠19歳のお嬢様名探偵、誕生！

角川文庫ベストセラー

覆面作家の愛の歌　北村薫

きっかけは、春のお菓子。梅雨入り時のスナップ写真。そして新年のシェークスピア…。三つの季節の、三つの謎を解く、天国的美貌のお嬢様探偵。

覆面作家の夢の家　北村薫

「覆面作家」こと新妻千秋さんは、実は数々の謎を解いてきたお嬢様探偵。今回はドールハウスで起きた小さな殺人に秘められた謎に取り組むが…⁉

巷説百物語　京極夏彦

舌先三寸の甘言で、八方丸くおさめてしまう小股潜りの又市や、山猫廻しのおぎん、考物の山岡百介が活躍する江戸妖怪時代小説シリーズ第1弾。

青の炎　貴志祐介

櫛森秀一は、湘南の高校に通う十七歳。母と妹との三人暮らし。その平和な家庭を踏みにじる闖入者が現れたとき、秀一は完全犯罪を決意する。

硝子《ガラス》のハンマー　貴志祐介

日曜の昼下がり、厳重なセキュリティ網を破り撲殺された介護会社社長。防犯探偵・榎本がその密室トリックを暴く。推理作家協会賞受賞の傑作！

赤×ピンク　桜庭一樹

廃校になった小学校で、夜毎繰り広げられるガールファイト——都会の異空間に迷い込んだ少女たちの冒険と恋を描く、熱くキュートな青春小説。

推定少女　桜庭一樹

とある事情から逃亡者となったカナは、自称記憶喪失の美少女白雪と出会う。直木賞作家のブレイク前夜に書かれた、清冽でファニーな冒険譚。

角川文庫ベストセラー

角川文庫ベストセラー

海賊モア船長の憂鬱(下) 多島斗志之

果たしてモアの奇策はきまるのか!? 張られた罠の裏をかけ! 緻密な計算と高いリアリティ、『症例A』の多島斗志之が描いた極上の海洋冒険小説。

時をかける少女 筒井康隆

時間を超える能力を身につけてしまった思春期の少女が体験する不思議な世界と、あまく切ないときめき。時を超えて読み継がれる永遠の物語。

キリオン・スレイの生活と推理 都筑道夫

自らアリバイを否定する容疑者、死体もろとも消え失せた殺人現場、密室から消えた凶器……。数々の怪事件に、詩人探偵の推理が冴える!

血みどろ砂絵 なめくじ長屋捕物さわぎ 都筑道夫

江戸は神田。変人ばかりが住むなめくじ長屋にセンセーと呼ばれる砂絵描きがいた。このセンセー、僅かな礼金に与ろうと、見事な推理で謎を解く!

きまぐれロボット 星新一

なんでもできるロボットを連れて、離れ島にバカンスに出かけたお金持ちのエヌ氏。だがロボットは次第におかしな行動を……表題作他、35篇。

宇宙の声 星新一

ミノルとハルコは〝電波幽霊〟の正体をつきとめるため、特別調査隊のキダとロボットのプーボと遠い宇宙へ旅立った。様々な星をめぐる大冒険!

ちぐはぐな部品 星新一

SFから、大岡裁き、シャーロック・ホームズも登場。星新一作品集の中でも、随一のバラエティ。30篇収録の傑作ショートショート集。

角川文庫ベストセラー

万能鑑定士Qの事件簿 I　松岡圭祐

凜田莉子、23歳――瞬時に万物の真価・真贋・真相を見破る「万能鑑定士」。稀代の頭脳派ヒロインが日本を変える。書き下ろしシリーズ開始！

万能鑑定士Qの事件簿 II　松岡圭祐

従来のあらゆる鑑定をクリアした偽札が現れ、ハイパーインフレに陥ってしまった日本。凜田莉子は偽札の謎を暴き、国家の危機を救えるか!?

万能鑑定士Qの事件簿 III　松岡圭祐

有名音楽プロデューサーは詐欺師!? 借金地獄に堕ちた男は、音を利用した詐欺を繰り返していた！ 凜田莉子は鑑定眼と知略を尽くして挑む!!

鴨川ホルモー　万城目学

千年の都に、ホルモーなる謎の競技あり――奇想天外な設定と、リアルな青春像で読書界を仰天させたハイパー・エンタテインメント待望の文庫化。

注文の多い料理店　宮沢賢治

すでに新しい古典として定着し、賢治自身がもっとも自信に満ちて編集した童話集初版本の復刻版。可能な限り、当時の挿絵等を復元している。

セロ弾きのゴーシュ　宮沢賢治

セロ弾きの少年・ゴーシュが、夜ごと訪れる動物たちとのふれあいを通じて、心の陰を癒しセロの名手となっていく表題作など、代表的な作品を集める。

銀河鉄道の夜　宮沢賢治

自らの言葉を体現するかのように、賢治の死の直前まで変化発展しつづけた、最大にして最高の傑作「銀河鉄道の夜」。